2.100

CIUDAD RAYADA

José Ángel Mañas

Ciudad Rayada

ESPASA

ESPASA ⓔ NARRATIVA

Director Editorial: Juan González Álvaro
Editora: Constanza Aguilera Carmona

© José Ángel Mañas, 1998
© Espasa Calpe, 1998

Diseño de la colección: Tasmanias
Ilustración de cubierta: Álvaro Reyero

Depósito legal: M. 11.393-1998
ISBN: 84-239-7936-9

Impreso en España/Printed in Spain
Impresión: BROSMAC, S. L.

Editorial Espasa Calpe, S. A.
Carretera de Irún, km 12,200. 28049 Madrid

Para mi madre

El palo

Mira, tío, tú no sabes nada de mí, vale. Y si sabes algo es porque has leído una de las novelas del Mañas, que se dedica a contar historias de los demás, pero te aseguro que hay un mogollón de cosas que exagera y otras tantas que el muy listo se calla. Anda que no sé yo cosas sobre él que nunca cuenta, y te podría contar más de una. Como la vez que estábamos en el Bombazo, por ahí en Alonso Martínez, y se me acercó para que le vendiera una pipa. Yo había ido a ver al Josemi, que me había puesto un mensaje en el móvil, y llego, le doy lo suyo, y me dice: Kaiser, no te mosquees, te voy a preguntar algo de parte de un colega. ¿Qué colega?, le digo. Uno, que quiere una fusca, y yo le he comentado que tú podías conseguírsela. Y cuando ve el careto que pongo se apresura a decir que es de confianza, Te lo juro Kaiser, porque yo ya me imaginaba una pancarta encima de la barra del Bombazo:

¡KAISER VENDE PIPAS A TREINTA PAPELES!

Así que en cuanto me tranquilizo le digo: Macho, Josemi, dime quién es, que hablo yo con él. Y Josemi: El Mañas. Así que le veo al lado de la barra, copa en mano, súper enzarpado, y me acerco a él y le digo: ¿Qué pasa? Y él, con una sonrisa boba: ¿Qué?, ¿te ha comentado ya eso Josemi? Sí, tío, pero ¿para qué coño quieres una pistola? Eso, sabes, se lo digo a todos para ver si se echan atrás, y si, bueno, me convencen, pues a veces se la consigo. En fin, que el muy payaso me empieza a venir con que si le han llamado a casa y le han amenazado de muerte, y a mí la verdad es que con las cosas que cuenta sobre la peña no me extraña, pero digo: Sí, sí, claro. Un poco más simpático de lo normal porque me impresiona la gente que escribe, todo tengo que decirlo; claro que para escribir como él, casi cualquiera. El Mañas seguro que había estado en el tigre puliéndose mi zarpa con el Josemi, porque me repetía lo mismo por tercera vez: Yo te lo digo a ti, que eres un tío serio. Se lo podía pedir al Kiko, pero a saber qué me conseguía, una de segunda mano encasquillada, no, no, yo la quiero nueva. Es ya la segunda vez que me llaman, ¿entiendes? Y si fuera por mí, no pasa nada, pero se trata de mi familia. Yo, si algún día uno se acerca a alguien de mi familia le pego un tiro, te lo juro... Y erre que erre. Yo asentía: Claro, claro, entiendo, la familia. Porque yo pienso lo mismo. Alguien toca a Tula o a mi jefe, y vamos, ya sabe lo que le espera.

—Bueno, ¿tú puedes conseguírmela? —pregunta el Mañas.

Yo me encojo de hombros: Mira, tío, es complicado. Él le da un trago a su copa y, sin mirarme, porque es un tío de esos que nunca mira a la cara y por tanto de quien no te puedes fiar ni un pelo, me dice: Bueno, Kaiser, pues si la consigues me llamas.

Ahí está, ahí tienes al Mañas, puesto hasta las muelas y queriendo pillar una pipa. ¿Eso lo ha contado en alguna de sus novelas? ¿No, verdad? Pues hazme caso, que lo que cuenta él no es nada comparado con lo que pasa por ahí.

De todas maneras, casi todo lo de su última novela es bastante verdad, pero lo que no sabe el amigo es que fui yo quien pillé al Gonzalito por banda. No lo tenía pensado, sabes, pero es que el muy maricón se me subió a la chepa, y yo no sé muchas cosas, y es verdad que pasé del colegio a los quince años —hace ya casi tres, fíjate— pero si hay una cosa que sé hacer bien es llevar mis negocios. Me lo tomo en serio y no estoy dispuesto a que un pijo esquizofrénico me toque los cojones. Bueno, eso, y porque me mosqueé cuando le pillé con el Andrés, metiditos los dos en el coche, poniéndome a parir por la espalda, porque nunca he soportado a la peña que no es legal. Y ese tío era un mal bicho, tío, se le veía. Así que le dije que saliera del coche, que teníamos que charlar. El Gonzalito no hacía más que tocarme las pelotas: Kaiser, no te las des de malo, que no te tengo miedo, guarda eso. El muy cabrón se reía detrás de las gafas de sol. Y no te creas que lo que me hizo a mí era la primera movida que montaba, no, ya antes había montado unos pollos impresionantes. Siempre andaba metido en peyas.

Bueno, pues después de aquello se armó un jaleo del copón, y aquí es realmente donde la historia me pilla a mí porque a raíz de toda esa muvi el Barbas —un madero colega de mi jefe, sabes, con quien estaba últimamente en tratos—, pues, macho, un día que yo organizaba una fiesta en mi garaje y estaba pinchando un poco para los amigos de Tula, el muy cabrón me saca de keli diciendo que tiene algo para mí, y yo en el coche empiezo a mosquearme porque le noto tenso y el tío que venía con él estaba demasiado callado (jodidos maderos). Así que paramos, y en cuanto salimos del coche me agarran y me enganchan con los grillos y me meten en el asiento trasero, y el Barbas se mete conmigo y me agarra por el pescuezo, haciéndome comer sus zapatos. Y ya por el camino empiezo a jiñarme. Pero aunque me acojono por dentro, por fuera estoy serio, porque yo no voy a darle a nadie el gustazo de echarme a llorar. Yo sabía que esto podía ocurrir, pero había algo dentro de mí que se resistía a creerlo. El jefe siempre me dice: Si crees que estás muerto, estás muerto. Y lleva razón. Así que aquí estoy, lamiendo la esterilla, sin saber a dónde vamos. Y cuando de repente paramos, el Barbas abre la puerta y me empuja: Andando. Y allí veo que estamos junto a un desguace de coches, por ahí en la carretera de Burgos, que conozco porque casi todas las semanas tengo que pasar al lado para ver al Chalo, que vive en los pisos esos de los chirimbolos verdes y amarillos, ya sabes, los que están al final del Pinar de Chamartín, pegados a la Emecuarenta. Luego, unos metros más allá, me quita los grillos, levanta su pipa, una Star semiautomática de nueve disparos, y yo pienso: ¡Hijo de puta! Pero tío, veo que estoy empezando mi historia por el final, y antes de continuar tengo que contarte muchas cosas, como por ejemplo explicarte por qué llegamos a todo esto, que es un poco complicado porque el Gonzalo no se hubiera metido a pasar si antes no hubiera salido mal lo de Mirasierra, y por eso tengo que empezar por toda esa movida, que era bien liosa y que supongo empezó cuando supimos que lo de que el Tijuana salía en bola no eran rumores y se le vio rondando por el Veneciano.

Por aquel entonces el tiempo se había vuelto loco y nos había enviado el Siberia Express, un viento de Rusia que trajo la mayor ola de frío de los últimos años. Había nevado hasta en Málaga, y en el norte la nieve había dejado incomunicados muchos pueblos y causado destrozos de miles de millones de pesetas, o una barbaridad por el estilo.

Así que sería a última hora de una tarde fría en el barrio de La Elipa cuando la jefa de Kiko se encontró al salir del portal con un pavo que llevaba la chupa de borrego abrochada hasta el cuello. Como es tan despistada, igual ni se fijó en él. Pero si lo hizo estoy seguro que debió de darle un poco de canguelo, porque la verdad es que el Tijuana tiene pintas de MUY malo. Quiero decir que aunque es más bien bajito es pura fibra y tiene el careto todo picado. Si a eso le añades el pelo cepillo, unos ojitos muy juntos, napia con caballete y una boca tan pequeña que parecía una cicatriz, puedes hacerte una idea del personaje. También tenía mogollón de tatuajes, y me acuerdo de un camión en el hombro —lo veías de frente, cuadradito, con sus faros y tal— que se lo había hecho Tato, uno de los mejores tatuadores de Madrid. Cuando le ligaron por pinchar al machaka de una discoteca los periodistas le habían tratado de cabeza rapada. Pero Tijuana, si es que era algo, aparte de uno de los tíos más malos de Madrid, era en todo caso un nazional-bakaladero, que en otras palabras no es más que un fiestero.

—No cierre, si no le importa —dijo Tijuana manteniendo la puerta del portal abierta. La vieja se fue a donde tuviera que ir, y él, frotándose las manos, subió por las escaleras hasta el segundo piso, donde había dos puertas. Se acercó a la B y después de llamar con los nudillos, mirando a su alrededor para comprobar que estaba solo, sacó de un bolsillo de la chupa una tarjeta de plástico como las que utilizan los cerrajeros, y la introdujo en la ranura de la puerta. Eso, no sé si lo has visto hacer alguna vez, pero flipas: en dos segundos salta el pestillo.

La choza de Kiko era muy pequeña, con una habitación para él y otra para su jefa, y una cocina súper enana y estrechita donde entre el fregadero y los fuegos, armarios y demás, apenas cabían dos personas, y ni siquiera tenía tendedero, así que tendían la ropa en el balcón del salón, que molaba porque daba sobre la Emetreinta, y más de una noche de verano la he pasado yo allí, flipando con el escalextric y poniéndome con el Kiko, cuando no tenía tantas peyas. El salón era también bastante enano. Había un tresillo tapizado de flores, una mesa camilla cubierta por un tapete de ganchillo, con cuatro sillas baratas alrededor, fotos y una virgen con el niño en brazos encima de una televisión prehistórica. Ya oscurecía y por los ventanales se colaba la luz de las farolas junto con el petardeo de la autopista. Tijuana se sentó en una silla junto al balcón, encendió un cigarro, y mientras esperaba se divirtió quemando el borde de los visillos. Allí se estuvo un buen rato hasta que se abrió la puerta y se escuchó una risa conocida. La luz del descansillo iluminó un momento la entrada, y el Kiko entró a tientas, echándose unas risas, súper puesto, como de costumbre.

—Mierda —gruñó cuando dio al interruptor del pasillo. Luego apareció en la puerta del salón. Llevaba una chupa vaquera súper raída, las anclas enfundadas en guantes de cuero y una cadenita Harley Davidson que ataba la billetera a una de las trabillas del vaquero. Como no se coscaba de que no estaba solo, sacó su billetera y sin ni siquiera quitarse los guantes enfiló dos tiros sobre el lomo con una tarjeta telefónica. Los esnifó con el turulo metálico que llevaba colgado al cuello, uno igual que el de Josemi, y sólo entonces levantó la cabeza.

—¿Tú quién coño eres? ¿Qué cojones haces ahí sentado? —dice, pegando un respingo. Y metió la mano en el bolsillo de la chupa, para impresionar más que otra cosa, porque yo sé que nunca lleva nada encima.

—Hola, Kiko —dice el Tijuana con esa voz ronca que tiene.

Kiko sacó el ancla del bolsillo. No creo que le alegrara mucho la visita.

—Llevo esperándote más de una hora, ya pensaba que no venías.

—¿Qué haces aquí?

—Pues ya ves, a verte. Me he cruzado con tu vieja cuando salía... La reconocí por la foto...

A Kiko no le moló nada la risa del Tijuana porque esa foto se la había quitado cuando, por una movida que no viene a cuento aquí, el Tijuana le había pillado en el tigre del Lunatik, estando Kiko muy empastillado. Pero de eso hacía ya tiempo. Se quitó los guantes, los dejó sobre la cómoda y se pasó la pezuña por un pelo grasiento que no se ha lavado desde que nació y más bien escaso. De tanto zampar ya tenía las pupilas siempre dilatadas, aunque con ojos tan oscuros apenas se notaba. La mandíbula le bailaba, chasqueando unos piños color marrón cantoso.

—Siéntate, que me pones nervioso.

—Estoy bien de pie, ¿qué quieres?

—He dicho que te cojas una silla.

Kiko cogió una silla y se sentó, pero muy al borde, por si acaso.

—Así está mejor. Te veo delgado, Kiko, tienes mala jeta.

—Pues tú estás más gordo.

—Desde que voy de bola me ha dado por jamar, ya ves.

—¿Cuándo saliste?

—Hace unos días. —Tijuana sonrió—. Buena conducta. Todavía tengo que pasar alguna que otra vez por el juzgado... ¿Qué pasa, te cuesta estarte quieto? —dice, porque el Kiko no hacía más que mirar hacia la puerta.

—Tijuana, me encanta haberte visto y todo eso, pero tienes que abrirte. Mi vieja va a llegar de un momento a otro, tronco. Mira, si quieres, me dices dónde paras, te paso a ver y discutimos lo que sea. Pero es que ahora mismo, si mi madre entra y te ve, le da algo... No sabes cómo es...

—Kiko, Kiko, no me cuentes historias...

—Te lo juro, tío, que va a venir ahora, y además viene con su novio, y su maromo...

—Tu vieja no tiene maromo.

—Que sí, tío. Que se acaba de echar uno. Uno muy bruto, que es madero...

El Kiko es que es rápido el cabrón, en cuanto empieza te vende lo que sea. Tijuana se rió. No cambias nunca, ¿eh, Kiko?

—Que te lo juro, tío.

—Tu vieja tiene guardia hoy en el hospital, cojones. No vuelve hasta mañana.

—Que no, Tijuana, que...

Tijuana, que empezaba ya a mosquearse, se incorporó y cerró los puños. Era más pequeño que Kiko, que mide uno noventa, pero como ya he dicho todo fibra el muy hijoputa.

—Kiko, no me gusta que me tomen el pelo.

Kiko también se levantó, gesticulando todo enzarpado. Pero si yo sólo estoy diciendo... ¡Paf!, cachete en el morro. ¡Que te calles, cojones! Kiko se llevó la mano a la mejilla y por un momento le miró con rabia, pero se contuvo porque sabía que el Tijuana estaba rayadísimo. Y el otro que se aleja un poco y se queda mirando las fotos de al lado de la virgen, sobre la tele. En un marco plateado se veía una tomada en la Ciudad Deportiva de un cani en uniforme del Madrid, pisando un balón tango y sonriendo con dientes muy blancos y ojos vivísimos. A su lado está la jefa, pasándole la mano por el pelo. Cuando conocí a Kiko, todavía daba bastante la vara con que había jugado en los alevines del Madrid. A él sólo le gustan dos cosas: ponerse hasta el culo y jugar al fútbol. Por muy puesto que esté, el domingo a las nueve de la mañana está en el campo de futbito, con sus colegas del barrio, corriendo como un desesperado. Es tan madridista que la segunda liga que perdió el Madrid en Tenerife acabó con lágrimas en los ojos, tan asqueado que no pudo ni probar los merengues que había comprado su jefa para festejar la liga.

—¿Éste eres tú? —pregunta Tijuana, ya tan tranquilo. Porque él era así, sabes. Cuando se rayaba se le cruzaban los cables y te miraba frunciendo el ceño y los morros como si te fuera a matar ahí mismo, y la verdad es que daba MUCHO miedo, sobre todo porque a menudo se le disparaba la mano antes de que le volviera la pelota. Y luego como si nada. Kiko no respondía, pasándose todavía la pezuña por la cara, y Tijuana, cogiendo la foto, soltó una risa—. Manda cojones la cosa, Kiko en el Madrid. Si hasta tienes piños. Y tu jefa está bien guapa aquí. Ah, siento lo que te dije entonces, pero las peyas son las peyas —le da una palmada en el hombro—. Bueno, sin rencor, ¿no?

Y el Kiko, sonriendo sin ganas: Ninguno.

Tijuana, contento, porque no soportaba que le llevasen la contraria.

—Mira, al final, una temporadita en el hospital casi te salió barato...

—¿Una garimba, Tijuana?

—Venga.

Tijuana cogió la foto y siguió hablando mientras Kiko entraba en la cocina.

—El curro, ¿qué?, ¿sigues donde siempre?

—Sí, claro. Casi todas las tardes. Yo soy bien formal, tronco.

—Y tu amiguito Borja... ¿Le ves últimamente?

—¡No!

—Pues andabais siempre juntos.

—Hace ya mucho de eso.

Kiko volvió con dos botellines de Mahou que había sacado de la nevera; abrió uno con los piños, luego el otro.

—¿Su viejo no está metido en política?

—Sí, ¿por qué?

Tijuana, dándole un trago, seguía manoseando la foto.

—Por nada. Ná, curiosidad... Es que he conocido a su hermano estos días.

—¿Qué hermano?

—El menda este, ¿cómo se llama...?

—¿El Gonzalo? Un chavalote majo. Ahora Pablo le ha metido a currar en el Veneciano.

Tijuana dejó por fin la foto y le miró un poco mosqueado.

—Al Pablo ahora, con eso de que le va bien lo de los bares, se le ha subido a la chota. Pero yo le conocí cuando era un gualtrapa... Entonces yo movía mucho, tenía buenos negocios entre manos...

—Bueno, ¿y qué?

Tijuana se rayó de nuevo.

—¿Y qué, qué?

Kiko recuperó la sonrisa rápidamente. ¿Qué y qué pasó... quiero decir cuando Pablo...? Y Tijuana fichándole con su mirada peligrosa. De repente, ¡clik!, sonríe y trago a la birra, como si nada.

—Pues nada, que necesitaba graja. Tenías que haberle visto entonces, cuando fue a verme. Que si Tijuana por aquí, que le habían contado tantísimas cosas de mí... Quería pillar un garito que traspasaban barato, un garito que había ido mal pero estaba en buena zona... Como no tenía esa guita y los bancos ya no le daban crédito por no sé qué hostias, alguien le había hablado de mí. «Te lo juro, Tijuana, que si todo sale bien, en dos años te lo devuelvo, con los intereses que tú quieras.» El menda lo decía emocionado y a mí en aquel entonces todo me iba de buten y ya ves...

—Y tanto, tronco. Me parece que acaba de abrir otro garito. No sé si van cinco.

—Por ahí. —Tijuana se quedó un momento mirando la foto, luego dijo—: ¿Te interesaría un trabajito?

—Mira, Tijuana, tío, yo ahora no me meto en líos. Sólo muevo un poco de vez en cuando para no tener que sacarle las pelas a mi vieja, que bastante mal lo ha pasado ya conmigo... No te digo la que armó cuando vino a verme al hospital: que si quién me había hecho esto, que si tenía que denunciarlo, y el numerito que tuve que montar para que no lo hiciera... En fin, que después de eso me mantengo tranquilito...

Otra vez la cara de perro loco, el ceño fruncido, las mandíbulas apretadas.

—Bueno, mira, tronco, no te pongas así... Lo puedo pensar.

—Necesito a alguien que conduzca. Lo tengo todo muy pensao. He hablao con el Mao, y está conmigo. ¿Qué me dices tú?

—Tijuana...

Tijuana levantó la mano como para darle.

—Vale, tronco, vale, vale —murmura Kiko bien rápido—. Pero dame un par de días para pensarlo.

Tijuana sonrió, otra vez el clik, y le pellizcó la mejilla, como le gustaba hacer para joderte: te la dejaba toda roja y no te soltaba hasta que te quejabas.

—Bueno, tronco, me alegro de que hayas aceptado —se subió el cuello de la chupa—. Ya nos vemos y quedamos para solucionar los detalles.

Y ya iba a cerrar la puerta cuando volvió a asomar la testera:

—Ah, y dale recuerdos a tu vieja, que está muy guapa para su edad. No hace falta que te diga que sería una pena que se te torcieran las ideas...

El Kiko se quedó jiñaíto, acordándose del mes que había pasado en el hospital. De la venganza turca, no tanto, porque estaba tan anestesiado que dice que fue como un sueño. Al pensar en las cicatrices del culo odiaba con toda su alma al Tijuana, pero podía más el miedo. Ahora que lo pienso, renqueaba un pelín desde aquello, aunque apenas se notaba, sólo si te fijabas mucho. En fin, que quedó tan jodido que se puso un par de tiros tochos, y ni eso le tranquilizó.

Pablo tendrá unos cuarenta o cincuenta tacos. Siento no ser más preciso, pero con los fósiles me pasa como con los negros, sabes, que me parecen todos iguales. Físicamente es pequeño y robusto. No fibroso y triangular, como el Tijuana, sino cuadrado y tosco, con manos de dátiles cortos y un careto enrojecido por el alcohol, porque lleva toda la vida trabajando de noche y eso se nota. Tiene la napia rota, supongo que de alguna pelea. El tomo revuelto y rizado le baja bastante en la frente, y ya se puede haber afeitado dos veces en el día que siempre parece que lo necesita. Pero lo que mola de Pablo es que es cabezota y legal como nadie. Por mucho que te grite, en su caso lo de perro ladrador funciona. Yo sólo le he tratado después de lo de Gonzalito. Y se portó, supongo que porque estaba muy jodido con el jefe del amigo... pero de esto hablaré más tarde. Ahora, la mañana que la muvi le pilló a él acababa de dejar a su mujer en la consulta del ginecólogo, cerca de la plaza de Emilio Castelar, y aprovechó para acercarse a ver al jefe de Gonzalito, al que había conocido durante el verano en Marbella y al que últimamente veía bastante. No le había dicho dónde iba a su parienta porque a ella no le molaba que estuviera en tratos con gente pija. Parece ser que era como un poco chachorra, para entendernos.

La casa del Gonzalo está por el barrio de Salamanca, ya sabes, chozas importantes, techos altos, fachadas del siglo pasado y balcones que parecen mandíbulas. Antes de llamar al timbre, Pablo se paró un momento a la puerta, para repeinarse. Cuando iba allí, siempre se le aceleraba un poco el pulso. Abrió Rita, tan borde como siempre, y le cogió el abrigo y la bufanda Burberrys. Yo conocía a Rita de cuando Kiko se la cepillaba durante la época en que iba de fiesta con Borja; y creo que el Borja, o igual Gonzalito, uno de los dos en todo caso, también se la había follado. La pava era de Carabanchel, muy cheli y un poco bruta pero molona, sabes. Morena y con pelusilla en los brazos, pero con un cuerpazo de alucinar. Y muy mal carácter, eso sí. Y por eso, y porque se echó un novio que metió las narices donde no debía, le dieron puerta más tarde. También me contó Kiko que la habían echado de otra keli donde la habían pillado con un maromo en bolas en su cuarto. Bueno, pues Rita pasó a Pablo al salón, donde estaban los jefes de Gonzalo viendo la tele, y la vieja se levantó y le dio dos besos, toda sonrisas y que qué tal todo. Lo que, por cierto, demuestra un poco cómo era, porque justo antes Rita les había pillado discutiendo sobre él y poniéndole a parir, que si venía demasiado a menudo, que si por qué no podía ir al despacho, que si en verano se lo encontraba a todas horas en Marbella...

Pablo dijo que bueno, las cosas siempre podían ir mejor, pero uno, con la edad, se iba conformando. Se estaba fijando en los espejos, porque había visto uno igual en una tienda de antigüedades. Tenía pelas y podía comprarse muebles tan buenos como los de esa keli, y de hecho lo hacía, pero parece que nunca quedaban tan bien como allí. Y lo mismo con la ropa. La jefa de Gonzalo paró a Rita, que entraba con la bandeja, Deja, ya lo llevo yo, y sirvió el café, siempre sonriendo. Pablo, que era súper consciente de que hay que caer bien a las mujeres de los colegas, intentaba ser lo más guai posible. Siempre charlaban de Marbella, de conocidos comunes y cosas así. Y cuando ella le preguntó cuántas cucharadas de azúcar quería, dijo algo así como que el que no sabe ponerle azúcar a la vida va de culo. En cuanto lo soltó, y aunque el jefe de Gonzalo se rió con él, se sintió gilipollas, y yo digo que si en ese momento alguno de sus empleados le hubiera visto no se lo hubiera creído. Siempre que estaba con los jefes de Gonzalo, por mucho que lo intentara, se salía de tiesto, movía las manos más de lo debido o hablaba demasiado fuerte o demasiado bajo. A mí la verdad es que todo eso me suda la polla, porque creo que uno tiene que ser igual con todo el mundo, pero a Pablo no. Igual es porque ya está un poco fósil y eso. En cualquier caso, le empezaron a preguntar por Gonzalito, que qué tal iba en el trabajo y que si el nene había hecho algo raro.

—Qué va, qué va. Pero que muy bien. Menudo es el Gonzalo cuando quiere. Si es que al final, el que quiere puede. Eso es lo que he dicho yo siempre, que he empezado desde abajo y sigo en la brecha. Así que no preocuparos, que yo le tengo bien controlado, como si fuera mi propio hijo. Está viendo lo jodido que es llevar un negocio. Ya veréis cómo el próximo curso vuelve a coger los libros. Estos chicos... Con lo que uno hubiera dado por tener las oportunidades que ellos tienen. Pero en fin, cada cual es como es... Si es que estoy más que harto de este negocio, no os podéis imaginar lo difícil que se está poniendo lidiar la gente. Hoy he multado a un camarero porque llevaba los mocasines con calcetos blancos, ¡y se me ha puesto chulo! En otra época no hubiera dudado en echarle... se ve que me estoy haciendo viejo. Ya me lo decía una amiga con la que me topé el otro día: «Qué viejo estás», y es que el trabajar de noche quema mucho —dijo, apuntándose el careto con el dedo.

En la tele hablaban de uno de los miles de casos de corrupción que habían salido después de lo de Roldán, y el jefe de Gonzalo se disparó —por lo visto estaba bastante escamado con el tema porque precisamente esa semana daban una cena homenaje a uno del partido que ingresaba en prisión— y puso a parir a los periódicos.

—Qué gente. Pero si es que nunca hemos estado mejor en España. Hay más riqueza que en ningún otro momento de nuestra historia. Yo no sé de qué se quejan. ¡Claro que hay paro! Igual que en los demás países. Es lo normal en las sociedades postindustriales. Pero para eso seguimos haciendo una política social. Ya se verá cuando llegue la Derecha al poder. Ya digo que sí se va a notar. Si esto es como la historia aquella del hombre que quería pegarle pedradas a la luna. Está claro que nunca la acertó, pero desde luego fue el que tiró la piedra más lejos. Eso es lo que está haciendo el Gobierno con su política económica...

A Pablo se le caía la baba cuando le oía hablar así, pero a la jefa le pasaba todo lo contrario y dijo que hiciera el favor de dejar todo eso para el día que saliera en un telediario. Les dejó solos, y Pablo sacó del bolsillo del pantalón un sobre abultado. Un canon político, sabes, porque el otro conocía a la banda en Sanidad y le evitaba problemas con las inspecciones y le daba licencias para conciertos, movidas así. El jefe de Gonzalo siempre decía que su mujer de estas cosas no se tenía que enterar, que a él le gustaba que siguiera viviendo en su burbuja, que era como una niña. Me entiendes, ¿verdad? Y Pablo, que claro, que a él con la suya le pasaba igual. Ya era suficientemente duro lo que hacía como para que encima a ella le afectase, le tengo prohibido que se acerque al bar... El jefe de Gonzalito dijo que, efectivamente, lo más importante en esta vida era la familia, por eso le agradecía mucho lo que estaba haciendo por su hijo. Y mirando el reloj: Pero creo que tengo que volver a la oficina. Yo también, dijo Pablo. Y el jefe de Gonzalo le acompañó a la puerta.

El Veneciano estaba a diez minutos del Bombazo y era un bar de una sola planta, súper alargado. En las paredes había mogollón de cuadros abstractos, que no sé dónde los habría pillado Pablo, porque eran horripilantemente feos. A la izquierda, nada más entrar, tenías la cabina del pincha y la barra, negra y esmaltada; al fondo, otra barra más pequeña, justo antes del tigre. La puerta que daba a la oficina estaba entre las dos barras. En fin, que después de quitarse la bufanda, Pablo sacó de la oficina una caja metálica y el fajo de invitaciones del día anterior y se sentó en un taburete delante de la barra. Con la gabardina todavía puesta, se sirvió una caña de barril y empezó a contar las invitaciones. Diez, quince, veinte, veinticinco... El suyo era de los pocos garitos que conseguía mantener una clientela constante entre semana. No había sido una mala noche, pero estaba jodido porque sus dos mejores relaciones le acababan de dejar para abrir un garito ellos mismos, robándole clientela, y el cabrón del nuevo volvía a flojear. Un pavo con buena presencia y tal, pero traía demasiado a su novia y tenía poca conversación, y Pablo ya estaba pensando en quitárselo de en medio. Joder, con dos cursos de medicina ya podían haberle enseñado a hablar. Llevaba ya muchos años en el negocio, y puedes creerle cuando dice que sabía cómo llevarlo. Después de las invitaciones, estaba ya con los billetes de la caja cuando oye que alguien golpea el cierre metálico con los nudillos.

—¡Está cerrado!

Pero los golpes continuaban. Toc toc toc. Toc toc toc.

—¡Que está cerrado, cojones!

—¡Soy yo, hostias! —vocean desde fuera.

—¿Quién coño es?

—¡Tijuana, cagoendiós!

Pablo se acerca a la entrada, levanta el cierre, y dice que fue un mal rollo verle. Hasta ese momento no sabía que el Tijuana hubiese salido.

—¿Qué haces aquí?

—¿No me invitas a entrar?

Iba igual que el día anterior, la misma chupa de borrego, soplándose las manos enrojecidas por el frío. Pablo le controló como diciendo ¡cuidado! Tijuana, mirándole fijamente con una media sonrisa, le apartó a un lado y entró en el bar.

—¿Qué?, ¿marcha bien el negocio?

Pablo, que normal, cerrando la cajita de las pelas.

—No seas desconfiado, tronco —dice Tijuana, todo sonrisas. Pilló un taburete y le dio un trago a la caña de Pablo.

—¿Qué quieres ahora?

Tijuana le da un cachete de los suyos. Ya te lo he dicho, hablar. Y siéntate, que parece que estáis todos empeñados en crecer. Pero ponme una caña primero, anda. Empezó a mirar el fajo de invitaciones que había sobre la barra, que eran como todas las que solía hacer el Veneciano, súper horteras, de colores chillones, con frases como: «¡Ven a tomar con nosotros la copa de después de los exámenes!» Pablo las colocó sobre la estantería, entre las botellas de güiski: Dyc, JB, Ballantines, White Label, Bourbon, Four Roses. Luego agarra un tubo y tira una caña de barril.

—Esa chaqueta tiene muy buena pinta, Pablo... Y esa corbata... Veo que el garito está cada día más guapo.

—Mira, Tijuana, no te vayas por los cerros de Úbeda. ¿A qué has venido?

Tijuana quedó un momento callado. Luego:

—Ya. Sabes, Pablo, según venía para aquí me estaba acordando de un menda que en su tiempo necesitaba guita para coger un garito. Ahora el menda tiene cinco bares y anda un poco subido a la parra...

—Mira, Tijuana, todo el mundo debe algo a alguien. Pero yo a ti te devolví lo que me prestaste, y desde entonces aquí no pagas una puta copa.

—Claro. Y te estoy agradecío. De veras que sí, tronco.

—¿Pues qué quieres ahora?

Tijuana se levanta sin prisas, caña en mano. Mira los cuadros, señala uno con manchas grises y negras, como si alguien hubiera cogido un tintero y lo hubiera derramado sobre el lienzo. A la izquierda tenía una banda vertical con letrujas raras de la edad media o algo parecido.

—¿Y esto qué quiere decir?

—Es un cuadro subjecionista, eso.

—¿Subje... qué?

—Subjecionista, cojones. Una escuela nueva de pintura.

—Eso lo hace cualquiera —suelta Tijuana, con un mohín de asco.

—Cualquiera no, ¿eh? El pintor está subiendo como la espuma. En la primera exposición que hizo en Francia, a la media hora un coleccionista le había comprado un cuadro por un kilo. Pero no sé por qué hablo contigo de cosas que no entiendes.

A Tijuana pareció que se le iban a cruzar los cables, pero al momento volvió a sonreír.

—Ya. Mira, Pablo. Hablando de boniatos, necesito que me prestes un kilo.

Pablo se quedó de piedra, porque esto sí que no se lo esperaba.

—¿Qué?

—Un kilo —dice el Tijuana, sin mover un músculo de la cara.

—Pero... ¿Tú crees que te puedes presentar aquí y...?

—Pablo, cuando a uno le van las cosas bien tiene que compartir un poco de suerte. No me puedes joder. Tengo un asunto que no puede salir mal. Necesito esa guita.

—No.

La mirada de Tijuana se volvía progresivamente más sombría.

—Pablo, Pablo. Es sólo un milloncejo, y no me vuelves a ver.

—Tijuana, sabes que hace tiempo que estoy limpio, y quiero seguir así. Estoy cansado de tanto trapicheo y quiero que se me respete como... como ciudadano, joder. Ahora sólo vendo alcohol. Y el negocio funciona mejor que hace unos años. Los chicos ya están cansados de comerse tanta pastilla; están volviendo al alcohol, es un buen momento. Mira, Tijuana, si quieres, te encuentro un curro. Pero no quiero saber nada de tus líos.

—No tienes por qué saber nada. Yo te he ayudado cuando lo necesitabas, ahora lo necesito yo. Y no vuelves a verme.

—Tijuana, piensa lo que haces. Acabas de salir. ¡No estás para meterte en nada!

—¡Pablo!

El Tijuana se le quedó mirando, callado. Pablo cuenta que fue sólo un momento, pero tuvo miedo y eso le hizo perder pie. También ahora se come mucho la cabeza pensando que si en ese momento no hubiera cedido, igual nada de lo que vino después hubiera pasado. Pero yo creo que pasa lo que tiene que pasar, y no merece la pena comerse el tarro.

—Mira, Pablo, yo te he ayudado a montar esto. Tienes una deuda conmigo, y lo sabes. La mitad de este puto garito es mío.

—¡Te devolví hasta la última peseta!

—Te puedo joder vivo, Pablo...

—¿Me estás amenazando?

—Pablo, es poca guita, y no corres ningún riesgo.

Pablo se acercó a la barra y se quedó callado durante unos momentos, de espaldas a Tijuana. Por fin le dio un trago largo a su caña y se volvió suspirando: ¿Cuánto has dicho?

—Un kilo, sólo eso.

—Siempre te sales con la tuya, ¿verdad?

Pablo dejó la cerveza sobre la barra. Tijuana ahora sonreía de oreja a oreja.

—Está bien, pero escúchame. Y escúchame bien. Te voy a dar

ese dinero, pero es la última puta vez que vienes a mí para nada. La última puta vez.

—No habrá más —Tijuana, poniéndose serio—. Lo juro por mis muertos.

—Y después de esto, no quiero volver a saber de ti nunca más. ¡Nunca!, ¿me entiendes? Se acabaron las copas gratis en el Veneciano para ti y tus amigos.

—Hecho.

—Y no quiero enterarme de lo que vas a hacer.

—Mejor para todos.

—Y ahora vete.

—¿Cuándo puedo tener la graja?

—Mañana.

—Paso por aquí.

—No, mejor voy yo a verte. ¿Dónde paras?

—Prefiero venir yo. Puedo pasar a esta hora. Y gracias, colega.

Bueno, pues aquella misma noche el cabrón del Gonzalo se la pasó en la barra del Veneciano, donde llevaba ya varias semanas trabajando porque, como ya he dicho, sus jefes pensaban que le venía bien currar. Y Gonzalito, claro, encantado, y más cuando conoció al antiguo relaciones —el que luego abrió otro garito— y empezaron a ponerse juntos. Después de cerrar, se iban los dos con otros de su calaña al Y'asta, que es como el after de Malasaña, y no había día que llegasen a casa antes de las ocho. Pablo sabe esto entonces y le mata; pero no lo sabía, claro. Y tampoco que la farla que se cepillaban a dos se la estaba fiando el Nacle, y que en un par de meses, saliendo todos los días, la peya era bien gorda.

A primera hora curraba con nuestro amigo una morenita con una falda blanca muy ceñida que le marcaba las bragas y se levantaba hasta el coño cada vez que se inclinaba. Pablo exigía a sus camareras que se arreglaran, para poner cachondos a los clientes, leches, y la verdad es que igual parece una gilipollez pero sus bares llevan ya unos cuantos años funcionando, y será por algo. La camarera en cuestión estaba dando la vara, que si seguro que no tenía nada encima. Y el Gonzalo, sin dejar de sonreír, que no.

Ese día yo estaba allí esperando, no me acuerdo a quién. Pero me veo, fumando un pitillo con careto aburrido en la esquina, al lado de la cabina del pincha, que había salido dejando puesta una cinta. Y mientras escuchaba a la gili-camarera pensaba en todo lo que llevaba en la mochila. Para las drogas hay un cierto lenguaje: igual que yo no le pasaba a Gonzalito directamente —porque le tenía tirria y porque sabía que estaba en tratos con el Nacle—, ni siquiera Gonzalo le hubiera pasado a una piba como ésa. Era la típica bocazas, sabes lo que te digo, que en cuanto te das la vuelta le ha contado a medio garito que andas moviendo.

—No me lo creo. ¿Nada?

—Yo ya no me pongo.

—Anda ya.

La tonta sonreía. Por lo visto unos días antes se le había acercado en la pista del Lunatik y había empezado a bailar a su lado en plan loba, intentando enrollarse con él. Y Gonzalito, que estaba todo puesto, se había descojonado de ella. En fin, que la amiga se acerca a un gordinflón mofletudo con camisa Ralph Laurent que acaba de llegar: ¿Tú qué quieres? El otro, Un güiski, guapa, ¿cómo te llamas? Me llamo Silvia, pero sólo para los amigos. Y es que yo no sé qué tienen estas jodidas pringadas, que se creen las reinas de la noche o algo así, cuando no están ahí más que para servir, cojones, como chachas. La verdad es que me entraron ganas de darle una bofetada, y más cuando vi que se volvía hacia Gonzalo, otra vez en plan sonrisitas.

—Pues este fin de semana creo que vi a tu hermano en el Épsilon, el domingo como a las tantas de la tarde.

—Igual.

—Se parece mogollón a ti. Sois igualitos. Tenéis los mismos ojos de búho. Los dos igual de delgados y altos. El mismo pelo, rizadito y engominado, la misma sonrisa. Como burlona, muy falsa. Pero él no tiene las pestañas tan largas como las tuyas. Yo creo que es más feo, y además blancucho.

El gordinflón, viendo que no le hacían ningún caso. Qué carácter, la hostia, se fue, e hizo bien. Vamos, me hace a mí eso la muy zorra y la fostio. Me acuerdo que la primera vez que me vio esa, me miró de arriba abajo en plan como diciéndome «eres un niño» y «ni lo sueñes», y luego cuando se coscó de cómo me trataba todo el mundo cambió completamente, siempre sonriéndome y tal. Y si hubiera sabido que movía, con lo tontas que son esas pibas, me hubiera intentado comer la polla, cosa que yo nunca hubiera consentido porque casi nunca le pongo los cuernos a Tula. Aparte de que las veinteañeras no me interesan lo más mínimo.

—¿Seguro, entonces?

—Qué pesada eres.

La pava suspiró y se quedó doblada sobre la barra, con la cabeza apoyada sobre las manos, como si estuviera posando para un fotógrafo de moda.

—Ay, qué noche tan aburrida me espera. Últimamente es que no aguanto sin comer nada. Y eso que al principio, cuando empecé a trabajar, estaba tan fresca. Fue hace dos años y parece como si fueran cinco. El tiempo de la noche es diferente, ¿verdad? Quiero decir que te acostumbras y ya sales todos los días. Ayer, que no tenía que pringar, estaba en mi casa a las doce y no sabía qué hacer. Mis padres preguntándome qué me pasaba que estaba tan inquieta. Al final me tuve que cambiar, coger el coche y venirme. Tenía mono. Luego me encontré con unos amigotes y la noche se alargó. Terminamos a las nueve en un sitio raro, por las afueras... Pero...

—Que Pablo no te vea bostezar así, que te echa.

—No, a mí no me echa. Le caigo bien. Yo caigo bien a todos mis jefes, sabes. Pero hay que mantener las distancias. En el último bar en el que pringué hice la gilipollez de enrollarme con el dueño y luego vinieron los problemas. Lo de siempre. Estaba celoso de mi novio y quería que lo dejara, una pesadez. Anda, sirve tú a ése, que estoy cansada.

Gonzalo le puso una copa al nuevo cliente. Yo ya estaba un poco mosqueado porque había quedado con un pavo que no llegaba... Ah, sí, sí. Ahora me acuerdo: era el jodido Kiko, que luego me contó una bola de las suyas. Pero entretanto, allí estaba aguantando las gilipolleces de una veinteañera que se tomaba por la reina del garito.

27

—Los tíos es que sois todos unos posesivos.

Se llevó los dedos a la boca, chasqueó la lengua y empezó a mirarse las uñas. ¡Ayyy! Yo y el otro tipo nos giramos para mirarla.

—¿Qué pasa?

—Nada, que sigo mordiéndome las uñas, no puedo evitarlo, me quedan las manos feísimas. —Se las enseña al Gonzalo—. Míralas, parecen morcillas. Intento parar, pero es que cada vez que salgo, no sé por qué, me da por mordérmelas, y luego mi novio se mosquea.

El cliente, copa en mano, sonrió un momento antes de abrirse.

—A ver las tuyas. Ah, mucho mejor, ves. Tú no te las muerdes... Tranquilo, hombre, que no te voy a comer. A todos los demás les da por intentar enrollarse conmigo como si, yo qué sé, por ser guapa esté ahí sólo por eso, así por así, y tú, en cambio... Bueno, siento lo del otro día...

—No pasa nada.

—Sí, estaba un poco lanzada, pero es que a veces cuando me pongo, no sé, se me va la cabeza... En fin. Estoy convencida de que las uñas tienen alguna sustancia, algo... Si no, no lo entiendo. Y tú, ¿no tienes novia? Qué bien, así no te dan la coña. Yo a mi novio me parece que le voy a dejar. Estoy un poco cansada. Le conozco desde que éramos pequeños y somos más como hermanos que otra cosa. ¿Tú y tu hermano os lleváis bien?

—Bueno.

—Qué suerte. Ay, qué aburrimiento, hijo. Cuéntame algo, anda.

—Cuéntamelo tú.

—Hace una hora que te cuento mi vida y tú no me has contado nada.

—Será que no tengo mucho que contar.

—¿Ves? Eso es lo que pasa con los tíos como tú. Parecéis muy interesantes porque no decís nada, y luego... Pues no sé qué más contarte. El fin de semana ya te lo he contado. A ver.... Qué raro, no suele pasarme. ¿Verdad que todos somos muy raros si nos ponemos a ello? En el fondo todos somos raros, pero pretendemos que no lo somos. La normalidad es un cuento chino.

Nuevo bostezo. Se quedó un momento callada, pensando en lo que había dicho, luego se sirvió una copa.

—La verdad es que si no fuera por las charlas, la vida sería muy aburrida. Quiero decir que muchas veces hacemos las cosas y sólo nos damos cuenta cuando se las contamos a los amigos. A mí me pasa. Por ejemplo, un fin de semana estoy muy puesta y me follo a alguien. Pues igual cuando lo hago ni me entero. Es más, a veces hasta me da asco. Pero luego, cuando se lo cuento a mis amigas, me encanta haberlo hecho, sólo por ver la cara que ponen. Imagínate que no se lo pudiésemos contar a los demás, entonces sería muy aburrido todo. Los mudos lo deben de pasar fatal... Claro que para eso estamos los demás, que tapamos el silencio.

En ese momento entró Pablo, que entonces todavía no me conocía, aunque yo a él sí. La camarera seguía sentada en la barra, mirándose las uñas, y no le vio. Gonzalo no hizo nada para avisarla.

—El silencio es lo peor, ¿no te parece? Y estas uñas también. Son asquerosas: míralas, pero míralas.

—¡¡¡Aquí no te pagamos para que te mires las uñas!!!

La tía casi salta del susto y se dio la vuelta a toda hostia. Yo me giré para que no viera cómo me descojonaba. Admito que el Pablo me cayó bien de entrada.

—Perdón —murmura la pava, toda melosa—. Perdona, Pablo...

El Pablo de ahora no tenía nada que ver con el que trataba con los viejos de Gonzalo o con el Tijuana; ahora era un jefe, súper autoritario, un puto dictador.

—¿Qué pasa? ¿Qué te crees que es esto? A ver esas manos.

La camarera las enseñó, coqueta. Y Pablo:

—Cinco mil de multa esta semana por tener las pezuñas así. Éste es un bar de categoría. Los clientes tienen derecho a que les sirvan camareras con uñas decentes, cojones.

La pava intentó poner buena cara. Entonces llegó un pijo con cara de lechuguino, y Gonzalo se acercó a él. Pero Pablo hace que no con la mano. Que le sirva ella. Y rápido.

La camarera, algo nerviosilla, le pregunta al pavo qué quiere.

—Un Dyc con limón —dice el otro sonriendo.

Se gira, coge un vaso, le pone dos hielos...

—¡Tres hielos! ¡Habráse visto!

Gonzalito ya suelta la risa, mirándome con cara de quémovida. La pava pone otro hielo. Luego busca con la mirada la botella, coge una...

—¡La otra está abierta!

—¿Qué?

Y Pablo, en plan didáctico pero con mala hostia:

—Que al lado tienes una botella ya abierta. Termínala antes de abrir otra.

—Sí, sí, claro.

La tía ya estaba pálida.

—Al fondo, a la izquierda. ¿Es que no sabes dónde están las botellas? ¿Pero tú has trabajado en un bar alguna vez, niña?

Esta vez cogió la botella buena y le puso la copa al lechuguino, que tampoco sabía dónde meterse. Luego agarra una coca-cola, y esto ya fue demasiado.

—¡Whisky con limón, cojones! ¡Con LIMOÓN! ¿Es que no oyes?

Pablo, rojo de cabreo, se metió detrás de la barra, pasando por debajo de la tarima; le quitó el abre-botellas a la zorra, cogió un botellín de fanta-limón, lo abrió de mala gana.

—Lo siento —le dice al chaval—. Tanta niña guapa sólo sirve para una cosa...

Con esto y una última mirada asesina, salió de la barra. Gonzalo, si viene alguien estoy en la oficina. Gonzalito seguía despelotado. A él nunca le hablaba así, claro, él era el puto enchufado del bar; por eso le odiaban los demás camareros, por cierto.

En cuanto se cerró la puerta de la oficina, la camarera golpeó la barra:

—¿Pero quién se habrá creído? No tiene ningún derecho a hacerme esto. Le odio. Me voy a ir. Me voy.

Salió de detrás de la barra, pero a todo esto no se iba. El lechuguino, yo y Gonzalito la mirábamos.

—Ese bruto... ¡Cabrón! Me voy ahora mismo. Ahora mismo —dijo, dirigiendo una mirada furiosa a la oficina.

—Pues vete —dice Gonzalito, exactamente lo mismo que pensé yo.

Ella puso careto de creíaqueerasmiamigo.

—Sí, me voy. Pero antes tengo que decirte que eres el enchufado de turno que... que... Que eres un desgraciado.

Gonzalo sonrió todavía más, encantado.

—Y no te creas que no sé que estás pasando de todo en el bar con ese amigo tuyo, el que se está quedando calvo. Te crees que soy tonta pero no lo soy, y no te rías, que igual se lo digo a Pablo antes de irme.

—¿Ya?

—Sí, me voy.

Y lo hizo. Moviendo el culito debajo de la falda que le marcaba las bragas, y sin mirar atrás. Gonzalo empezó a lavar una copa en el fregadero, como si nada, y yo saludé al pincha, que acababa de entrar. Un pavo con la cara muy chupada por abajo, sabes, casi como si no tuviera mentón, lo que disimulaba más o menos con una perilla. A mí no me cae ni fu ni fa, y cómo pincha no puedo decir nada porque yo sólo entiendo de música electrónica y pegar una canción rock detrás de otra no me merece ningún respeto. Alguna vez ha intentado hablar conmigo, pero yo siempre guardo las distancias. Por esa zona, para negocios conmigo, sólo a través del Josemi, y bueno, al Kiko todavía le pasaba algo, pero corté rápido, poco después.

—Qué pasada de piba, ¿eh? —me dice el pavo del güiski con limón.

—Lo siento, colega, pero no soy tu amigo.

Puse la cara que pongo siempre en estos casos y que corta rápido las conversaciones. El pavo dejó de darme la vara, y yo empecé a mirar el reloj. Llevaba esperado como tres cuartos de hora, y eso porque era el Kiko... A mí hay que respetarme o no funciono; así que le dije al Gonzalito, que hoy estaba con la cabeza en otro planeta, que le dijera a Kiko que le dieran por el puto culo.

Apareció nada más irme yo, y, según me contó más tarde, pensando poner a caldo al Gonzalito. Pero Kiko, aunque no lo parece, es muy listo y puede esconder perfectamente lo que piensa. Así que le saludó con una sonrisa, abriéndose los botones de la chupa y metiéndose los guantes en el bolsillo. ¿Tú eres amiga de éste?, le preguntó a una pelirroja que había al lado. ¿Cómo te llamas? Y Kiko, que para eso no se corta un pelo y que a pesar de no ser muy guapo siempre cae bien a las tías, le plantó dos besos. Hola, Julia, yo soy Kiko. ¿Qué bebes? Coca-cola. Bien hecho, el alcohol para los chuzos. Y se giró hacia Gonzalo. Tú ponme un güiski, anda. La tía ya se iba, y Kiko: Chht, no te vayas muy lejos, que ahora hablo contigo, que estás bien buena. La pava: Y tú no, gilipollas. Ya, pero yo miento. Esto la cortó —al Kiko no hay quien le gane metiendo puyas—, y Kiko ya estaba con el Gonzalo. Sonreí para no matarle a hostias, Kaiser, me dijo más tarde. Y le creo, porque Kiko cuando mete mete, y mete bien, lo que pasa es que casi siempre se sale con la suya sin llegar a ésas. Yo le he visto en un garito fichando una chupa que le mola, cogerla, levantarla con las dos manos y enseñarla a su alrededor. Si nadie la reclama, se la pone, y se las pira, tan tranquilo. Ése es el Kiko. Tiene un morro que se lo pisa. Y además es vicioso. Yo le tengo pillado el truco, y sé que cuanto más encabronado está, más sonríe. Y ese día estaba súper simpático.

—Bueno, Gonzalito, ¿qué tal va todo?

—Bien, bien. Ha estado aquí el Kaiser esperándote.

—Ya tío, es que he pillado al Pentium volcando a unos pijines y he aprovechado para recordarle que le fié un par de gramos el finde, así que me ha endiñao unas pirulas. De todas maneras, no he podido traer pelas, y tal y como está el Kaiser seguro que no nos fía. Ya, le daré un toque mañana. ¿Cuánto hoy?

—No va mal la cosa.

—A ver si colocamos las pirulas del Pentium. Bueno, ¿qué cuentas?

—Pues nada, lo de siempre.

Y aquí fue cuando Kiko, sin dejar de sonreír, dijo:

—Pues yo no cuento lo de siempre. Te tendría que dar de hostias. ¿Qué cojones has ido a apañar con el Tijuana?

—¿Ha hablado contigo ya?

—Ya te digo que sí ha hablado. Ha forzado la puerta de mi keli y por poco me fostia. Ha venido bien porque he pillado alguna cosilla, y a mi vieja le he dicho que habían robado... El dinero ese que debía al Fernan, ya sabes. Una gilipollez, pero así me lo quito de encima... Tronco, lo último que me esperaba era encontrarme al hijoputa del Tijuana esperándome en kelo.

—Mira, tío, ahora lo discutimos, que voy un momento al baño. Sirve tú si viene alguien...

Kiko le agarró, y esta vez sí dejó de sonreír.

—Espera, no te estarás poniendo, ¿no?

—Suéltame, tío. Yo me pongo lo que quiero.

—Mira, Gonzalito, metiéndote esos gramos por día vas a acabar mal. Así no podemos hacer negocios.

Lo cual es divertido si piensas que Kiko va dejando peyas por donde pasa y que ya casi no puede salir porque hay peña detrás suyo en todos lados, y uno, el Demonio, que le quiere matar, pero de verdad. Ése es de los que mira el Post-it que lleva pegado a la billetera con la lista de los que le deben, echa el ojo al que más tiempo lleva allí, y si se encabrona en serio, de esa lista pasa directamente a la del tanatorio.

—¡Déjame en paz! —dijo Gonzalito, y se fue al tigre.

En ese momento llegó alguien, y Kiko, que estaba de un humor de perros, se agachó y se metió detrás de la barra.

—Tú, ¿qué quieres?

—Un...

—Güiski con coca-cola. A ver, a ver... Vasos... Hielos....

Y me cuenta, entre risas, que agarró tres hielos con la mano, pilló una botella, la abrió con la boca y echó un chorrón de whisky. ¡Ya! Llena hasta el borde. Esto es una copa. Y en ese justo momento se abrió la puerta de la oficina.

—Qué cojones...

Pablo se le acercó, mirándole con cara chunga. Kiko explicó sonriendo que Gonzalo había ido al tigre.

—¿Y dónde está la niña?

—Aquí no había ninguna niña, tronco.

—¿Qué coño haces aquí?

—He venido a ver al Gonzalo, eso es todo.

—Mira, Kiko, te conozco. Ya liaste en su momento al hermano. A éste déjale en paz. ¡Y sal de ahí!

Kiko, jodido —¡él, liar al Borjita!, ¡al muy hijoputa!—, salió de la barra, muy serio y muy digno.

—A mí me ha dicho que aguante mientras va al tigre, sólo eso, tronco. Y conmigo no la pagues, ¿eh?, que no es el día.

—Kiko, quiero que dejes al Gonzalito en paz; está saliendo de todo y va mucho mejor.

—No, si ya. No hay más que verle.

—Está muy tranquilito desde que está aquí y quiero que siga así, ¿me explico? Sus padres me lo han encomendado y no voy a dejar que alguien como tú le meta en líos.

—Como si hiciera falta.

—¿Qué has dicho?

—No, nada, que mira, Pablo, no voy a volver por aquí, pero déjame que hable con Gonzalo un momento. Te juro que no es nada raro.

Pablo le miró otra vez, en plan desconfiado, y en ese momento llegó Gonzalito.

—¿Qué ha pasado con la niña?

—No sé, se ha ido.

—Si aguanta tan poco, que no vuelva. Estas pijitas... Llama a Begoña, que venga esta noche.

—Hoy libra, Pablo.

—Pues llama a la otra, ¿cómo cojones se llama? Y... Gonzalo, recuerda lo que me has prometido.

—Pablo, tío, yo estoy bien, joder. ¿No me ves?

Gonzalo levantó las pezuñas. Pablo les miró a los dos, se amarró la bufanda al cuello y se abrió, andando deprisa, con las manos en los bolsillos y bien metido en sus movidas.

—La he cagado, cojones, justo ahora que es mejor que no nos vea juntos.

—Tú pasa de él.

—Gonzalo, macho, has organizado una buena y se nos van a caer los huevos. Y a ti el primero.

—Kiko, te digo que no puede salir nada mal, que yo conozco el sitio y lo tengo todo controlado.

—Ya veremos.

—Tío, necesito las pelas.

Kiko, ya de muy mala uva, se pasó la mano por el pelo.

—Eso ya me lo has contado, tío, pero las cosas no se hacen así.

—No se me ha ocurrido otra manera, Kiko. Las pelas que necesito no puedo ir a mi padre a pedírselas.

—Pero, vamos a ver, ¿cuánto debes, tío?

—Mucho más de lo que crees.

Kiko dice, y yo le creo, que hubiera podido arrancarle la cabeza. Él es un drogadicto y menos la chuta come de todo, pero nunca antes se había mezclado en nada serio. Estaba asqueado y meneaba la cabeza, haciendo maravillas con la mandíbula. Parecía una verbena.

—Eres la hostia. ¿Quién...?

—Me está fiando el Nacle.

Que era el cabecilla de una panda de gentuza a los que se conocía como la Banda de los Mamones porque su principal diversión era ir a ligar maricas al lado del Retiro. Uno ligaba con el jula, otro le sacaba el pincho; le llevaban a algún lugar tranquilo, y después de obligarle a mamársela a todos le hostiaban hasta dejarle hecho un Cristo.

—¿Pero tú eres gilipollas, o qué te pasa? ¡El Nacle! ¡El Nacle tiene su casa llena de filomenas! ¡Pero si es colega del Mallorquín y del Demonio, que es un asesino a sueldo! ¡Cojones, Gonzalo, si es casi más malo que el Tijuana!

Y ya Kiko se puso histérico. Él había conocido al famoso Nacle mientras hacía la mili. El Nacle los había tenido aterrorizados a todos. En el cuarto del cabo, sentado delante de una buena tele, se hacía pajas a la vista de los rasos que le hacían los porros en la habitación de al lado. Al Kiko le llamaba Puper, «puto perlanga». Y lo primero que hizo nada más terminar la mili fue invitarle a dar un palo a un colega, al que ataron a una silla y le rajaron las manos para que dijera dónde escondía la farla y las pastillas. Yo, una vez que estuve con él y otros en una fiesta privada en Majadahonda, me acuerdo que cuando ya se iban todos dijo: No os preocupéis, que el Kaiser se queda a dormir conmigo. Y yo no es que tenga nada contra que la banda mariconee, pero no me molaba un pelo este pavo que dormía ya con cara de velocidad, kokainómano terminal, y que era tan mala bestia que cuando le colocaron, meses más tarde, rompió los grillos, y esto es histórico.

Kiko se calló porque se había acercado alguien a pillar una copa, pero en cuanto Gonzalito se la puso y el otro se fue, dijo:

—Todo esto me huele mal.

—Te juro, Kiko, que no tengo otra solución.

—Sí, podías haber puesto el culo. Igual hasta lo has hecho. Y yo, como un gilipollas, te hago caso.

—Bueno, ya está bien, que vas a sacar lo tuyo. ¿Me das lo del Pentium?

—No sé, tío. Ya no tiene ningún sentido.

—Venga, Kiko. Olvídalo, si ya con lo del Tijuana...

—Ya, claro. Si todo sale bien. Y entretanto, tú a lo tuyo, ¿no?

—Mira, Kiko, vale, me he puesto unas tusitas, pero te juro que en cuanto demos el palo lo ponemos todo en orden.

En fin, al mal tiempo buena cara, pensó Kiko. Supongo que, como todos cuando estamos en estas movidas, se dijo que igual hasta salía bien.

—Macho, yo ya estoy viejo para estas cosas. Tronco, después de que me pillara por banda el Tijuana me las apaño con mi sueldo y hago todo lo posible para saldar mis peyas. Pero tú, Gonza...

—Yo, ¿qué? Todo va a salir bien, Kiko. Te lo juro.

—Y yo te creo. Mira, toca madera y a cruzar los dedos.

Los dos tocaron la barra. Kiko terminó diciendo que habían quedado para el sábado, y se fue con un mosqueo de bigotes.

Me acuerdo que yo por aquel entonces empecé a oír rumores. Se había corrido la voz de que Tijuana se estaba moviendo, y el Barbas me pilló por banda para tantear un poco el terreno. Pero yo no le podía ayudar porque: uno, no tenía ni puta idea de dónde podía estar ni de la que se estaba montando; dos, tampoco sabía que aquello tuviera que ver conmigo; y tres, nunca he sido un soplón. Aunque también es verdad que entonces acababa de cumplir los diecisiete y no me daba cuenta de muchas cosas que ahora, con dieciocho, me parecen súper obvias porque he madurado. Además, en ese momento yo estaba súper liado porque acabábamos de mudarnos a la casa de la Alameda. A mi jefe los negocios le iban mejor que nunca desde que estaba currando en Pontevedra, sabes, y la choza la verdad es que merecía la pena, con cinco habitaciones —dos para mí, otra para la au-pair de turno, una para el jefe y otra para invitados—, un salón enorme con mogollón de luz natural, tres baños y un garaje en el que podía organizar mis fiestas. Además, el jefe ya casi nunca estaba (igual pasaba en keli un fin de semana al mes) y yo empezaba a tomar iniciativas que igual no hubiese tomado de estar él en Madrid. Quiero decir que, por ejemplo, ya pasaba definitivamente del instituto y todo lo que hacía era dedicarme al negocio y a la música. Me dejaba en discos la mitad de lo que ganaba en el negocio, sabes. Roni, el diyéi del Lunatik, que se había encolegado conmigo al ver que me pasaba el puto día con las narices pegadas a la pecera, era quien me había empezado a meter en serio en esto, a hablarme de pinchas y labels, de revistas como Muzik o Mix-mag, además de recomendarme mogollón de catálogos a los que me suscribí, y los días que no había basca me dejaba guarrear en la cabina. Era americano, sabes, de Detroit. Decía que aquello estaba acabado, que era en Europa donde se bailaba esta música, y por eso y porque se acababan de cargar a su mejor amigo de un bellotazo se vino pacá. Un día el Gusanitos le dejó pinchar en el Lunatik y todos fliparon tanto con él que desde entonces sigue aquí. Fue el primero que me habló de la movida de allí, de Juan Atkins, Derrick May, Carl Craig y tal, y me abrió mogollón la cabeza. Él venía de Belleville, del mismo instituto que Atkins y May y Kevin Sanderson, aunque era bastante más cani, y decía que lo de Detroit lo había iniciado DJ Electrifying Mojo, un pavo al que nadie había visto la cara, del que no había ninguna foto. Yo lo flipé cuando me contaba que pinchaba lo mismo funk y música de negros, James Brown y compañía, que Kraftwerk y música blanca alemana. Pero Roni se reía y decía que tenía que ventilar mi mente. Él siempre huía de los guetos y pinchaba de todo, menos sus propios discos. Desde Kraftwerk —era un fanático de *We are the robots,* decía que era de las canciones que habían cambiado el mundo— y Front 242 hasta los breakbeats del jungle más actual, pasando por los clásicos —el minimalismo de Jeff Mills, el Detroit industrial de los Aux 88— o grupos siniestros pasadísimos, como X-Mal Deutschland, que él mismo había remezclado. Pero todo, no sé cómo, siempre entraba dentro de un orden: había una progresión natural, con principio y un final. Y tenía un feeling muy personal que lo absorbía todo y lo único que escuchabas era a Roni pinchando. Se le podía echar en cara que no mirara lo suficiente a la pista de baile, no era como el otro diyéi, Gusanitos, que se sometía a lo que quería el público y punto. No, Roni te obligaba a seguirle en su viaje emocional. Y siempre estaba innovando, nadie le cazaba el mismo corte dos veces. Solía decir que él se sentía cómo si viviera en el 2030. *Les estamos preparando para el jodido futuro.* Tenía sus días, como todos. Un día podía ser como muy ligero y hacerte sentir bien en la pista, con ganas de bailar y darle un beso al que estaba al lado, y otro te daba ganas de encerrarte en el baño y cortarte las venas. Eso si le tomabas en serio y le «entendías», como decía a menudo: *Kaiser, lo que importa es el feeling, tío, el alma. No importa que se te escape algún empalme. Si no tienes feeling, puedes tenerlo todo perfectito y ser un diyéi de mierda, y si lo tienes, entonces, chaval, toda esa gente se volverá loca contigo y te seguirá hasta el fin del mundo.* Pero la banda que iba al Lunatik no entendía una mierda del arte de Roni y les hubiera dado igual lo que les pusiera. Siempre he dicho que Roni era demasiado bueno para esa mierda de sitio. Se había hecho bastante conocidillo en la escena madrileña, incluso había venido peña como Alaska para proponerle que pinchara en su club, pero Roni odiaba que le chuparan la polla y pasaba de todo. Después, he ido conociendo a otros diyéis, pero ninguno me ha enseñado tanto como Roni. Por encima de todo esto, Tula empezaba a pasarse días enteros conmigo, y su jefa, que no me tragaba, le montaba broncas a diario. Así que a Tula le dio por decir que tenía que irse de keli, que no aguantaba más. Yo a Tula la conocía ya demasiado —llevamos saliendo juntos desde que ella tenía trece, hace ya mogollón, sabes, yo, que pensaba que nunca aguantaría a una tía más de dos meses...— y por suerte soy un tío con la cabeza bien sentada y sé cómo manejarla cuando se raya. Así que no me dejé comer la olla, y cuando la pillé en mi cuarto intentando robarme la pipa le di dos cachetes, y no se volvió a hablar del tema. También tuve por esa época la primera movida gorda con mi jefe cuando un finde, de vuelta a Madrid, se topó con una cinta que alguien había dejado en el buzón. Así se enteró él de que yo estaba moviendo —la bronca fue tocha, pero bueno, con el tiempo se le pasó— y yo de que el móvil pasa por satélite y es súper fácil de pinchar. Desde entonces dejo bien claro a todo el mundo que no hablen explícitamente de drogas cuando me llaman al móvil.

En cuanto al palo, me enteré más tarde de que los cuatro quedaron en el bar justo debajo de donde vivía el Chonchas, el hermano de Tijuana. Un bareto con unos menús macanudos y tirados de precio, sabes, que al medio día se llena siempre de curritos de los de Farias y Sol y Sombra. Lo llevan el Asturiano y su hija, que es igual de gorda que el padre, aunque mucho más simpática, súper blanca de piel y con las mejillas colorado-tas. A la hora de jamar, como digo, está hasta arriba, pero si si-gues hasta el fondo, al lado del tigre hay un reservado separado del resto del bar por una cortinita roja, y allí estaban aquel día Tijuana, Kiko, Gonzalito y Mao sentados alrededor de dos me-sas redondas que habían juntado para papear. El Asturiano se asomaba cada cierto tiempo para preguntar si todo iba bien. Es un buen tío, pero un poco pesado, todo hay que decirlo. Habían terminado ya y los platos seguían sobre la mesa, llenos de mi-gas y servilletas arrugadas. En la pared había una foto de la fa-milia Real, firmada, recuerdo de una visita del Rey, una bola que el Asturiano intentaba hacer creer a toda costa. Sólo men-cionar que pudiera ser una bola, como te oyera golpeaba la ba-rra con una cuchara y te apuntaba con el dedo gritando ¡a tomar vientos a la farola!, y si no te ibas se quitaba el delantal y salía a por ti. El único que podía bromear sobre el tema era Tijuana, que se pasaba el rato diciendo «a ver si viene un día el Ganso a estampar una firmita de verdad, Gordo», y el Asturiano hacía como si no lo tomara mal.

—¿Y después...? —pregunta Kiko.

Tijuana le mira: —Después hemos quedado donde sabes para astillar, nada de aliviadores. Yo y el Mao nos abrimos a Murcia, y cada cual por su lado.

—Lo de las partes no me acaba de convencer. No sé por qué tú y el primaverón tenéis que llevaros partes mayores que los demás.

—Coño, Mao, otra vez. Porque el plan es mío y éste ha traí-do el trabajo y conoce el terreno.

—Vale, vale, pero yo lo que digo es que tú y yo parecemos abuelos al lado de éstos, y todos nos jugamos lo mismo.

El Tijuana se le quedó mirando fijamente, pero Mao como si nada. Era como los gatos, sabes, le podías pegar pero no servía de mucho. Él y Tijuana se conocían desde hacía años y eran más o menos de la misma edad. Tocho, casi igual de grande que el Kiko y mejor formado. Tenía los ojos saltones y la boca siempre un poco abierta, porque respiraba mal por movidas de asma. Aparte de eso, era un tío que aunque no parecía muy brillante, tenía bastante cabeza. Creo que había estudiado algo en el hotel, y se pasaba la vida dándonos charlas sobre política. Yo le conocía de verle en el Veneciano, donde iba alguna vez con el Tijuana. Siempre se tomaba sus copas, muy a su bola, sin agobiar a nadie. Si estaba pinchado, era súper tranquilo. Sobre todo se dedicaba a «negocios». Podías proponerle cualquier cosa, y Mao te ponía en contacto con la peña que necesitaras.

—Bueno, sólo es un comentario —dijo, muy tranqui—. Tú eres el feje.

—Y deja el al vesrre, que me pones negro. En mala hora te cruzaste con ese cabrón de argentino. Todo va a salir bien. Llevando a éste con nosotros no podemos cagarla. Y como es un chanchullete, nadie le irá con el cuento a la bofia.

Kiko se rascó la chima. El Mao le preguntó si nunca le habían colocao, y cuando Kiko dijo que bueno, todavía no, sonrió enseñando unos piños tan jodidos como los del otro.

—Pues mira, tronco, yo entré por primera vez a los dieciocho y allí hice mis primeros contactos. A la salida, me pasaba el día de aquí parallá viendo a éste y al otro, haciendo negocietes. Un día acepté un trabajito y...

—Vale, vale, ya nos sabemos tu vida.

—Se lo cuento al chaval, Tijuana, para que se entere un poco.

Tijuana le miró de reojo.

—Otra cosa... —murmura el Gonzalito. Debía de sentirse gilipollas entre aquella gente, que era peña que manejaba y tal—. Que es importante que no me reconozcan.

Tijuana se ríe. Y el Mao:

—Con la calandria, tú tranquilo que no te reconoce nadie.

En cuanto saques el hierro, ya ni ven ni escuchan... Ya sabes lo
que pasó con lo del Tejero, ¿no? Dos buchantes y todos a cuatro
patas, menos el generalote y el Suárez. Panda de aguilillas. No
se llega a achantar el Monarca y tenemos generalotes para
largo.

—Ya está éste. Que no me toques ni al Rey ni a España, eh
—dice Tijuana, que era muy patriota.

—Bueno, parece que toca charlita, ¿no? —Kiko, sacando la
billetera.

—Con cuidado que no te vea el Gordo.

—Espera un momento, que pido los coñás. —Mao abrió la
cortinita y entró el ruido de fuera—. ¡Gordo! ¡Qué pasa con esos
coñás!

El Asturiano los trajo, y luego Kiko se puso unas tusas.

—Mira, yo lo que digo es que esa tegen, en el fondo, lo llamen como lo llamen, se dedica a lo mismo, ¿que no? La diferen-
cia no es más que una cuestión lin-güís-ti-ca (Mao siempre se
deleitaba en sus palabrejas): lo que nosotros llamamos astillar y
cobrar el barato, ellos lo dicen comisiones. Lo que pasa es que
han tenido la suerte de nacer en familias de pelas, y no sé por
qué pero esas familias son como pulpos, están en todos lados.
Hablas con uno y pues eso: que si su primo trabaja con no sé
quién, que si mi parienta conoce a no sé cuál, y todos viviendo
juntitos aquí en el trocen... Con tantas facilidades yo no me
meto a esto. Me dedico a «blanquear» dinero por lo legal. Eh,
Gonzalo, ¿que no es verdad lo que digo?

—A éste no le preguntes, que lo suyo es puro vicio. —Tijuana riéndose, y Gonzalito con él.

—La davi, ¿que no?

—No sé. Ahora parece que están colocando a mucha basca.
En mi galería había alguno que conocía al Conde, el banquero.
La banda decía que era un menda legal, que cuando salió les es-
cribió una carta en el periódico del hotel.

—Si al final lo que pasa es que unos trabajan en despachos, y
otros en la lleca, ¿que no? Para mí que somos una especie de re-
guladores, no sé si me explico...

—Nada —aclaró Kiko.

—Sobre todo en este caso, si tenemos en cuenta que se trata de dinero negro, porque eso es lo que hace tu feje, ¿no? Ya me dirás si el taller de tu viejo no es una lavandería.

—Algo así.

—Quiero decir que nosotros ese dinero nos lo gastamos y la tegen a nuestro alrededor prospera. Como Robin Hood, ¿me seguís?

—No.

—A ver si me explico. Los sociatas lo que dicen es que ellos utilizan al Estado para el bien de los demás. Es lo que se llama el Estado del Bienestar.

—Joder el Mao, sabe latín.

—Que si hay parados, el Estado les suelta guita, la seguridad social y demás. Y para pagar todo eso, impuestos altos. Ésa es la teoría. Que utilizan el Estado para todos: el Estado del Bienestar, ¿de acuerdo? (Caretos de aburrimiento.) Pero la práctica es que lo utilizan para cobrar comisiones, y luego la guita se la llevan a Suiza. Estamos, ¿no? (Tijuana y Kiko dicen que sí y tal, más que otra cosa para ver si se calla.) Bueno, pues aunque en teoría están haciendo algo bueno, en la práctica no. Y nosotros somos lo contrario: aunque en la teoría hacemos algo que a la ley no le mola, o sea que no es legal, en la práctica como la graja que ganamos la gastamos en la tegen, re-al-men-te estamos haciendo algo bueno para el país. Re-al-men-te somos más socialistas que los sociatas. A nuestra manera, por así decirlo. ¿Me entendéis ahora?

—No.

—Que sí me entiendes, Kiko, si eres muy tolis, tronco. La sociedad necesita mendas como nosotros para equilibrar el domun. En el fondo somos muy, cómo decirlo, muy demócratas, eso. Por cierto, vosotros votaréis, ¿no? Que luego al mostachos del Pepé le entra la vena, que si mayor seguridad ciudadana, que si... no sé, yo creo que si me dedicara a esto de la política, seguro que con lo que me gusta hablar, subido en uno de esos estrados convencería a mogollón de tegen.

—Sí, hablas mucho, sí.

—Pero no me voy de la lengua, Tijuana, ahí está el arte. Yo me fijo mucho en el presi cuando sale por la tele. Eso sí que es rajar. Rajar y no decir nada. Qué tío. Cómo lía a la tegen. Se los come a todos, con patatas fritas. En fin, Tijuana. Voy a subir un momento a ver a tu hermano. Vuelvo en seguida.

Kiko también se incorporó. Cuenta que tanta política le estaba comiendo el tarro y que además había quedado con su jefa para hacer las compras antes de ir al curro. Gonzalito, que también se abre. Bueno, pues nada, ñanis. A dormir bien. Y, tranqui, que esto está chupao.

Kiko dice que se le pasó el tiempo demasiado rápido, que un día estaba con Gonzalito controlando la afufa —incluso me contó que el muy gilipollas le presentó al segurata, una vez que se lo encontraron saliendo durante el cambio de turnos—, y otro ya le tenía en keli, sacando de una bolsita de El Corte Inglés dos pasamontañas y la pipa que le había pillao el Tijuana. En el salón de Kiko todo estaba como siempre, sólo que faltaban la tele y el vídeo y los visillos seguían con quemaduras. Fuera, el escalextric tronaba como un gol del Madrid en el Bernabéu. Kiko parecía un león enjaulado, de tanto que se paseaba por la habitación.

—Joder, Gonzalo, en la que nos hemos metido. Tú y yo dando un palo a mano armada con el Tijuana. Joder, Gonzalo.

—Kiko, tío, no te acojones. Con esto no nos va a reconocer nadie —dice Gonzalo, manoseando su pasamontañas.

—Mira, tío, yo nunca he querido llegar a esto. Que una cosa es hacer negocietes y otra... Y con el Tijuana, que se ha cargado peña. Tú no le has visto cuando se le cruzan los cables. De repente se le apagan las luces, te mira así... —Frunció el ceño y sacó morros, imitando al Tijuana—. Y sabes que está pensando en agarrarte por el pescuezo y arrancarte la testera. Y yo he probado sus hostias. Menos mal que estaba anestesiao y no me enteré de mucho.

Se levantó la camiseta y el jersey, enseñando el pecho, que tenía alguna que otra cicatriz, recuerdo de lo del Lunatik, y que por cierto es bastante peludo, claro que Kiko también es mayor que yo: entonces tenía veintidós, me parece.

—Por poco no lo cuento. Y después de eso tengo que ser coleguita con él, hay que joderse.

El Gonzalito se puso el pasamontañas y se miró al espejo de encima del tresillo.

—Esto mola.

—Gonzalito, estás loco.

Entonces el Gonzalo, siempre con el pasamontañas puesto, muy majo él, le apuntó a la chinostra.

—¿Qué haces? No hagas el gilipollas.

—No vuelvas a decirme que estoy loco, ¿te enteras?

—Aparta eso...

¡Clik! Y el Gonzalito, que se empieza a reír por lo bajo en plan zumbao total, y cuando Kiko le dice que está chotao, le apunta de nuevo, chillando «¡está cargada!». Pero Kiko es mucho Kiko y ni se le aceleró el minutero. Es un pibe muy tranquilo, de esos que aunque se ponga o se refume, siempre tiene a punto el ralentí.

—Venga, deja de hacer el chorra.

—La última vez que me lo dices.

—Vale, valiente, baja eso.

Gonzalo bajó la pipa y se quitó el pasamontañas.

—Oye, Kiko, ¿tú has... has matado a alguien?

—Pues claro que no, tronco, ya lo sabes. Yo no soy como el Tijuana.

—Yo... Mira, una vez, cuando era niño... Compré un pollito, sabes, un pollito de esos que vendían en la calle. No hacía más que piar y piar y yo le llevaba en las manos...

—Sí. A mí también mi jefa me compró uno una vez.

—Quería comprobar... Le arranqué la cabeza de un bocado. (¿Te lo puedes creer?, el muy asqueroso...) Para ver si era capaz, sólo eso.

Kiko se encogió de hombros. Y eso, ¿para qué, tronco? Estaba asqueado. Y eso que el hermano de Gonzalito, que también se las trae, le había contado más de una historieta del amigo. Como, por ejemplo, cómo aterrorizaba a su abuela para que le diera pelas para ponerse, y cosas así, de persona maja y tal. O los maricoteos con el Nacle y otros.

—Tío, hay algo en tu cabeza que no funciona.

—Luego en la casa de Marbella teníamos una perra, sabes. Un pastor alemán, casi negro. Era súper maniática y no hacía más que gruñir y ladrar. Me mordió una vez y le metí tres tripis en el agua. Se volvió loca, tirándose contra la verja del jardín, ladrando como un demonio. Yo estaba solo en casa y la miraba. Empezó a retorcerse, a aullar, y al final se desplomó, jadeando, respirando cada vez peor... y petó.

Kiko se había sentado en la misma silla en la que se había aposentado el Tijuana noches antes. Todavía pensativo, metía el dedo meñique en los agujeritos negros de los visillos. Luego meneó la cabeza.

—Mira, Gonzalo, no me cuentes más, tronco.

—Me haces la moral, ¿como mis viejos?

—Pues mira, después de todas las movidas que les has montado, no me extraña que te la hagan.

—¿Y tú a tu vieja? Si hace unos días le diste un palo, cuando te visitó Tijuana.

—No, no. Espera un momentito. No metas a mi vieja en esto, ¿eh? Macho, yo le cogí prestado el vídeo, pero se lo pienso devolver en cuanto cobre mi sueldo. Me hacía falta, eso es todo. Pero yo devuelvo todo lo que me prestan. Y a mi vieja, tronco, la cuido. No tiene quejas.

Gonzalo apuntó otra vez al espejo: ¿Cómo mola, verdad?

—Las filomenas, cuanto más lejos mejor. Yo, en cuanto termine esto voy a dejar de ponerme durante una temporadita, que estoy un poco cansado. Te comes gramos y gramos y mil pastis, y ya nada sube como antes. Me encantaría volver a sentir lo que eran las primeras pirulas, las primeras tusas...

Gonzalito todavía se pavoneaba delante del espejo cuando sonó el timbrazo del telefonillo. Se pusieron las chupas y salieron juntos. Kiko cerró con llave, y bajaron al portal, donde estaban esperando los otros, que habían aparcado junto al kiosco, en la acera de enfrente. Era mediodía y estaba nublado.

Algo más tarde ya estaban metidos en el Seat Toledo con matrícula falsa que se había agenciao el Tijuana. Tijuana y Mao iban delante, Kiko y Gonzalo detrás. Todos con las chupas puestas, abrochadas hasta arriba a pesar de que la calefacción estaba a tope. Mientras iban por la Emetreinta Mao puso unos gusanitos de una eskama de puta madre.

—Está buena la zarpa, y fíjate que yo sólo me pongo cuando curro. Pero eso sí, lo controlas todo. Vacilas a todo el mundo.

El Tijuana se metía su loncha, le pasaba la billetera al Mao, luego este se la pasaba atrás.

—Bueno, a ver la lección. Vamos a Mirasierra, al chalecito donde el viejo de éste tiene montado el negocio. Hay que esperar a que salgan, si no nos ha explicado mal, dos operarias y un contable. Queda dentro el encargado y un guardia. Luego llega el pavo que esperamos. Le damos unos minutos, le pillamos mientras está con el encargado, y salimos zumbando y nos damos el zuri por la carretera de Colmenar a donde los tequis. Kiko, tú tienes controlado por dónde es, ¿no?

—Sí, Tijuana.

El buga subía por la carretera de la Playa, pasado ya el Ramón y Cajal. El Mao preguntó si ponía una cinta que últimamente llevaba siempre en el coche, que le habían grabado unos colegas de Murcia, de un pavo que se llamaba El Payo Juan Manuel y que cantaba rumbas rayadísimas. Yo me acuerdo que lo había puesto en el Veneciano, un día a las tantas, para descojonarnos, y todas las canciones iban sobre drogas. Pero Tijuana dijo que ni hablar. Los dos de atrás iban calladitos y bien enkokados. Kiko, los ojos vidriosos, jugueteba con la funda que cubría su asiento. Mao, todo enzarpado, no dejaba de rajar. Sabéis, la vieja del rey va en silla de ruedas, todo el mundo piensa que es paralítica, pero es porque lleva un pedo que no se tiene. Y jua jua jua. Los de atrás reían, más por nervios que por otra cosa. ¿Quién es el primer criminal de España? Anglés. Jua, jua. ¿Segundo? El que robó el violín de la reina madre. ¿Quién ve primero los cojones del toro? La reina madre. Jua, jua. A todo esto, el coche ya estaba entrando en Mirasierra, en una zona de chalets individuales.

—Tranqui, ñanis, si esto es como todo, la primera vez acojona. Pero a todo se acostumbra uno. A mí ya, cuando salgamos del coche me subirá un poco la adrenalina, eso siempre, pero no como la primera vez. Me acuerdo todavía, era una farmacia. A la piba que había allí casi le dio un infarto... Yo estaba acalandriao,

¿que no? Pero cuando todo acabó, me quedé encantado de la davi. Lo primero que hice fue llamar a unas picolinas. Y acaba enganchando, ¿eh? Luego te entra mono. Yo una vez en la Manga...

Tijuana le dijo que rajaba demasiado, y el Mao:

—Es que el lomo está rico y me ha dado buen rollo. Bueno, del segurata me ocupo yo. Tranqui, ñanis, que está mamao. Sólo hay que gritar un poco. Y si alguno se las da de Mellado, yo me ocupo. Sabéis quién es ése, ¿no?

—Lo has contado unas mil veces.

—Y otras mil, si hace falta. Eso es historia, muchachos. Hay que saber dónde vive uno. Ya os digo que yo llego a estar con una chicharra al lado del Tejero y tacatacataca fundo el congreso. Trabajar con el GAL en la lucha antiterrorista, eso sí me hubiera molao. Pillar a uno de estos cabrones y... ¡Pum! Son lo peor. Ñonis, tronco. Han matado hasta ñonis. A mí lo de arrancarles las uñas me parece poco. No entiendo por qué la tegen monta tanto revuelo. Si hay que estar contentos... Eso sí, equivocarse de pibes fue una chapuza, pero todo el mundo tiene derecho a equivocarse, ¿no?, y quién dice que no fueran topos de la bofia, como se cuenta...

Pero luego, en cuanto Tijuana le dijo que callara que ya era hora, se puso profesional. Aparcaron en la esquina de la calle y allí esperaron, el Tijuana mirando su reloj, Gonzalito controlando la entrada, hasta que, Esos son, dijo Gonzalo, salieron dos tías y un pavo, todos bien abrigados y andando deprisa. El contable vivía cerca y a la hora de comer se iba a pie; después de despedirse de las tías se las piró calle abajo, con las manos en los bolsillos de la gabardina y la cabeza gacha hundida en la bufanda. Las operarias se metieron en un volvo anticuado que estaba aparcado a la puerta. Gonzalito bajó la cabeza para que nadie le fichara, aunque con la ventanilla tan llena de vaho hubiera sido difícil. Unos minutos más tarde apareció un taxi, y de su interior bajó un hombre trajeado, de unos cincuenta años, esmirriado y con una barbita gris, que llamó al interfono del chalet. A los pocos segundos le abrieron, y entró. En cuanto la calle volvió a quedar vacía, nuestros amigos cargaron las pipas. Tijuana controlaba la hora con su peluco, y al cabo de poco más de tres minutos, ¡Ya vale!, abrieron las portezuelas y salieron del

coche. Tijuana abrió el maletero y se echó al hombro una bolsa
negra de Adidas, con el logotipo en rojo. Kiko se puso al volante, sin apagar el motor, las manos sudándole debajo de los
guantes, y vio cómo los otros se acercaban al chalet, cómo Gonzalito abría con su llave la puerta de la verja, cómo desapare-
cían tras el seto de arizónicas, por encima del que asomaba la
azotea aterrazada del chalet y parte de los muros que rodeaban
la pista de paddle. Hacia el sur, bajo un cielo plomizo se veían
las torres de la Ciudad de los Periodistas. Cuenta Kiko que no lo
pasó peor en su vida. Allí estaba, mirando a todos lados, emparanoiado con una chacha que limpiaba los ventosos de la terraza del chalet de enfrente, loco con cada coche que atravesaba
la calle. En cuanto a los de dentro, yo no sé muy bien lo que
pasó, bueno sí, lo que dijeron los periódicos. El caso es que pocos minutos después de haber entrado, Kiko les vio saliendo a
toda hostia, todavía con los pasamontañas puestos, agarrando
al Tijuana, que iba chorreando sangre pero que no soltaba la
bolsa de Adidas. Se metieron en el buga y todo eran gritos.
¡Date el zuri, cojones! ¡Cagoendiós, ¿de dónde sacó esa fusca?!
Kiko metió primera y pisó el acelerador a fondo, con el minutero a cien. El Seat Toledo picó ruedas y salió disparado, calle
adelante. Detrás, se habían quitado los pasamontañas. Kiko no
dejaba de mirar por el retrovisor, ¡Mierda, mierda, mierda! Tijuana se agarraba el costado con una mano. ¡Me cago en Dios y
en todas las vírgenes! Y en cuanto Gonzalo abrió la boca le cayó
la hostia. ¡Imbécil, que eres un imbécil! ¡No se hubiera atrevido
a disparar! Gonzalo estaba casi llorando. Kiko preguntaba qué
coño había pasado. Y el Mao: ¡Tú conduce, gilipollas! ¡Afufa,
hostias! Así que el buga atravesó la zona residencial a toda velocidad, saltándose los rojos y zigzagueando hasta salir por
Costa Brava a la carretera de Colmenar, por el camino que ya se
tenían currado. A todo esto el Mao miraba hacia atrás y le decía
al Tijuana que se tranquilizase, que por lo menos tenían el consumo. ¡Tú cállate! ¡Me han jodido, me cago en la puta! ¡Esto
pasa por trabajar con niñatos! Le metieron caña al buga hasta
llegar a la desviación de Fuencarral, pasado el túnel, atravesa-
ron el pueblo y pararon en un descampado cercano, donde estaban aparcados un Opel Corsa blanco y un Ford Escort. El plan

era astillar allí. Luego Mao y Tijuana se hubieran abierto a Murcia, Kiko acercaba a Gonzalo y se deshacía del Ford Escort. Tal y como estaban las cosas, Mao le gritó que quitara al Gonzalo de su vista, que él se encargaba del Tijuana y les daba un toque más tarde. Gonzalito empezó a decir algo y se llevó otra hostia, esta vez del Mao, que se quedó mirándole con cara de asesino y abriendo mucho sus ojos de sapo; Kiko estaba tan emparanoiado que ni abrió la boca. Tijuana y Mao se montaron en el Corsa blanco; y ya dentro del otro coche, Kiko empezó a preguntarle al amigo qué había pasado. Gonzalito no hacía más que temblar.

Una hora más tarde, Pablo se bajaba de un taxi a la puerta del Veneciano. Venía de keli, donde su mujer le había hecho un cocido cojonudo, y como en el colegio habían dado fiesta tenía a los niños en casa, que debían de ser cosa fina por lo que cuenta. Parece ser que les había reñido un par de veces porque comían como cerdos y le había soltado a su mujer que no les sabía educar y tal. Ella, mirando a los enanos, había dicho: Niños, a ver qué hacéis, que papá se las da de señorito. Así que estaba de un humor de narices cuando levantó el cierre del Veneciano, con el estrépito habitual. Instantes después entraba en la oficina y se llevaba las manos a la cabeza, al ver lo que vio, es decir, al Tijuana, con la chupa de borrego ensangrentada, tumbado junto a la puerta trasera, justo debajo del panel de corchos donde había clavadas con chinchetas fotos de las fiestas del Veneciano. Tenía uno de los brazos remangados, y el Mao, arrodillado a su lado en mangas de camisa, recogía ya la chuta, cucharilla y papela, y metía todo en la funda de piel donde llevaba siempre el material. Encima de la silla de la oficina estaba la bolsa Adidas.

—¿Qué hacéis aquí? —dijo Pablo controlándose.

Mao se incorporó y se le quedó mirando con cara de asco mientras metía la funda en el bolsillo de su chupa, que colgaba del respaldo de la silla. Pablo cuenta que ya se esperaba algo así, pero es mentira, yo creo que nadie se podía esperar una movida así de tocha.

—Tranquilízate, que te he traído esto. —Tijuana, abriendo y cerrando la mano todavía, se sentó trabajosamente, señalando una bolsita de Pryca encima de la mesa—. Tus mil boniatos, tómalos.

Pablo miró la bolsa un momento. —No los quiero.

—¿Cómo que no los quieres?

—No quiero tener nada que ver con este asunto.

—Pablo, no me jodas.

—He dicho que no y punto. Lárgate, y llévate tu dinero de aquí.

Tijuana, que ya de por sí tenía que estar rayado con lo de la herida, no parecía nada contento.

—Escucha, tío —dice Mao—. No vamos a ningún lado. Tijuana necesita un barbiri.

—¿Y esto tiene que ser en mi local? ¿No podíais haber ido a otro sitio?

—Tú tienes muchos amigos, seguro que conoces a alguien.

—No me jodas.

—Pablo, de aquí no nos movemos sin que alguien vea a éste. Y si nos encuentran aquí, tú estás en esto desde el principio. O sea que tú verás.

Así que, después de un rato, Pablo, sin dejar de mirarles, agarró su agenda de encima de la mesa y levantó el auricular del teléfono.

—Mira, creo que el extremeño hizo un par de años de medicina. Con él os apañáis.

El extremeño no estaba en su casa, pero le dieron el número del móvil de la novia. Pablo le pilló, y después de decirle que se acercase al local se giró a los otros.

—¿Cómo ha ocurrido?

—Todo ha sido culpa del jodido niñato. El primaverón nos ha salido cenizo.

—¿Qué niñato?

Tijuana, que estaba empezando a tranquilizarse con el chute, había levantado la cabeza para mirar rapidamente al Mao y que cerrase la boca.

—Está bien, mejor que no me contéis nada, no quiero ni saberlo. En cuanto venga el extremeño, a ver qué dice, y os salís de aquí, que esta noche voy a abrir.

Tijuana dijo que no soñara, y eso le dejó a Pablo súper jodido.

—Pero, cojones, ¿qué te crees? —va y suelta el Mao—. ¿Que estamos aquí por nuestro gusto? Si todo hubiera salido bien, esta noche estaríamos en la Manga, en la puta playa, y tan tranquilos. O sea que vamos a arrimar todos un poco el hombro, cojones, que se lo debes al Tijuana.

—Ya estamos.

—Si es que mírale. Nunca ha sido un menda legal. Tijuana, tronco, túmbate, túmbate, no la vayamos a joder.

Tijuana se había medio incorporado y le dirigía al Pablo su mirada más chunga. Eso ya fue demasiado para Pablo, que se dio media vuelta, y ya se dirigía hacia la puerta cuando el Mao sacó la pipa.

—No vas a ningún lado, Pablo.

—¿Qué pasa? ¿Qué crees, que os voy a denunciar?

Mao se encogió de hombros. Llama a quien quieras, pero de aquí no te mueves. Haz tus llamadas, gilipollas. Así que Pablo se sentó a la mesa. Y mientras esperaban, Tijuana iba apagándose cada vez más. La verdad, tenía que ser una herida de la hostia para tumbarle.

—Bueno, bueno. El negociete me han dicho que te va bien. Has abierto un garito nuevo por Atocha, parece. ¿Y cuántos van ya, compi? Te debes de estar forrando. Siempre has sido muy tolis con la guita. Se te veía desde el principo, muy avispao y eso. Mucha mala hostia con los empleados.

—Qué pasa, ¿estás buscando trabajo en la barra?

—Te estoy buscando a ti, gilipollas.

—Mira, ¿no puedes hacer el puto favor de callarte?, que ya me estás hinchando las pelotas.

—¿Qué?, ¿me vas a partir la cara?

Y justo en ese momento se oyeron ruidos fuera.

—Podías haberle dicho que entrara por la puerta de atrás, que es menos cante.

El extremeño era un pavo guapete con melenilla que tenía la manía de tirarse de los pelos de una verruga en el cuello, justo debajo de la barbilla, algo que a mí me ponía negro. Lo hacía siempre, sin darse cuenta, supongo. Aparte de eso, sonreía todo el rato, como si estuviera en un jodido concurso de televisión, diciéndote que sí a todo. El tío llegó pocos minutos después de que le llamaran, enfundado en una chupa Charro, y cuando vio el cuadro se quedó mirando a Pablo súper alucinado.

—Mira, Santi, estos amigos han tenido un accidente, y necesito que le eches un vistazo a...

—Pero bueno, Pablo, que yo no soy un médico, macho.

—Escucha, Santi, no podemos llamar a un médico.

—Tío, si sabes que sólo hice un par de años. Y además no iba ni a la mitad de las clases, joder, que no tengo ni guarra.

—Pues tendrá que valer. Ponte a la tarea.

El extremeño se encogió de hombros, luego se agachó junto al Tijuana, y muy despacio empezó a desabrocharle la chupa y la camisa. Después de examinar la herida en silencio, se levanta y dice que él no puede hacer nada, que hay que llevarle a un hospital inmediatamente, pero Tijuana, que nanai. Le entraron un par de arcadas, y el extremeño:

—Mira, macho, tienes una bala dentro, y aunque yo supiera sacarla, que no lo sé, harían falta medios que aquí no tenemos. Y además igual tienes una hemorragia interna o algo así de chungo. Yo no puedo hacer nada.

Pablo y Mao se quedaron callados. Pero Tijuana se incorporó trabajosamente: que le hiciera un vendaje. El extremeño le miraba.

—Macho, como la bala te haya perforado el intestino, la cosa puede ponerse muy fea...

Tijuana le dirigió una de sus miradas de mala hostia, ¡He dicho que hagas un vendaje y no me comas la cabeza!, y eso cerró la discusión.

—Yo lo más que puedo hacer es limpiar la herida y acercarme a una farmacia a por venda y antiséptico. Eso es todo lo que se me ocurre.

Pablo seguía con cara de póker. Mao dijo que le acompañaba. Y tú Pablo, no te muevas de aquí hasta que vuelva. Así que, de muy de mala gana, el extremeño salió con Mao. Al poco volvieron con una bolsita de la farmacia. El extremeño ayudó al

Tijuana a quitarse la camisa ensangrentada, y con una esponja empezó a lavarle. Como he dicho, tenía un cuerpo fibroso, ni un gramo de grasa, con el estómago lleno de barritas de chocolate. Además del tatuaje del camión, en la cárcel se había hecho otro en la espalda en plan Amor de Madre o algo así. Bueno, bromeo: no sería Amor de Madre, pero sí algo cutre del estilo.

—Joder —dice Mao al ver el agujero que el otro tenía en la tripa—. Y tú, deja de tocarte esa verruga, leches, que estás limpiando la herida.

El extremeño siguió limpiando la herida, y luego la desinfectó y la vendó como pudo.

—Mira, no sé cuánto puedes aguantar. Pero yo, si fuera tú, no me movería mucho por lo menos en cuarentayocho horas, y en cuanto puedas acércate a un hospital. Y si no hay nada más...

—Tijuana, ¿le dejamos ir a éste?

—Dejaros de gilipolleces. Ya os he dicho que es de completa confianza.

—Yo aquí no he estado.

—Déjale ir.

—Tijuana, tío, vamos de chapuza en chapuza. Está bien, fuera.

El extremeño no se lo pensó dos veces.

—Aquí no tienes nada para papear, ¿no Pablo?

—Yo me dedico a la venta de alcohol. Como no quieras unos cubatas...

—Con todas las muertes que provoca el alcohol y seguro que le vendes a los críos, ¿eh?... muy poco civil, Pablo. Muy poco civil.

—Mira, estoy hasta la polla de vosotros y tengo otras cosas que hacer. Aquí os quedáis.

Entretanto, después de pasar la tarde agazapado en keli, Gonzalito se encontró con Kiko en el En Órbita, que es un garito de la Elipa, muy cutre, todo bakalao, y le empezó a contar que su jefe se había pasado el día hablando con periodistas y maderos. A última hora había llegado un investigador que por lo visto era medio tuerto, por lo menos no coordinaba los dos ojos.

Gonzalo le había escuchado hablar con su jefe en el salón y se había puesto histérico al oírle decir que sin lugar a dudas se trataba de gente que sabía dónde se metía. Luego hizo muchas preguntas acerca de los socios del jefe —que eran tres, todos amigos de siempre— y los empleados. Y Gonzalito respiró al oír a papá recordar que no hacía mucho había despedido a una persona después de la desaparición de una pieza... En algún momento su jefe le había llamado. Gonzalito estaba todavía de los nervios, aunque intentó disimularlo como yendo de muy natural y muy guai. Así que el muy gilipollas se había puesto a hablar con el otro. Y a última hora de la tarde se había abierto para darle el toque a Kiko.

—Gonzalito, tío, no te acojones —dice Kiko, después de haberse comido la charla histérica del amigo.

—Kiko, Kiko. Tienes que ver cómo te ficha. No tiene nada que ver con la policía. Los maderos no han sido nada, se lo han comido todo.

Kiko no se fiaba un pelo. Con un pavo tan desequilibrado podía pasar cualquier cosa.

—¿Qué has dicho?

—Pues nada, lo que habíamos quedado. Que después de clase me había tomado unas cañas en el bar de la facultad y a esa hora estaba camino de casa.

—Nadie va a sospechar de ti, tronco.

—Tenías que haber visto al pavo este, lo raro que es. Me da muy mala espina. Cojones, con ese ojo que le baila no sabes nunca si te está mirando o no... Y yo creo que se huele algo.

—Que no, que no, joder.

—Dios, Dios, Dios.

—Que no te vuelvas paranoico, coño. Además, qué leches, eres tú el que has montado todo esto. Ahora compórtate, hostias. Y deja de lloriquear.

Gonzalito se tranquilizó un poco. Dice Kiko que las dos cervezas ni las habían probado; seguían encima de la mesa, al lado del periódico.

—Ya ha pasado lo peor, hostias. Ahora lo más seguro es que te dejen en paz.

—¿Qué sabes de los otros? ¿Te han llamado?

—No me han llamado, no.

—¿Y entonces? ¿Qué hacemos?

—Buena pregunta.

—Pero... pero ¿qué pasa?, ¿crees que nos han hecho el lío?

Kiko descendió de un trago la mitad de su cerveza y se encogió de hombros.

—¡Lo sabía!

Gonzalito ya estaba histérico.

—Que no, que te estoy tomando el pelo.

—Macho, Kiko, no te rías, y no me gastes otra vez una broma como ésta...

—No te vendría mal un poco de sentido del humor, tronco.

—¿Te han llamado o no? Dilo claro.

—Que sí me han llamao.

—¿Y dónde están?

—Pues escondidos, ¿tú qué crees? Con todo esto se ha armado un escándalo de cuidado. La bofia anda rastreando la ciudad, y con lo fichao que está el Tijuana, por un lado o por otro saldrá su nombre.

—¿Pero dónde están? Dilo ya, coño.

—En el bar de Pablo.

—No jodas.

—Sí, tío, metidos en la oficina. Lo de Tijuana es serio, pero parece que va saliendo.

—¿Y qué te han dicho?

—Pues no mucho. Que pasan allí la noche.

—¿Y qué hacemos aquí?

—Mira, tío, tú, después de lo que me has dicho lo mejor que puedes hacer es estarte quietecito durante un tiempo —dice Kiko, sonriendo.

—¿Tú crees que me vigilan? —Gonzalito, mirando a su alrededor.

—Hombre, si piensan que alguien de dentro ha ayudado pues... podría ser, ¿no?

—¡Me cago en la puta! ¡No tenía que haber venido! ¡Se me van a caer los huevos! ¡Mi padre me va a matar!

—Macho, Gonzalo, si te cogen me parece que el problema no va a ser tu viejo.

—¿Crees que podemos acabar en la cárcel?

Kiko meneó la cabeza. Dice que empezaba a estar pero que muy hasta las pelotas.

—Gonzalito, tranquilízate, haz el favor. Estás hecho un paranoico, tío.

—Kiko, ¡sabes que el Nacle me mata! Tenemos que arreglar esto esta noche.

—Chhhht. Quieto parao, muchacho —dice Kiko, levantando la mano como un guardia ante el tráfico—. Tú tranquilo que el Kiko lo tiene todo pensao. El Kiko te va a sacar las castañas del fuego, como siempre.

—¿Qué es lo que tienes pensado?

Kiko se tomó su tiempo, y sin dejar de sonreír se sacó un cigarro del bolsillo de la chaqueta. La verdad era que no tenía nada pensado, pero necesitaba quitarse de en medio al amigo.

—Mira, Gonzalo, cuando vivía mi viejo siempre decía que no hay que esperar nunca a que te peguen, hay que pegar primero.

—¿Qué quieres decir?

—Tú déjame a mí, que tengo un plan. Tranquilo, que todo va a salir bien. Venga, relájate y mira el periódico. —Lo desdobla y busca la página—. Salimos en la primera página de Madrid, macho. ¡Somos famosos, Gonzalito!

Y era verdad, allí estaban, en jodida primera página: *ATRACO A MANO ARMADA EN MIRASIERRA. Tres encapuchados irrumpieron violentamente en un taller de joyería, desarmando al guardia de seguridad. La entrada de los tres individuos se produjo cuando los empleados habían abandonado el local. Permanecía en él uno de los propietarios, que recibía la visita de un amigo en las oficinas del taller, y fue este último quien, armado y con licencia de armas, se enfrentó a los delincuentes. Uno de los atracadores resultó herido en el tiroteo.* Kiko todavía guarda el recorte, y de vez en cuando lo lee y no para de poner a parir al Gonzalo. En todo caso, aquella noche consiguió deshacerse de él. El taxi del amigo acababa de doblar la esquina cuando Kiko se topó con un pibe apoyado en el capó de un coche que le hacía señas de que se acercase. Iba con vaqueros y chaqueta y un jersey de cuello alto negro. No hicieron falta las presentaciones. La mirada del ojo bueno lo decía todo. Kiko, cada vez que piensa en ese momento, dice: Mira, Kaiser, el pavo me puso las cosas muy claritas. Había calado a Gonzalito desde que le echó el ojo. Le esperó a la puerta de su keli, tronco, y le siguió hasta el Órbita. Fue así de patético. ¿Qué cojones podía hacer yo? Y se justifica diciendo que de todas maneras Tijuana y Mao les hubieran liado, cosa que es posible. Claro que a mí tampoco me extrañaría que él ya estuviera pensando en astillar a tres. Porque menudo es el Kiko.

A todo esto, Tijuana y Mao seguían en la oficina. Y bien mosqueados que estaban, sobre todo el Mao, que empezaba a agobiarse. Para distraerse había puesto en un radiocasete que había encima de la mesa la famosa cinta del Payo. Una de las canciones era sobre uno que iba todo puesto, viendo a los turistas, *voy volando y los pasotas dicen: quedao, mira ese nota, que a gusto lleva su vacilón, voy tan a gusto que hasta los picos me ofrecen opio y congoleña y líbano rojo y paso de tó*, metiéndose farla, micropuntos, maría, caballo, *no veas que a gusto que voy, colega, con tanta droga y tanto sol*. Y luego, hablando ya, el Payo decía: ¡Lo estoy pasando fetén! ¡Viva Levante, señores! ¡Bull de Estambul, ocho de agosto y rape de Ketama! Y normalmente el Mao se descojonaba, pero hoy no. Hoy, sentado en el suelo, apoyado contra la puerta trasera, tarareaba la canción cada vez más encabronado, y no hacía más que manosear la fusca. Abría el tambor, sacaba las bellotas, las volvía a meter, sobaba la culata y volvía a empezar, poniendo a Tijuana de los nervios. Pero estaba ya con mono y Tijuana podía decir misa, que hasta que no tuviese lo suyo no iba a calmarse.

—Viendo tu cartel vas a ver cómo alguno te relaciona con lo de esta tarde.

—No pienso dejar que me liguen. Yo no vuelvo a un chabolo.

—Venga, tampoco se está tan mal en el hotel. Al fin y al cabo, si tienes guita hay de todo, ¿que no? Por lo menos un jaco cojonudo. Mira, Tijuana, yo tengo que salir de aquí. No sé, si eso paso un momento por donde tu hermano.

—Un rato más, sólo eso.

La cinta se había acabado, y Mao dejó la fusca en el suelo.

—No la pongas otra vez, hostias.

—Vale, compi, no hace falta que lo digas así. Y cuidado con cómo hablas, ¿eh? Que te he metido el último buco, el que quedaba para el viaje, y con él no estaría yo así ahora.

—No quiero espichar en un chabolo, Mao.

—¡Que no vas a espichar en ningún chabolo, Tijuana! ¡Para ya de decir gilipolleces! En cuanto podamos, pasamos por donde tu hermano y nos las piramos a mi keli en Murcia, que está debuti, al lado de la playa. Nos quedamos tranquilos una temporada hasta que las cosas mejoren, y luego ya veremos...

Así que en estas está cuando oyen que se levanta el cierre y entra Pablo en la oficina, hecho una fiera,

—¡¿Cómo coño habéis podido hacerme esto?!

Mao y Tijuana pusieron cara de póker.

—¿Hacerte qué?

—¡Sois unos cabrones! ¡Largo de aquí ahora mismo!

—¿Qué coño pasa ahora?

—Pasa que me entero de que unos individuos han asaltado el taller de un amigo mío, y uno de ellos, más o menos de tus señas, ha salido herido. El ciudadano en cuestión —hay que ser subnormal— llevaba una bolsa Adidas como la que está ahí tirada. Y ahora están buscando cómplices entre las relaciones del dueño. Así que aquí no podéis estar ni un segundo más.

—Tú no querías saber nada del negocio, tronco —dice Tijuana, muy frío—. Si tú no quieres saber nada, yo no te cuento nada.

—¿De qué coño nos está hablando el mamón este, Tijuana?

—Sólo falta que os hayan seguido hasta aquí...

—Buenos amigos te has ido a buscar tú... Pero si mira cómo vistes. Payasón, que estás hecho un payasón...

A Tijuana le entraron más arcadas y empezó a toser; al principio, poco, luego más chungo, escupiendo sangre y eso. Pablo se sentó en la silla, súper hecho polvo. Había dicho al encargado que localizara a los camareros, que hoy el Veneciano no abría.

—Dios, y esto tiene que pasarme a mí...

Tijuana soltó otra tos. Y Mao:

—Que te jodan, Pablo, tienes suerte de que no te vuele los sesos aquí mismo del asco que me estás dando.

Pablo se levantó. Se le subió la sangre a la cabeza, pero ya estaba bastante preocupado con otras movidas, así que lo único que hizo fue decirles que eran gentuza.

—Tú es que eres diferente, ¿que no?— va y dice el Mao, con una media sonrisa.

—Quiero que os larguéis ya.

—Eso ya lo hemos discutido.

—Pues ahora ha cambiado todo. Estáis en los periódicos, por si os interesa. Y hasta en la tele. —Pablo resopló de nuevo—. Mira, vamos a tranquilizarnos y a hacer una cosa. Yo me voy a ir, y esta noche no abriré el bar. Pero mañana por la mañana, cuando llegue aquí, quiero encontrar esto vacío.

—No hace falta. —Tijuana se incorporó trabajosamente—. Coge la bolsa, Mao.

Mao, nerviosillo, se puso la chupa, sacó del casete la cinta del Payo y agarró la bolsa Adidas, que seguía sobre la silla. Pablo estuvo a punto de decir algo más, pero Tijuana: Pablo, no lo jodas más. Venga, Mao, vamos a ver a mi hermano... y se abrieron, Tijuana moviéndose con dificultad y apoyándose en el hombro de Mao.

Pablo se sentó sobre la mesa y se quedó unos momentos mirando las fotos del bar. Y estaba todavía enfrascado en sí mismo cuando alguien golpeó el cierre. «Toc, toc, toc.» Segundos después era el Pablo de siempre en el vano de la puerta. El cierre estaba a medio subir, y fuera empezaba a anochecer.

—¿Qué quieres?

—Vengo a ver al Mao y a Tijuana.

—No han estado aquí.

—Tronco, Pablo, que me han llamado.

—Te digo que aquí no están.

—¿A dónde se han ido?

—No lo sé ni quiero saberlo.

—¿Y no han dicho nada, tronco? ¿No han dejado recado para mí?

—Ninguno, vete ya.

Y al ver que Kiko se alejaba calle abajo empezó a bajar el

cierre. En ese momento estaba viendo que al final abriría. El encargado podía ocuparse de todo. Así que pensó que una ducha en casa le relajaría. Miró a su alrededor para asegurarse de que todo estaba en orden.

El listo de Kiko lo que hizo fue esperar, y en cuanto vio que Pablo salía y desaparecía calle arriba, él y el tuerto jodieron los candados del cierre a hostia limpia con un pedrolo que pillaron en un contenedor de obra. La calle estaba prácticamente vacía, aparte de una pareja calentándose en un portal de enfrente. Así que Kiko y su nuevo amigo levantaron a medias el cierre, y padentro. Kiko se acercó a la cabina del pincha, a dar el interruptor general. Los fluorescentes parpadearon un par de veces antes de iluminar el garito, y sólo entonces se fijó en que el otro estaba empalmado y le entró mal rollo. Pero el tuerto le tenía cogido por los cojones. Al pillarle por banda, le había dado dos alternativas: o ayudarle, y si recuperaban el consumo intentaría hacer la vista gorda, o ir con él directamente a comisaría. Y Kiko había soltado el rollo, de pe a pa. Cuenta que el pavo era un hijoputa con el que se podía charlar, que había ido de fiesta y entendía de qué iba el tema.

—Pues qué cosas, ¿no? Que tú también conozcas el Lunatik. La verdad es que para ser detective eres un tío majo. Ése es uno de los pocos sitios por los que voy últimamente, sabes. El Gusanitos es colega mío; antes estaba en el Xxx, pone musikorra muy guapa.

Como el otro no sonreía nada, sabes, era chungo saber si estaba de buen rollo o no. Kiko dice que se ponía. Y para eso entiendo, eh, los cazo en seguida. Mientras largaba, el otro atravesaba el bar.

—Macho, si te he dicho que no están, que se han pirao. Que el Pablo está mosqueado y se ha ido a keli. De todas maneras —Kiko miró su peluco—, dentro de nada tiene que venir el encargado, que es el que abre esto. Y mejor que no nos pille aquí.

El otro, sin hacerle ni puto caso, después de comprobar que no había nadie, guardó la fusca y empezó a examinarlo todo: se coló en las barras, sacó las bolsas de hielos de las cámaras frigoríficas, miró detrás de los cuadros, desapareció en el tigre. Así que Kiko aprovechó para servirse un güiscola en una de las barras. Pues aquí me he pasado yo muchas tardes, cuando no está el Pablo, claro, con el Gonzalito, sabes. ¿Un tirito? El otro, metido ya en la oficina, husmeaba los papeles de encima de la mesa y vaciaba la papelera, dejándolo todo patas parriba. Pues sí, está rayadete el hombre. Kiko le seguía con el turulo y la billetera encima de la que ya había currado dos lonchas. Le tira mucho el vicio, sabes, y tiene detrás a los Mamones, que no gastan bromas, y por eso habló con el Tijuana... Si es que menuda se ha montado. Oye, y vosotros, ¿qué hacéis? Quiero decir que, ¿seguís a la banda y eso? El pavo se metió su tusa y dijo que a veces. Kiko fichaba todo disimuladamente. Pablo había pasado la fregona para limpiar la sangre, un cantazo. El otro ya estaba mirando las fotos del panel de corcho, y Kiko: Dime, tronco, ¿y la licencia de armas y eso? Porque yo en el curro tengo revólver, pero me lo pillan cuando salgo.

—¿Es alguno de éstos? —El pavo hablaba súper bajo, casi un susurro.

—¿Qué?

—Que si es alguno de los de las fotos.

Kiko se acercó y se las quedó mirando.

—No... no le veo en ninguna, no. Ah, pero mira, tronco, a este pavo le conozco, el que está haciendo muecas metiéndose los dedos en la boca, iba mucho al Attica en su época, si supieras los globazos que nos hemos pillado juntos...

El tuerto no estaba para historietas y salió de la oficina y empezó a sacar vinilos de la cabina del pincha, hasta que se cansó.

—Pero si te he dicho veinte veces que no hay nada —dice Kiko, siguiéndole, copa en mano.

—Piensa. Algún sitio especial, al que vayáis a menudo. Si fueras tú, ¿dónde te esconderías?

—Yo... La verdad es que... La verdad es que no lo sé, tronco. Eso de esconderse no es muy mío, sabes.

—Piensa.

—Bueno, quizá... No, es una gilipollez.

—¿El qué?

En ese momento se oyó que alguien levantaba el cierre, ¡¿Quién anda ahí?!, y Kiko que pega un salto del susto y empieza a empujar al otro hacia la oficina. Y oyendo detrás los gritos del encargado, se precipitaron hacia la puerta trasera, que estaba forzada y daba a un patio interior por el que llegaron al portal. Corrieron calle abajo, y Kiko sólo se relajó cuando estuvieron un par de manzanas más allá, por Hortaleza, donde ya había más basca a la puerta de las sandwicherías y de los bares y andando por las aceras bajo las farolas que alumbraban una noche fría. El tuerto no le dejó tiempo para recuperarse y siguió agobiándole con dónde podían estar Tijuana y el Mao. Como Kiko no soltaba prenda, empezó a mosquearse.

—Bueno, pues vamos a empezar por el principio. Esta gente tendrá una familia en algún sitio. Padres, hermanos, novias. Haz memoria.

—Del Mao no sé nada. Y el Tijuana, hermanos sólo tiene uno... por lo menos que yo sepa.

—¿Dónde?

—El Chonchas, si le conoce todo el mundo. Creo que vive justo encima del Asturiano, pero no me hagas mucho caso, que sólo he ido una vez.

Pero el pavo sí le hizo caso, y paró un taxi ahí mismo. Kiko iba relativamente tranquilo, porque no pensaba para nada que Tijuana y Mao estuvieran donde el Chonchas y la verdad, llegado a este punto, lo prefería así. Para él, que ya estaban camino de Murcia. Pero eso no se lo iba a decir al colega, que visto lo visto era capaz de arrastrarle a Murcia con él. Cuando pararon a la puerta del Asturiano, el tuerto le endiñó un boniato al peseto y le dijo que esperara.

El Chonchas vivía con su novia en el cuarto piso de un edificio sin ascensor donde casi nunca estaba porque se pasaba el puto día callejeando, haciendo trapis con éste y con el otro. Era uno de los yonkis más rastreros que conozco, siempre metiéndole corte a todo, liándote cuando podía. Si no le conocías te daba mierda seguro, y si le conocías, también. Siempre que te veía estaba sobándote, poco menos que metiéndote las asquerosas

manazas en los bolsillos, «Venga, ch-ch-chaval, seguro que alguna pirulilla de so-so-bra tienes.» Era un poco tartaja y eso
agobiaba mogollón. Yo le conocí una vez que Kiko me lió para
hacer un negocio. Quedamos en un bareto, pero en cuanto le
vi, demasiada sonrisita, me dio mal rollo y me abrí, a pesar de
que Kiko salió tras de mí, diciéndome que no me dejara enga-
ñar por las primeras impresiones. El Chonchas llevaba ya de-
masiados años metido en esto. En su choza ya apenas quedaban muebles. Poco a poco había ido vendiéndolo todo, desde
su colección de vinilos, único recuerdo de su época de rockero
gebilongo, hasta la lavadora y demás: todo menos el frigorí-
fico, donde guardaba las tabletas de jachís envueltas en papel
Albal. Su habitación se había quedado en un colchón sin sába-
nas. Además, se había encaprichado de un caniche negro muy
majete que había encontrado abandonado. El problema es que
—ya sabes cómo son los yonkis— no le sacaban, y se había
acostumbrado a cagar por las escaleras del edificio. Los vecinos estaban negros con todo esto, pero por mucho que protes-
taran, el propietario no se atrevía a desahuciar al Chonchas.
Hacía ya año y pico que no pasaba por allí, desde una vez que
le habían roto la nariz. Y los vecinos tampoco se atrevían a llamar a la bofia. Así que se resignaban a limpiar de vez en cuando las gracias del caniche y los vómitos de los colegas del
Chonchas.

Nada más entrar en el edificio, la vecina del bajo se asomó,
sin descorrer la cadena, en bata y con los rulos en la cabeza, a
preguntarles que a quién buscaban. Era un fósil gruñón, que les
ojeó de arriba abajo.

—Malditos drogadictos. Teníais que estar todos encerrados.

Y cerró echando hostias.

Kiko y el tuerto subieron, intentando no hacer ruido por las
escaleras. El edificio era de los que se las traía. Siempre había alguien con broncas, gritos, platos rotos y movidas así. En el tercero vivían dos familias de nigerianos, y todo eran risas y bon-
gos. Siempre apestaba a arroz pilaff, sabes, y a veces les veías en
el pasillo sentados en el suelo, plato de arroz en mano, despelo-
tados de la risa. Pero lo peor era el cuarto, donde se tuvieron
que tapar la nariz del tufo que había. La puerta del piso tenía un

boquete donde antiguamente había un picaporte y estaba entreabierta. Allí apareció el caniche del Chonchas, un bichejo asqueroso con el pelo lleno de nudos, que empezó a ladrar como un condenado. Kiko se puso en plan que él mejor esperaba allí, pero el otro dijo que ni hablar y le empujó delante. Con todo el morro. Así que Kiko, oyendo voces dentro y sin dejar de ojear al caniche, llama con los nudillos, y al poco aparece en la puerta una pava con el pelo asqueroso y lleno de gena cubriéndole casi todo el rostro. Cada dos por tres se apartaba el pelo para poder ver algo, tenía un careto ojeroso con algún que otro arañazo. Era la novia del Chonchas.

—No tenemos nada ahora mismo —murmuró con esa voz que gastan los yonkis, ya sabes, sin vocalizar, como si les costara hablar—. Y tú entra dentro, cabrón, y deja de ladrar.

Enganchó al caniche con la mano libre y le empujó dentro, y ya iba a cerrar cuando Kiko le dijo que venían a ver al Chonchas de parte de Tijuana. Ella le ojeó de nuevo, apartándose el pelo de la cara.

—Entrad, pero creo que se ha ido, no sé...

Se metió en la cocina y abrió la nevera. Pasad, pasad, dijo sin mirarles.

Kiko y el tuerto entraron en una habitación alumbrada por una única bombilla, Led Zeppelin sonando a tope. Debajo de un póster de una rubia tetona en cuclillas sobre una Harley Davidson, una pareja de negros escuchimizados, los dos en chándal, con ojos amarillentos, se fumaban un chino, cabeceando a ratos. Uno de ellos, que llevaba un pañuelo atado alrededor de la cocorota y marcaba el bombo con una botaza de baloncesto sin cordones, tenía dos radios de coche bajo el brazo. Había tres televisores de calidad en la habitación, y encima de una mesa de tres patas una balanza electrónica al lado de un mugriento oso de peluche. Kiko estaba ahora acojonadísimo, pero el tuerto, después de ojear la habitación, le empujó hacia delante. Y en la segunda habitación, tumbado sobre un colchón raído, sudando y encogido frente a una estufa eléctrica encendida, encontraron al Tijuana. La verdad es que tiene gracia que el Tijuana, que no soportaba a los yonkis —siempre decía que si él fuera alcalde de Madrid haría que limpiasen las calles como en Brasil o en Mar-

bella— acabara en aquel antro. Estaba lívido, los ojos entornados, la cara contraída en gesto de dolor. Al principio medio sonrió al verles entrar, Kiko dice que de todos modos no les recono-
cía ya, y ni se movió cuando el tuerto se inclinó, hincando la
rodilla en el suelo para tomarle el pulso.

—Vete a mirar en las demás habitaciones, a ver qué encuentras.

Kiko salió mientras el tuerto le abría la chupa a Tijuana, bus-
cándole la herida. No tuvo tiempo de más. Instantes después se
llevaba las manos a la boca: un patadón en los dientes que le
cortó la lengua.

—¿Tú qu-qu-quién cojones eres?

Le cayeron más patadas. Era el Chonchas, que había vuelto.
Medía poco más que el Tijuana y llevaba una chupa de cuero
que le venía grande con una pintada de EXTREMODURO en la
espalda, pantalones ajustados y botas de montaña. Uno de los
dos negros se había asomado detrás suyo, y el caniche ladraba
como si fuera a reventar.

—Pero qu-qué co-co-cojones haces tocando a mi hermano?

El tuerto no contestó, atontado por el golpe, la boca ensangrentada y el ojo bueno medio cerrado. El Chonchas se cebó con
él, puliéndole a patadas, y el negro de las zapatillas de baloncesto se acercó a ayudarle, con la mirada inyectada en sangre.
La paliza hubiera sido de muerte si en ese momento no entra el
Kiko en la habitación, todo contento.

—¡Mira lo que he encontrado!

El Chonchas y el negro se giraron para ver a Kiko con un
treintayocho en la mano, y en la otra la bolsa Adidas. Viendo la
pipa, el Chonchas y el negro se abrieron por patas. Chonchas,
¿dónde vas?, gimió su mujer. Pero el Chonchas ya estaba preci-
pitándose por las escaleras, perseguido por los ladridos del
chucho. Kiko se acercó al tuerto, que, con la barbilla llena de
sangre y el párpado hinchado, amarró el revólver y abrió la
bolsa de deportes, llena de fajos de billetes.

—¡Sal a llamar a una ambulancia!

Kiko salió pitando, y llamó desde una cabina pública cercana, sin dar su nombre y recuperando como pudo el aliento.
0-9-2, y moneda de cien pelas.

—¿Policía municipal?

—Sí, hola... A un pavo le han metido un bello... un balazo en el estómago, y está pero que muy mal, y envíen una ambulancia cuando puedan a la calle...

Mientras hablaba entrecortadamente, ojeando a ratos la entrada del edificio, vio cómo el tuerto salía, la chaqueta maleada y polvorienta, la bolsa Adidas al hombro, y tapándose la boca con un pañuelo se metía en el taxi y se las piraba. Luego todo fue muy rápido y en pocos minutos llegaron la ambulancia del Samur y la policía mugiendo en la noche, y poco a poco, como siempre que ocurren estas cosas, se fue congregando una muchedumbre de curiosos a la puerta del edificio. En medio del follón, el Kiko vio un Corsa blanco que dobló la esquina de la calle y ralentizó al pasar delante del edificio, pero al ver la movida aceleró y se piró echando hostias. Kiko dice que se quedó lívido, que iba Mao al volante, enfundado en su chupa de aviador. Y si no era él, era su hermano gemelo, tronco. Para Mao no había nada peor que un soplón y no creo que le hubiera hecho mucha gracia coscarse de que Kiko les había traído al tuerto. Kiko lo sabe, y por eso todavía hoy sigue acojonado con que aparezca el Mao y le arranque los huevos a mordiscos.

Supongo que lo más triste de estas movidas es que en el fondo no le interesan a nadie. Quiero decir que sí, todo Madrid se enteró, la noticia corría de boca en boca, pero era como la muchedumbre que se congrega cuando hay herido. Puro morbo. Y a nadie le importa un carajo. Claro que, si quieres saber la verdad, a mí tampoco. Me acuerdo que esa noche yo había quedado con Josemi en el Bombazo y me encontré a todos los camareros al fondo del garito, delante de la pantalla gigante de televisión. Josemi me dijo Shhtt, llevándose el dedo a los labios. Y yo: ¿Qué pasa? No lo ves, coño. Estaban pasando un programa de sucesos y en aquel momento se veía a unos camilleros que metían a alguien en la ambulancia; luego aparecieron policías nacionales empujando a la mujer del Chonchas y a un negro hasta una cerota con la sirena encendida. Empezó a salir gente haciendo declaraciones, entre ellos el Asturiano, todo rojo, gritando a los periodistas: ¡A tomar vientos a la farola!, ¡no necesito publicidad!, y algún vecino comentando que ya era hora de que la policía interviniese ese antro. Luego pusieron una foto de Tijuana ampliada, y hablaron de cuando pinchó al machaka. Todo era como bastante patético. Los camareros alucinaban en colores. Y ya cuando el Pablo llamó poco después diciendo que hoy no iba a pasarse, Josemi se tiró diez minutos moviendo la mano en plan «qué movida».

—Hostiaaaas. Eso pasa por andar con pipas... yo siempre lo he dicho... paso, paso...

Tardé un ratito en que me explicara lo que habían contado en la tele. Que la policía había identificado y detenido a Tijuana como supuesto cabecilla de un palo en Mirasierra. Los demás todavía no habían sido identificados, aunque la bofia esperaba localizarlos pronto, como siempre. Al acabar las noticias, el encargado apagó la televisión y los camareros volvieron a sus barras. Yo lo único que pensé fue en que el Barbas había tenido razón cuando me había comentado que Tijuana se había estado moviendo y que sólo los gilipollas como yo no se habían enterado de una mierda.

Así que al día siguiente me acerqué a ver a Kiko. Lo cacé en el curro, el único sitio en el que le pillas seguro. No sé si lo he dicho, pero Kiko se pasa las tardes currando de segurata en un courier, por ahí en el polígono industrial de las Mercedes. En fin, que allí empecé a enterarme bien de lo que había estado pasando a mis espaldas. También me preguntó si podía llevarle diez grametes por la tarde. Cuando dije que ni hablar, sacó un fajo de boniatos, y eso ya me dejó estupefacto.

—Secretos del Kiko —contestó cuando le pregunté de dónde habían salido. No quiso decírmelo el muy cabrón, pero no era difícil de adivinar.

Kiko estaba acojonaíto por si le implicaban. Eso sí, no hacía más que decir: Kaiser, si yo caigo arrastro al hijoputa de Gonzalo conmigo. Pero se fue tranquilizando cuando pasaron los días sin que se supiera más del asunto. Tijuana petó una semana después, de una hemorragia interna y sin soltar palabra. Tan chungo como estaba, poco le importaba lo que le dijeran la bofia o el cura. Y el Mao no ha vuelto a aparecer. Vete a saber, andará huido por la costa. De todas maneras, a quién coño le importa ya.

Bastante más tarde me enteré de que durante los días que estuvo Pablo sin aparecer por sus garitos, el jefe de Gonzalo, que ya se había enterado de todo a través del tuerto, fue a verle a su keli, que está allí por Hortaleza, un pisito muy majo cerca del Pryca, y tuvieron bronca. El amigo salió con que la culpa de todo lo ocurrido la tenía Pablo, que había permitido que el nene se juntase con gentuza en su garito. Como te lo cuento, macho. Pablo tampoco se quedó corto contando las hazañas del Gonzalito. El otro escuchando, me imagino que con la misma cara de gilipollas que tienen los hijos, y cuando ya Pablo se quedó sin cuerda le miró, meneando la cabeza, muy subido a la parra.

—Pablo, me has decepcionado. Pensaba que podía confiar en ti. —Y hala, más discursito—. No tienes perdón. Mi hijo es débil y os habéis aprovechado de él. Tú y otros como tú. Te garantizo que haré todo lo que esté en mi mano para que tengas que arrepentirte.

Y cuando se hartó de insultarle, se marchó. Yo me hubiera desahogado rompiéndole la cabeza, pero cada cual es como es. Pablo grita mucho para las pequeñas cosas, y luego... En fin, que se quedó bien jodido. Pero un par de días más tarde, según me contó, de repente y sin ninguna razón se sintió súper ligero y soltó una carcajada; se rió tanto que su parienta entró en la habitación, pensando que había ocurrido algo. A veces, macho, es que las movidas son mucho más complicadas de lo que parecen.

En cuanto a los demás, Gonzalito se fue de viaje y Kiko dejó de salir durante una buena temporada, y no volví a oír de ellos hasta meses después. Supongo que el cliente de la joyería todavía está esperando a que le devuelvan las pelas. Ya sabes lo que dicen del dinero negro. Y así terminó el palo del Gonzalo: todos jodidos y Gonzalito de turista en Inglaterra.

MUVIS CON GONZALO

Parecía que, con todo, por fin se había calmado la movida. Y la verdad es que podía haber terminado aquí si no hubiera sido por el hijoputa de Gonzalito, que tuvo que volver a montarla algunos meses después, de vuelta de su viaje a Inglaterra. Ocurrió pasadas las elecciones, en un mayo que marzeaba a ratos, y en el Bombazo, que era bastante más grande y psicodélico que el Veneciano, con paredes naranjas, guardarropas enmoquetado y tres barras que el finde se ponían hasta arriba y que entre semana eran pasto de vejetes encorbatados. Esos días, el encargado se pasaba el rato acercándose a la cabina a dar la vara con que el volumen bajito y la música tranquilita, así que Josemi, más aburrido que nunca, se dedicaba a pinchar horribles canciones de moda y a contemplar con sus ojillos acuosos de farlopero a Lidia y al Holandés que tarareaban y bailoteaban entusiasmados en sus respectivas barras. Josemi andaba entonces súper mosqueado porque se había rapado las greñas y había descubierto que tenía una oreja soplillo, y por eso ahora llevaba a todas horas una gorrita de béisbol al revés enganchando la oreja. Por lo demás, siempre llevaba camisetas tan guarras y deshilachadas que daban ganas de regalarle una, y a pesar del careto que gastaba para compensar lo de la oreja, los que le conocíamos sabíamos que era incapaz de hacer daño a una mosca.

Pero a lo que íbamos: Josemi me dijo más tarde que ESE DÍA la jodida Lidia se había puesto un vestido súper provocativo y no hacía más que mirarle, y él se preguntaba por qué coño le tocaba siempre currar con putas que estuvieran tan buenas. Ese era su OTRO gran problema. El gordo de verdad, aunque él todavía no lo sabía, era yo. Josemi estaba escuchando la siguiente canción por los cascos y ya ponía la aguja del tocadiscos sobre el corte correspondiente, apoyándose contra los vinilos que tenía a sus espaldas, cuando la puerta de entrada se abrió y ¿adivina quién baja por las escaleras y se para delante de la cabina? Alto, engominado, camisa oscura, Roc Neige sin mangas, zapas Adidas blancas. ¡Era el amigo Gonzalito en persona!

—Qué pasa, Gonzalo, cómo estamos.

Y Gonzalito, mirando a su alrededor, bastante emparanoiado.

—Bien, bien. Pero vamos fuera, Josemi, que ya sabes que aquí no puedo quedarme.

Porque después de la que se había montado y teniendo en cuenta que al Pablo le habían cerrado el Veneciano y otro bar, parece bastante normal que no fuera bien recibido en el ambiente. Por eso, aunque Pablo no estaba y según Josemi últimamente venía poco, Gonzalito meneó la cabeza, Te espero fuera. Josemi puso una cinta y se acercó al encargado, que con los codos apoyados en la barra del Holandés ligaba con el susodicho. Dijo que volvía en media hora, salió del garito y se llevó al Gonzalo hasta su coche, un Polo antiguo aparcado en la misma calle, un poco más arriba. Ya dentro, encendió la radio y puso una cinta de algún grupo nuevo que habrían recomendado en el Rock de Lux o en Radio 3. [Josemi siempre estaba al tanto de las movidas rockeras.] Y al tema: después de contar un par de anécdotas de su viaje a Inglaterra, Gonzalito dijo que no podía ser a seis, que a seis y medio. Josemi cuenta que se mosqueó mogollón, que golpeó el volante y empezó a gritarle ¡Habíamos dicho a seis! Pero yo no me lo creo. En todo caso, el Gonzalo ni se inmutó, era lo que había. Y Josemi, siempre según él, que a ese precio casi le convenía quedarse conmigo. Y razón tenía el hijoputa...

—Josemi, Josemi, no empieces. Kaiser te pasa los diez a setenta.

—Sí, Gonzalo, sí. Pero ahora ya no sé si me compensa jugármela con Kaiser, que se toma estas cosas muy en serio. En fin, yo todavía le sigo pillando algo, para que no se mosquee demasiado. Le digo que es que ahora no tengo pelas, que no salgo mucho, que mi novia me monta movidas. Esas cosas, tío.

Y bla bla bla. Gonzalito saca una papela. Josemi sigue con lo suyo, y Gonzalo despelotado:

—Es que el Kaiser, desde que lleva pipa, se cree que es el padrino. Venga, prueba esto y dime si no está rica.

—No, si está mejor. Si yo lo sé. Lo que pasa es lo que te digo, que vais a tener movidas. Y a mí no me mola que me pille por medio.

—A ver si te enteras, Josemi. Que llevo tres meses sin pagarle al Nacle. Y como me pille, me mata. Y de verdad. Entiende que comparado con eso, lo del Kaiser me la trae floja. Yo al Kaiser no le tengo miedo. —Gonzalito, muy chulo él, como siempre, terminó de currar las filas y se hizo un turulo con uno de los papeles adhesivos que siempre llevaba pegados al interior de la billetera. Esto de los turulos es cuestión de manías, sabes: a Josemi y al Kiko les mola de metal; a Gonzalito le daba por el Post-it; los horteras utilizan billetes; y los más cutres, cualquier pedacito de papel o cartón que pillen por banda.

—No, vale, lo entiendo. Pero yo que tú hablaría con él en vez de hacérselo por la espalda. Que está muy mosca. Y cuidao, que he ido con él por muchos sitios y, siempre muy tranquilo, pero siempre la pipa en la mochila. Igual no está tan petao como el Nacle, pero va camino. Déjale unos añitos.

—Bah. Si el Barbas le tiene fichado. Un día de estos le coloca.

—El Barbas es un hijodeputa. Si le veo cuando sale por ahí. Me lo he encontrado más de una vez puesto hasta el culo, y siempre con una guarra diferente. Tanto mueve para pagarse sus putas como para pagarse sus confidentes y enterarse de cómo está el patio. De vez en cuando coloca al pardillo de turno y se cubre las espaldas. Menudo hijodeputa. De todas maneras, al Kaiser no le va a hacer nada por su jefe, sabes.

—Ponte ya, y déjate de rollos.

En fin, Josemi se metió su tiro con el turulo que llevaba colgado de la cadenita, y que sí. Gonzalito sacó del bolsillo del plumas una bolsita llena de farla, mitad en roca mitad en polvo.

—Quédate, que voy a hacer unos tiritos más —invita Josemi.

Típico de los kokainómanos. Siempre quieren que te pongas con ellos para sentirse menos culpables, o para ver que te metes lo que les vendes, depende. A mí el Josemi una vez, cuando todavía no me conocía, me dijo: Venga, Kaiser, te invito a unas lonchas. Y yo: Tú qué crees, ¿que soy como tú, que me pongo todos los días?, con tal careto de asco, que no se repitió. Alguien me contó una vez que las ratas sólo se enganchan cuando están enjauladas. Pues los farloperos son como ratas que se pasan el día dando vueltas a la rueda loca de su jaula sin moverse del sitio, sabes.

—Tengo que irme —dice Gonzalito.

—¿Qué pasa, que pasas ya de nosotros? Quédate un rato, coño.

—Me quedo, si me acercas a donde he quedado.

—Venga, una vueltecita no me viene mal.

Josemi sube el volumen de la música y empieza a trabajar la koka, aplastándola con su tarjeta telefónica.

—Pues tío, de todas maneras no te entiendo... Quiero decir que con las pelas que tiene tu viejo, no sé cómo te metes en estos líos.

—Bueno está el viejo, como para pedirle pelas después de todo lo que ha ocurrido. Arranca, Josemi.

Madrid de noche le molaba mucho al Josemi, y más si iba puesto. Y mientras paraba el buga en un paso de cebra, ¡Sooooo!, más charla:

—Gonzalo, tío, que te pasas la vida metido en peyas y vas a acabar mal...

—Cuidado, Josemi.

Josemi, que ya estaba en Génova, frenó delante de la cafetería Santander, allí en la glorieta de Santa Bárbara, esa con ventosos tochos que está hasta el culo de basca a todas horas. El kiosko delante ya estaba chapado hacía un buen rato.

—No, si controlo. Tú tranquilo. ¿Has visto? En ninguna otra ciudad hay atascos a las tantas de la madrugada. Y todo el mundo puesto.

—Pon unos tiros, anda.

—Pues lo dicho, Gonzalo. Además, después de lo tocha que fue la movida con Tijuana. Cojones, que se enteró todo Madrid. Si hasta hubo peña que cuando palmó Tijuana salió de fiesta. Por cierto que dicen que por no aparecer en el entierro no apareció ni el Chonchas. No me extraña, macho, tenía a medio Madrid acojonado. Y tú, no me jodas, que, si no es por tu viejo, estabas ahora comiéndote un buen marrón. Si es que eres igual que tu hermano, tío, tenéis un moco que no os merecéis.

—Menudo mal rollo. Por eso me abrí. Y ahora casi no salgo.

—Haces bien, porque si te pilla Pablo... Anda que no está avispao desde que le han cerrado los dos bares. Tanta inspección de sanidad fue una putada. Si es que venían cada dos días y miraban hasta debajo de las piedras. Así no pasa el control ni un puto bar de Madrid.

—Mira, tío, pues yo siento lo del Pablo. Pero ¿qué podía hacer mas que decir lo que dije? No pude evitar que mi padre se lo tomara así.

—Gonzalo, tú piensa que lo del Pablo al final es lo de menos, porque aunque es un hijoputa como jefe, es buena gente y como mucho, si te ve te zarandea un poco. Pero el Kaiser es otra cosa, tío. Vamos, a mí la última vez que no pude pagarle, me rajó dos ruedas, no veas qué mal rollo. Me las tuvo que pagar mi novia. Y el Kaiser diciendo que a la siguiente me quema el coche. Es la leche, y eran sólo unos días. Y anda que no le ha metido caña al Kiko. Por cierto que menudo liante. No hay gramo que pase por sus manos que llegue entero. Mira que se lo decía yo a tu hermano cuando salía con él.

—Mi hermano es un pringao.

—No, no. Tu hermano es buena gente. Y ha hecho bien en dejar de ver al Kiko. Ése sí que es uno que debe de estar contento de que Tijuana haya palmado.

—No sé, no le he vuelto a ver. ¿No puedes ir más rápido?

Gonzalito, que había quedado con uno que le iba a soltar unos buenos talegos, iba jurando porque había atasco y llegaba tarde. Josemi le decía que tranquilo, con su pachorra habitual, y es que le dices que a la derecha y tira a la izquierda. Vamos a llegar, tú no te preocupes. Luego empezaron a hablar de que si la eskama del Kaiser ya no era tan buena y que si patatín y patatán. Al Josemi le encantaba la farla y odiaba a los pastilleros. Y eso que él mismo empezó siendo súper pastillero, como muchos que al principio piensan que la koka son demasiadas pelas para poco pedo, pero luego... En fin, que Josemi volvió a repetirle que se andara con cuidado, y Gonzalo, que si veía al «enano rabioso» últimamente. Josemi que sí, hombre, sí, por lo menos un par de veces por semana (se pasaba la vida dejándome mensajes en el móvil). Luego hablaron de Tula.

—Con quince añitos y esa carita, anda que menudo vicio. El otro día que salimos nos montó una movida en el Fun Factory que ya ves. Se rayó y que si estábamos liando a Kaiser... Yo no entendía nada y la intentaba hacer razonar. El Kiko porque ya la conoce y pasa. Pero a mí no me moló nada.

—Está chotada.

—Y tú. Si es que habéis salido demasiado críos, tío. Yo, mira, por lo menos sigo con lo mío, y así a lo tonto, ya estoy en tercero. Una novia te estabiliza. Con Lucía lo que pasa es que a veces... Escucha, el otro día había dos rubitas que pa qué y estaba mi novia ahí, hay que joderse. Y encima tampoco soporta que me ponga... Y tú, ¿qué?, ¿ya no sales?

—Ya te he dicho, tío. Es que ha sido todo muy fuerte. Y desde que he vuelto tengo al jefe súper mosca. Poco más y parece que he tenido yo la culpa de que hayan perdido las elecciones. No te puedes imaginar cómo está. En fin, yo ahora sólo quiero mover lo que tengo en casa, y fuera. Pago mis peyas y te juro que no... ¡Pero qué coño pasa! ¡Muévete, joder!

—Tranquilo, tío. ¿Y con quién tienes movidas?

—Con Nacle, ya te lo he dicho.

—Mira, tío, tú sabrás lo que te haces. Yo sólo te digo que no menosprecies al Kaiser, que está muy loco. El muy cabrón, lo increíble es que, moviendo lo que mueve, no se pone nada. Yo no sé si podría, tío. Bueno, y con lo que tienes tú en keli...

—Pues ahora casi no me pongo.

—Ya, tío. No sé, hay peña como vosotros que parece que controláis. Yo me pasaría todo el día, fim, fum, tabique de platino en menos de un mes, tío. Y desde luego no soportaría las llamaditas de las seis de la mañana a por el Morgan.

—Ahora curro con un amigo de mi padre, no puedo desparramar.

—Ah, sí, ¿y qué haces, tío?

—¿Que qué hago? Nada, llevar papeles de aquí para allá, hacer fotocopias, mandar faxes y esas cosas. Para tener contento al viejo. Piensa que me estoy adecentando. Que, bueno, igual por ese camino...

—Es que ya no son las juergas de cuando teníamos dieciocho. Nos volvemos fósiles. Yo ya tengo a la novia hasta en la sopa. Se pasa el día encima mío, y son seis años ya, y muchas movidas. El mes que viene nos vamos a ir a Londres, sabes. Se lo prometí después de la última bronca.

—¿Ah, sí? Habérmelo dicho, te doy direcciones.

—Bueno, ya nos las ha conseguido el Mañas, que tiene un colega allí. Tiene que molar mazo. Si es que estoy hasta la polla del Bombazo, sobre todo después de haberme quedado el puto verano pasado. En fin, viajar y eso está bien, aunque sea con novia. Claro que a mí también me pasa, sabes, que igual me voy a la sierra a casa del David y al cabo de dos días me da dolor de cabeza. Demasiado oxígeno. Es lo que dice mi vieja, que no estamos acostumbrados. Pero bueno, en Londres... Por cierto, dile a tu hermano que a ver si se pasa un poco más por el bar, que no me he muerto todavía.

—Que se joda.

—Me han dicho que sigue con esa panda de chuzos colegas suyos. El Jesusín y compañía. Yo es que no entiendo cómo puede ir con peña así. De todas maneras, hizo bien en dejar de salir con Kiko.

—Ya lo has dicho, Josemi. Desvarías.

—Vale, vale, tío, es que estoy...

—¡Arranca, cojones!

—Que sí, tío.

—Mira, Josemi. Déjame aquí, que pillo el Metro.

—Pero si no hay a estas horas.

—¡Pues voy andando! Si es que tanto coche no puede ser.

Habían llegado al barrio de Salamanca. Gonzalito salió del buga en una perpendicular a Serrano y echó a andar calle arriba. Y Josemi aprovechó que estaban los tequis parados para, antes de volverse, sacar la billetera y sin dejar de conducir ponerse otro tiro, como se los hace él, con una sola mano.

O sea, que así estaban las cosas cuando entré con Tula ese día en el Bombazo, y no te creas que no sabía desde hace tiempo que había movidas, que uno no es gilipollas. Qué pasa, Kaiser. Josemi se quitó los cascos y sacó la pezuña por encima de los platos, Se la agarré, serio. En esa época yo llevaba el pelo corto y una mecha teñida de rubio, también me había afeitado la perilla para dejarme una mosca. Iba algo cantoso a veces —con mis Puma, pantalones anchos de pana, camiseta Technics naranja y la mochila de los negocios a la espalda—, pero supongo que me gusta llamar un poco la atención. Eso sí, no demasiado. Ni pendientes ni tatuajes ni esas mierdas. Cuando tenía trece me puse un pendiente yo sólo, pero se me infectó el agujero y no lo volví a intentar. Tula venía conmigo: es larguirucha y el pelo color berenjena le tapa la mitad de la cara. Más que andar, arrastra los pies, y no sonríe casi nunca, pero a mí me mola la cara de muñeca que tiene y tal, y sobre todo me flipan sus ojos, uno marrón y el otro verde, sabes. No he conocido a nadie que tenga los ojos como mi piba.

—Qué pasa, Josemi. Te veo muy animadito hoy.

—Sí, bueno. Ha pasado un colega y me ha puesto unas tusas.

—¿Qué colega?

—Un colega de David —dice Josemi sonriendo.

—Espero que no sea el colega que pienso que es.

—¿Qué?

—No me tomes el pelo. Sabes que no me gusta que me tomen el pelo. —Yo estaba pero que muy serio—. Me han dicho que Gonzalito anda por ahí moviendo buena eskama, mejor que la mía.

El Josemi empezó a protestar. Pero se calló porque en ese momento se acercó la Lidia a preguntar algo, y el encargado que pasa con una caja de cascos vacíos al hombro: Menos charla, que para algo te pagamos. La otra: Me paga Pablo, no tú. El encargado, que le dice que se espabile. Y Lidia: Alvarito, lo que pasa es que ayer te dieron calabazas, que vi cómo te abalanzabas sobre la bailarina, y estás jodido, no me vengas con cuentos, que lo sé todo. ¡A currar! Josemi esperó unos segundos a que se alejaran los dos, y luego continuó lloriqueando.

—Kaiser, tío. Que yo no te haría eso...

—Ah, sí. Pues me han dicho lo contrario.

—Bueno, vale, tío. La pasa a seis y está rica. El problema es tuyo, no mío...

Me fui con mi piba hacia la barra más cercana a pedir una copa. Josemi me siguió. Tenía la jodida costumbre de no dejarte cuando querías pasar de él. Te seguía como un perrito faldero. Tula miró hacia otro lado.

—Lárgate, Josemi, que no me gusta que me chupen la polla.

—Mira, Kai...

Como ya me estaba cansando, le di con la mano abierta. ¡He dicho que te largues! ¿Es que no entiendes? El Josemi se quedó clavado. Entretanto se acercó el pringao del encargado, que, según parece, iba cinco veces por semana al gimnasio. Te puedes imaginar lo que me asustaba a mí eso. A ver, qué pasa aquí, me dice, apoyando las manos en la cadera y marcando pectorales debajo de una camiseta de «Degeneración X». Nada, nada, tío, dice Josemi rápidamente, porque si el encargado se entera de que está tan metido en peyas y drogas le echa. Yo miré al encargado como si me acabara de dar cuenta de que existía, y le digo a Josemi: Dile a este gañán que se largue. Oye, chaval, cuidado con cómo hablas. El muy pringao le hace una seña al Holandés, otro que también estaba cuadrado. Y Josemi: ¡Álvaro, tío, déjalo!, que no pasa nada. Y a todo esto la Lidia mirándonos, extasiada, desde la barra del fondo.

—Fuera —me dice el encargado.

Me quedé mirándole, muy tranquilo. Mira, colega, sólo me

voy a tomar una copa, ¿vale? El pavo seguía allí plantado. Tula mirando al techo como si nada. Y Josemi, que empezaba realmente a acojonarse.

—He dicho que fuera.

Yo termino mi copa, sin quitarle el ojo, y la dejo sobre la mesa.

—Venga, Tula, nos abrimos.

Ésa era la primera cosa que hacía cuando no me pagaban, sabes, montar el numerito en el curro o delante de la familia. El siguiente paso era el coche, y ya luego la pipa. Aunque por el momento todavía no había tenido que llegar a ese extremo. Así son ciertos negocios.

En cuanto nos fuimos el gilipollas del encargado le echó la peta al Josemi, en plan: Sabes que Pablo está muy quemado después de todo lo que ha pasado y no quiere líos, que el otro día había un policía de paisano fichándolo todo, así que asegúrate de que no vuelva por aquí. Luego se acercó Lidia y preguntó por mí, con esa voz ronca que al Josemi le ponía cachondo. Y Josemi: No te lo recomiendo. ¿Por qué? Porque tiene novia. Y sacando morritos, la muy zorra: Eso no importa, tú también tienes. Josemi sacó un disco de la funda y lo puso sobre el plato. En aquel momento no estaba para bromas, pero la pava seguía provocándole. Por lo visto había tenido zipizape con su maromo, que era súper celoso y tal, porque alguien la había visto enrollarse con Josemi en los asientos de abajo del Bocaccio. Y ahora el pibe iba por ahí diciendo que le quería matar.

—No me jodas, tía. ¿Y me lo sueltas ahora?

—Pero tú no te preocupes, que hoy no viene.

—¿Cómo lo sabes?

—Porque tiene la boda de su hermana. Se iba a Toledo.

—Lidia, tía, me has metido en un follón...

Lidia se acercó, toda morritos, al tiempo que le frotaba descaradamente el paquete. Pero Josemi se deshizo de ella, porque en ese momento apareció su novia en la puerta del Bombazo. Lucía era una pava grandota, bonita de cara, con el pelo recogido en una coleta y que casi siempre vestía falda y botas militares. A Josemi le ponían cachondo sus piernotas, pero creo que a poca gente más. Dio un beso a Josemi, y saludó a Lidia. Luego, mirando a su alrededor, Qué poca gente, y Josemi que como era puente la peña estaba muy quemada del día anterior, que estaba todo Madrid así. Lucía se llevaba bien con todos en el bar, y a Josemi a veces le entraban remordimientos porque allí todo el mundo estaba al tanto de sus rollos. La peña de los bares es que es así, sabes.

—Os vais a ir a Londres, me ha dicho Josemi —dice Lidia, toda sonrisitas.

—Sí, está ahorrando para eso, ¿verdad Josemi? Es la primera vez desde que nos conocemos que vamos de viaje juntos.

—Qué bien, qué romántico. ¿Nunca habéis estado?

—No, ¿tú?

—Yo tuve un novio que era diyéi en una discoteca de allí. Muy vicioso. Vivía en un squat. Había pillado la época de los primeros raves y el verano del 88. Un tío mayor pero muy guai. Allí el ambiente no tiene nada que ver. La banda se abraza, todo muy buen rollo y eso. Los ingleses, en cuanto se ponen un poco, se descamisan todos. —Luego mirando hacia el encargado, que se acercaba de nuevo—: Bueno, os dejo, chicos. Josemi, ponme esa canción de los Counting Crows que me encanta —dice, agitando sus manos para enseñar unas uñas pintadas de rojo sangre. Así que mientras Josemi pinchaba la dichosa canción, se fue hacia su barra, contoneándose.

Lucía estaba muy seria.

—Josemi.

—¿Qué?

—Te vas a mosquear, pero tenemos que hablar.

—Lo voy a dejar pronto, joder.

—Josemi, llevas dos años diciendo lo mismo, y sigues aquí. Yo estoy harta de salir todos los días con todos estos pasaos.

—Mira, no empieces, eh, que tus colegas, igual no se fuman ni un porro, pero sus veinte rondas y sus quince copas no se las quita ni Dios. Porque anda que menuda panda de chuzos.

—No es lo mismo.

—Bueno que no.

Y Lucía empezó con el rollo suyo de siempre: que estaba

cansada de vivir de noche y despertarse a las dos de la tarde, que así no iban a ninguna parte. Y Josemi, que tenía que ganar algo de pasta —Esto es lo único que sé hacer, sabes que yo sólo entiendo de música— y que la semana que viene se iban a Londres, cojones. Déjalo. ¿Que deje el qué? Deja de justificarte. Lucía, estás insoportable, tía, dijo Josemi, poniéndose los cascos para escuchar la siguiente canción. Lucía se dio media vuelta y se acercó a la barra del Holandés, a pedirle una copa, y por primera vez en mucho tiempo Josemi se sintió raro al verla hablar con Triceps. Dice que nunca antes se había sentido así. Y la zorra de Lidia en la barra del fondo guiñándole el ojo y metiéndose un dedo en la boca, ¿tú te crees?

Aquella misma noche Gonzalito se encontró con una sorpresa. Volvía a keli ya de madrugada, contento después de haber cobrado un par de asuntos pendientes, cuando por un barrio de Salamanca desierto a esas horas se le acercó un Volkswagen GTI negro a toda hostia. Gonzalo se giró por el ruido y se dio cuenta de lo que se le venía encima. Le quedaban unos pocos metros para llegar a su portal. Aceleró el paso, pero no tuvo tiempo. El GTI se paró sobre el bordillo, con un frenazo, y Nacle y el Pera le salieron al paso.

—Eh, ¿dónde vas, Gonzalito? Qué pasa, ¿tienes prisa?

El Nacle era un macarra de casi dos metros con el pelo pincho engominado, ojos negros como cucarachas y tres pendientes en cada oreja. Ese día llevaba un chándal de colores chillones, y en una de las manos un puño americano. El Pera era como el perrito faldero del Nacle, gordo, bajito y más tonto que un culo. Siempre llevaba un Bombers y camisetas súper ceñidas que le marcaban los michelines. Cuando hablaba, ceceaba y te daba una ducha gratis. Era súper desagradable, de verdad. Gonzalito se puso lívido al verles, y no era para menos. Conozco a pocas personas que hayan dejado colgado al Nacle tres meses sin haber sufrido algún accidente.

—Cuánto tiempo, ¿no, Gonzalo? —dijo el Nacle sonriendo. El Pera se fue directamente a por él y le empujó con mala leche contra la pared. Luego le enganchó con la mano izquierda por el cuello y levantó la derecha para meterle.

—Quieto un momento, Pera.

El Pera miró a Gonzalo. Antes de soltarle, le metió un puño en la boca del estómago.

—¡He dicho que quieto, Pera!

Gonzalito se quedó un momento sin respiración.

—Qué tal estamos, Gonzalito. ¿Te han echado del país de los juligans?

El Nacle le miraba sonriendo, con las piernas un poco abiertas y las manos en jarra apoyadas sobre las caderas.

—Tío, qué coincidencia. Te iba... —gimió Gonzalo, acojonado y sin perder de vista el puño americano—. Te he llamado esta mañana...

—Ah, ¿sí? Joder, qué suerte. O sea que todavía te acuerdas de mí. Supongo que tengo que estar contento —dijo el Nacle sacándose de uno de los bolsillos un busca pequeñito y negro y leyendo los mensajes que aparecían en la pantalla líquida—. Vamos a ver... Pues... No, no parece. Gonzalo, igual se ha roto el busca, ¿no?

Pera soltó un gapo y Gonzalito se tuvo que limpiar la cara con la manga de la camisa.

—Pera, ¡hostias!, déjame hablar con nuestro amigo —dijo el Nacle, girándose hacia él. Luego a Gonzalo—: Macho, Gonzalo. Llevas tres meses tocándome las narices, ¿lo sabes?

Gonzalito asintió y empezó a hurgarse con ansia en los bolsillos.

—Mira, Nacle. Toma, tío... Tengo cien papeles... Te lo juro que te iba a llamar mañana... Mañana mismo... Si he venido hace nada... No te iba a llamar desde Londres...

El Nacle agarró los napos que le tendía Gonzalo y se los dio al Pera, que empezó a contarlos.

—Muy bien, pero... esto no basta. Lo sabemos, ¿no?

—Mira, Nacle. Dame un par de semanas y te juro...

El puño americano pasó a dos centímetros de la cara de nuestro amigo y se estrelló contra la pared, levantando yeso.

—¡Te pasas la puta vida jurando! Me lo juras cada vez que hablo contigo, cabrón.

—Ciento quince —dijo Pera.

Esto pareció tranquilizar al Nacle, que empujó de nuevo a

Gonzalo contra la pared y le empezó a dar toques con el dedo sobre el pecho, cada vez más fuertes.

—Gonzalito, macho. Tienes dos semanas, dos putas semanas para arreglar cuentas. Me pasas a ver al gimnasio... ¿Estamos? To-do. Cada puta peseta. O te arreglo tu cara de guapete.

Gonzalito asintió rápidamente. Pera volvió a escupirle, y los dos Mamones se metieron de nuevo en el GTI, que arrancó a toda hostia.

A mí por aquel entonces me estaba pasando un madero que en su época venía mogollón a keli cuando mi jefe trabajaba en la Fiscalía, aquí en Madrid. Me acuerdo que la mañana que me contó lo del padre de Gonzalito, justo antes había estado fichando chavales para una rueda de identificación y me pilló por banda mientras le esperaba a la puerta. La suya era, por cierto, una de las comisarías más importantes del distrito centro. En una de las habitaciones del segundo piso dos maderos identificaban a un pavo de pelo rizado y ojos hundidos. De una de las paredes colgaba un cuadro de lo más cutre, un paisaje con nubes rosas y ovejitas. Cada cierto tiempo los maderos hacían alinearse frente al cuadro al sospechoso y tres chavales —entre ellos, yo—, encendían las luces, el cuadro se bajaba, y todos serios hasta que lo volvían a subir. Mala suerte, dijo uno de los policías que iba de paisano. Te han reconocido todas. Menudo degenerado, murmura el Barbas; medía casi dos metros, tenía barba muy cerrada —se afeitaba la mitad del cuello hacia arriba; mitad hacia abajo la pelambrera se le escapaba por el cuello de la camisa—, y los hombros siempre cubiertos de caspa, lo que le jodía mazo. Qué perras, y una y otra, no bastaba con una vez, se quejaba el sospechoso, las manos metidas en los bolsillos del pantalón, ya hasta la polla de tanto reconocimiento. El de paisano, encogiéndose de hombros: Las niñas, por perderse la clase... El policía más alto resoplaba. ¿Te lo dejo, González? Ningún problema. Así que el Barbas me dio un toque en el hombro, yo pillé mi mochila —la había dejado en un rincón—, me la eché al hombro y le seguí fuera. Calle abajo, el Barbas miraba a todos lados: los comercios, el mendigo oficial frente a la comisaría, un travelo al que permitían pedir en la fuente porque le conocían en el barrio y no armaba broncas. El barrio era súper tranquilo. Barbas lo tenía todo bajo control. Incluso el culo del travelo, algún que otro sábado.

—Tengo un asunto —me dice—. Creo que, si lo manejamos bien, puedo sacarle un par de kilitos.

A todo esto fichaba sin parar nuestro alrededor. De vez en cuando se sacudía disimuladamente la caspa de los hombros. Pero la volvía a cagar cuando se rascaba la pelota, que también era un gesto muy suyo. Otra de sus manías era mirarle el culo a las tías que pasaban, algo que a mí me ponía bastante negro. El pavo era muy putero y se gastaba en el tema todo lo que ganaba en negocios. Pero, bueno, supongo que cada cual tiene sus vicios y que para él eso era como para mí los discos o como para Kiko la farla.

—No hay nadie. Barbas, estás cada día más paranoico.

—Es que últimamente están jodiéndonos bastante. Yo no sé qué pasa con todos estos periodistas. La gente qué cojones se piensa. Quiero decir que este es un trabajo chungo con una paga de mierda. A la gente o se la remunera bien o se remunera. ¿Quieres acabar con la corrupción? Pues sube los sueldos, hostias. Vamos adentro.

Había empujado la puerta del garito de la esquina, que tenía las paredes llenas de banderas y fotos del Real Madrid de baloncesto, algunas firmadas, y que estaba bien concurrido a esas horas. Solíamos quedar siempre en bares populares y ruidosos. Nos saludó uno de los camareros, rollizo, simpático; el otro era un chavalito con cara de muermo que nunca decía nada. Barbas pasaba bastante por este bareto a tomarse las cañas y vinitos que ayudaban a pasar las horas.

—¿Todo bien, Pepe?... Eso es bueno. Pon unas cañas, maestro...

El camarero se fue, porque sabía que cuando el Barbas venía acompañado le gustaba que le dejasen espacio para charlar.

—Hay que ser amigo de los amigos, no lo olvides. A los amigos el culo, a los enemigos por el culo, y a los indiferentes, la legislación vigente. O como lo ponía Noriega: a los amigos, plata; a los enemigos, plomo; y a los indecisos, palos. —Lo que también era algo que repetía bastante y que supongo que resumía su manera de ver la vida. El único problema era saber si te consideraba amigo o no.

—Bueno, ¿qué?

—Tranquilo, joder, no seas impaciente.

—Dos cañitas bien espumosas —dice el camarero golpeando el cristal de la barra.

Barbas agarró con su manaza la suya y vació la mitad de un trago. Yo le di un sorbo a la mía y me encendí un pitillo.

—Bueno, que me he enterado de que el Gonzalo Solozábal está moviendo mucho por el barrio —me dice después de fichar a través de la luna a una pava de mi edad que bajaba por la calle con una faldita escocesa.

—Eso dicen.

—Vale, pues quería decirte que no quiero marimorenas. Que ya está el ambiente bastante caldeadito.

—¿Qué marimorenas?

—Tú entiendes lo que te quiero decir. Yo me huelo lo que puede ocurrir, y quiero advertírtelo. Si hay jarana, me van a apretar mucho. No quiero follones, y menos en este momento, que el padre todavía es un tío importante.

—No va a haber movidas —digo, muy serio.

—Me alegro —y me da una palmada—. El viernes vemos eso que hemos comentado, no te olvides. ¿Vamos?

—De acuerdo.

Me levanto, tirando al suelo el pitillo a medio fumar, y según salimos:

—Oye, Barbas, tú no me estarás pinchando, ¿verdad?

El Barbas se puso serio, Pero qué dices, chaval, se sacudió la caspa de los hombros, y puso la voz que gastaba cuando quería impresionar a la basca. Miró a su alrededor —estábamos en mitad de la calle—:

—¿Qué ha pasado?

—Nada, que el otro finde mi jefe pasó por keli y pilló otra cinta en el buzón.

—¿Qué cinta?

—Una, con conversaciones telefónicas mías. No tenía mensaje ni nada. Y es ya la segunda vez.

—Hombre, a veces se hace para dar un toque a la familia y

que esta tome cartas en el asunto. De todas maneras, si lo hemos hecho nosotros creo que puedo enterarme.

—Gracias, tío.

—Ah, y si ves al Andrés dile que se ande con cuidado, que pase menos por el Level. Que la próxima vez igual no soy tan comprensivo.

Así que me abrí. Lo que le había contado al Barbas era verdad y yo estaba súper rebotado con el tema. No sé, macho, con eso de que el novio de Rita era del CESID, cosa que, por cierto, cuando lo supimos lo flipamos cantidad, sobre todo por la pinta de pringao que tenía [igual con esa pinta disimulan más]. Claro que vete a saber si no eran fantasías de la Rita; aunque yo, tal y como son las cosas en este país, me lo creo. En todo caso, en ese momento pensé en darle un toque al novio de Rita, cosa que evidentemente nunca hice.

Gonzalito debió de coger confianza, con la cuerda que le había dejado el Nacle, porque en nada ya estaba de vuelta a las andadas, y unos días después de mi bronca con Josemi salía tan pancho del Sexus, una discoteca de Pozuelo, con Karen colgada del brazo. La Karen curra en una tienda y es una pava súper mentirosa, quiero decir que desde que la conozco se le han muerto tres novios, la han violado, ha tenido dos abortos y la han secuestrado para casarse con ella, aparte de que todo lo que hayas podido hacer ya lo ha hecho ella antes. Igual soy yo, pero a mí todo lo que me dice me suena a rayadura, y tratándose de una piba que se llama Antonia y se empeña en que la llamen Karen, todo es posible. En todo caso, en aquella época salía con nuestro amigo y dice que debían de ser las ocho de la tarde cuando salieron del Sexus y que todavía había sol como para que le dolieran los ojos. Se había mosqueado porque Gonzalo la había sacado del Épsilon nada más abrir el Sexus donde había quedado con su primo para endiñarle medio kilo. Y mientras esperaban a la puerta a que el aparcacoches trajera el M-3 amarillo de papá, Gonzalo, sin dejar de jugar con su llaverito, dijo que la llevaba a keli.

—Llevamos desde las tantas de ayer. Quédate conmigo a dormir, que estoy sola en casa.

Karen le empezó a morrear. Parece que el Gonzalo se dejaba, hasta que de repente se apartó sin decir palabra. Se metieron en el coche. Sacó unas gafas de sol Oakley de la guantera, se las puso, maniobró, y el buga salió a la carretera. Karen, guiñando los ojos porque la luz seguía haciéndole daño. Gonzalito, mirando al frente, muy chulo él con sus gafas de ciclista, bajó la ventanilla para evitar que se le empañaran. Las Oakley se cierran tanto en torno a los ojos que se empañan mogollón conduciendo, sabes. Karen, que conocía las venadas del amigo, se quedó callada, y así siguió todo el camino hasta Moncloa. Y unos quince minutos después, pasada la avenida de la Ilustración, llegaron a su casa, una torre de catorce pisos en la Ciudad de los Periodistas. Karen, sin bajarse, se quedó mirándole en plan mimosa.

—Gonzalo, ¿me dejas algo de pelas?

—¿Cuánto?

—Lo que quieras.

Gonzalito puso mala cara.

—Venga, Gonzi (Karen le llamaba así).

Despacio, sacó un fajo del bolsillo y separó varios billetes. Baja ya. Se habían parado al lado de un metro delante de la torre de Karen y calle abajo se veían las costillas metálicas bajo las que pasa la avenida de la Ilustración. Karen se le echó al cuello. Déjame, anda, se deshace el otro, colocándose las gafas. Gonzi, no sabes cuánto te quiero... Karen intentó tocarle el nabo pero Gonzalito se puso en plan, suéltame, coño. Gonzi, ¿por qué me tratas así? Y ya el otro, soltando esos gallos que le salían a veces. ¡Que me *de*jes! Karen se quedó súper jodida, Qué rarito eres, hijo. Sal, anda, que no tengo tiempo para nada. Todavía remoloneó un momento. Luego, viendo que no había nada que hacer, salió y se quedó en la acera mientras el coche se alejaba.

Debía de estar bastante contento mientras subía con la música a todo volumen, por la Ilustración hasta la Emetreinta. Se había pulido unos cincuenta papeles durante el finde pero con lo de la zarpa se iba arreglando todo y estaba sacándose un buen pastón. Si seguía así no tendría problemas para pagar sus peyas y quitarse de encima al Nacle, así que después de unos días bastante chungos volvía a sonreír. Se metió por el final de Arturo Soria, y allí pilló la avenida de San Luis y se metió por Manoteras —donde te roban la cartera y no te enteras—, que era el barrio de Andrés. En el semáforo a la altura del colegio Cristo Rey le esperaba Andrés: rapadito, capuchino y siempre puntual. Andrés se metió en el coche y chocaron los cinco, Qué pasa, tío. Mira, Gonzalo, no te importa ir a un sitio un poco más tranquilo, dice Andrés mirando fuera, que he visto un par de amigas de mi vieja pululando por aquí. Claro, tío, dime dónde. Métete a la derecha, en el descampado de al lado del colegio. Así que se metieron en el descampado, donde a veces iban los yonkis de la zona a pincharse, y allí, algo alejados de la carretera y pegados al muro del colegio, vacío a esas horas, Gonzalito echó el freno de mano y buscó debajo del asiento un saquito transparente lleno de koka. Andrés la metió dentro de su mochila y sacó un fajo de billetes. Gonzalito empezó a contar y puso otra vez la música. Una cinta prehistórica de Front 242 sonando a rayos que el muy bárbaro había grabado de un vinilo a 45 revoluciones por minuto en vez de a 33 porque decía que «sonaba más actual». Sólo un tío insensible a la música podía hacer una monstruosidad así. Andrés, muy nervioso, le dijo algo. Y el Gonzalo, sin dejar de manosear los papeles, se puso en plan listo.

—Buah. El Kaiser es un pringao. Mira, está acabao. Al principio pensaba que me iba a quedar sólo un tiempo, para saldar mis peyas y quitarme al Nacle de encima. Pero viendo cómo está el patio estoy pensando en dedicarme a esto en serio.

Y luego empezó a preguntarle por su grupo y esas tonterías que se dice la peña que no tiene mucho que contarse. Todavía no se coscaba de nada.

—Bien, bien. Ahora hemos grabado un disco con Moon-records, sabes, el antiguo sello de Dei Jeit mai Children. Un vinilo. Vamos a sacar quinientas copias. Está muy guai, tienes que escucharlo.

—A mí esa música no me va —dice Gonzalito, que en eso era como yo. Sólo le gustaba un tipo de música—. Me suena a rayos.

—Oye, creo que deberías hablar con Kaiser... —empieza Andrés, nervioso.

—Deja de hablarme de él. Qué pesaos estáis todos. Que no es nadie. Es un pringao, un pintamonas, un fantasmón, un pichabrava. Os tiene a todos acojonaítos, yo no sé qué os pasa. Mira, si estuviera aquí...

Entonces abrí su puerta y me le quedé mirando.

—Si estuviera aquí, ¿qué?

Lo dije con bastante mala hostia, y Andrés se salió por su lado, como habíamos previsto. Gonzalito se quedó alucinado al ver que tenía en la mano mi automática de siete disparos. Comprendo que estuviera jiñaíto, porque yo también lo estaba. Quiero decir que había ido a buscar al Andrés, justo antes, para que me explicara por qué había dejado de pillarme farla. Le había encontrado en el Level, un bareto poco recomendable de la zona, donde estaba echándose unas cartas con tres gebilongos, y dio la puta casualidad de que me fijé en que estaba como muy nervioso. Al principio no lo quería decir, pero en cuanto le apreté soltó que había quedado con nuestro amigo, así que quedamos en que le llevaría a un sitio tranquilo y no habría malos rollos entre nosotros. En fin, todo esto no iba a explicárselo ahora. El muy cabrón me había forzado a sacar la pipa. Y aquí estaba.

—Vaya, Kaiser, me alegro de verte. Precisamente Andrés me estaba hablando de ti, ¿eh, Andrés? —va y suelta, dirigiéndome la sonrisa más falsa que he visto en mi vida.

—Kaiser, me voy, ¿vale? —dice el otro.

—Llévate la Pepa, que está en la puerta de tu casa. Toma las llaves. Te veo más tarde.

—Kaiser, yo... —empezó Gonzalito.

—Sal fuera, que vamos a charlar.

Gonzalito ya iba tranquilizándose. Salió, todavía con las gafas de sol puestas, paseando la vista por las dunas del descampado. Unos cincuenta metros más allá acababan de encenderse las farolas de la avenida de San Luis y en el muro del colegio todavía se veía alguna que otra pancarta electoral medio arrancada, «Con la nueva mayoría», desde las que el nuevo presidente, trajeado y bigotudo, sonreía achinando los ojos. El cielo violeta se ennegrecía a medida que caía la noche. Gonzalo empezó a hablar aceleradamente.

—Kaiser, tío. Mira, vamos a dejar las cosas claritas... Yo no quiero joderte... Y entiendo que te mosquee el que esté moviendo... No hace falta que digas nada, si lo entiendo...

A mí todo lo que él pudiera entender me la sudaba. Yo ahora estaba muy serio, escuchando lo que me decía, dejándole hablar. Por dentro estaba pensando mogollón de cosas, demasiadas cosas, y muy raras. Era la primera vez que me encontraba en una situación así, pero tarde o temprano tenía que llegar. Y mientras, mantenía la pipa baja, pegada al muslo, detrás de la pierna.

—¿Quién te fía la eskama?

—Pero eso qué más da, tío. Macho, tú le estás metiendo demasiado Glucodulco, lo sabe todo el mundo. Y siete el gramo es caro. Eso es todo. Ya está, no hay más que hablar.

—Ya.

—Mira, tío, entiéndeme. Yo comprendo que tú te lo has currado. Y todo el mundo habla muy bien de ti, eres un tío serio y a mí me caes bien. Pero tío, yo tengo detrás al Nacle. Y tú sabes lo que es eso. No puedo hacer otra cosa. Lo siento, pero es joderte a ti o joderme yo. Y entre los dos prefiero joderte a ti.

Al ver que yo no abría la boca, iba cogiendo confianza. Cada vez hablaba más fuerte, sin dejar de aspear los brazos, bien enzarpado, gesticulando y levantando las cejas detrás de las Oakley. Yo no podía dejar de acordarme del Barbas y le daba vueltas a cómo solucionar el tema, así que le dije:

—Mira, Gonzalo, no voy a volcarte, pero...

No tuve tiempo de decir más, porque eso le hizo troncharse de risa, en plan histérico.

—Ja, ja, ja. Pero Kaiser, no te las des de malo, tío. Que eres un enano, no te tengo miedo. Tío, o nos llevamos bien y si quieres hasta te puedo fiar eskama. O nada, te jodes con tu mierda. El Barbas ya está quemado de tratar contigo. Mira, me alegro de haber hablado contigo, pero ahora tengo prisa, ¿vale?

Y me apartó con los dedos para volverse, bien rapidito, hacia el coche, y allí ya se me subió la sangre a la cabeza. El pavo metía ya la llave en la cerradura cuando le grité que se diera la vuelta. Gonzalito se giró, abriendo ya la portezuela, y empezó a descojonarse debajo de las gafas.

—Venga, Kaiser, guarda eso. Que en cuanto termine con esto quedamos y nos corremos una juerga juntos...

Levanté la pipa y Gonzalito se llevó las manos a la ingle, ¡Hijodeputa! Se desplomó con un gemido y el careto blanco, gritándome de todo mientras el vaquero se le teñía de sangre. Consiguió agarrarme del pantalón, y tuve que pegarle una patada en la cara para que me soltase. Luego eché a correr hacia la avenida de San Luis, y un par de semáforos más allá levanté la pezuña, todavía atacado, para parar al primer peseto que pasaba con la lucecita verde encendida.

Mi keli era un chalet adosado como tantos otros en la Alameda. Estaba pegada a veinte casas igualitas, todas de dos plantas, con unas escaleritas a la izquierda que subían a la puerta de entrada; y la rampa del garaje a la derecha. Al otro lado había un pequeño jardín: otros vecinos lo tenían bien cuidadito, con césped y tal, incluso con terracita y tumbonas; nosotros lo teníamos lleno de arbustos y malas hierbas.

Al salir del taxi estaba todavía nervioso y entré por la puerta del garaje, que era la que utilizaba cuando tenía al jefe en el piso de arriba. Muchas veces, si estábamos de movida, me mudaba abajo, y así entraba y salía sin que se notara. El garaje era mi territorio y lo tenía a mi aire. Andrés ya había devuelto la Vespa. Aparte de la moto, que no ocupaba nada —no había coche porque el jefe no era tonto y sabía quién lo iba a utilizar si lo dejaba, y me jodía, porque se había llevado a Pontevedra un Suzuki cuatro por cuatro que molaba mazo—, había un sofá viejo pegado a la pared, una televisión que no funcionaba, mi ordenador y un sinte antiguo, pilas de revistas en el sofá, y el suelo lleno de cajas de maxis. En una esquina tenía montado todo mi equipo, mis Technics, sampler y demás, entre dos columnas de sonido. Pensé en ponerme a pinchar un rato, pero estaba demasiado de punta.

Pegada al garaje, al fondo, había una habitación (la de «urgencia») y el tigre. Unas escaleras subían hasta el recibidor. Al oírme subir, Marilyn, la au-pair que teníamos entonces en casa, salió de su cuarto vestida con una bata de seda azul. Toda sonrisas, me dijo que no esperaba que volviera tan pronto, que había traído a un amigo. Marilyn era francesa y como muy coqueta: desde que había llegado todavía no la había visto ni una sola vez sin maquillaje, ni siquiera cuando me topaba con ella —no muy a menudo, a decir verdad— a primera hora de la mañana. Tenía que pasarse siglos con eso, siempre perfecta, como una muñeca. Así que no puedo decir si era guapa o no. Tenía ojos claros, la nariz pequeñita y la boca enorme, de labios muy carnosos. Era rubia, llevaba el pelo corto y rizado, con los rulitos perfectamente colocados —tenía el spray siempre a mano, y a cada rato, pschhhhhhht—. Luego de cuerpo no estaba tan bien, quiero decir que no tenía culo y era más bien tipo nadadora: nada por delante, nada por detrás. Pero se las arreglaba para que no se notase. Como ahora, por ejemplo, con una bata corta que sólo te dejaba fijarte en las piernecitas y en el escote. Marilyn era súper guai. Teníamos como un acuerdo entre nosotros. Ella no me daba la vara y no largaba al jefe, y yo lo mismo con sus maromos. Además hacía las mejores crêpes que he probado en mi vida.

Así que aquella noche me metí en mi cuarto, dejando la mochila sobre la mesa al lado de los libros que había comprado ese año para que el jefe se creyera que iba a clase. Me tumbé sobre la cama y me quedé allí mirando al techo, con los brazos detrás de la nuca. Tenía toda la habitación empapelada de pósters de raves a los que había ido en su momento, cuando era menos serio y salía más. Ni siquiera el techo se salvaba. Allí estaba el de un monasterio en Ávila que había sido la hostia, tres días sin dormir, overflow total, paranoias a gogó, me petó la cabeza; y al lado había otro, un fiestón que habían organizado en una finca de Toledo, donde tenían caballos y todo, lleno de nazionalbakaladeros y banderas españolas, al que había ido con Tula y donde me enrollé con ella por primera vez. Todavía me acuerdo: nos habíamos conocido en el Áttica, cuando estaba abierto. Habíamos salido al parking y, sentados en el capó de un coche, la invité a un tiro a cambio de su teléfono. Luego habíamos ido con Kiko en el coche de alguien, y ya de camino nos dio el subidón de pirulas y empezamos a morrearnos en el asiento de atrás. En fin, de eso hacía mucho. Ahora, aunque los miraba, no los veía.

Como siempre después de una muvi chunga, uno no puede evitar pensar en lo que ha pasado una y otra vez, y a mí el tema del Gonzalito me había estado quemando los nervios demasiado tiempo. No hacía más que ver todo de nuevo en mi cabeza, como si fuera una peli, «bzzzzz», lo rebobinaba hasta donde le había pillado en el coche con Andrés, y terminaba con el bellotazo, «pum». Y por encima pensaba en lo que había dicho. Me sentía raro. Pero en mi negocio, sabes, uno tiene que hacerse respetar o está jodido, y creo que cualquiera en mi situación hubiera hecho lo mismo. Gonzalito me había tocado demasiado las pelotas, y encima delante de Andrés. ¿Qué iba a hacer, teniéndole ahí delante? ¿Ponernos unas tusitas y quedar tan amigos? Decirle: bueno, Gonzalo, sigue dándome por el culo, anda. El mundo entero se hubiera descojonado de mí. Al día siguiente no me paga ni el más tonto. Ahora, se lo pensaría dos veces antes de continuar jodiéndome. Al cabo de un momento, después de desconectar el móvil, encendí la tele y me quedé un buen rato viendo programas de mierda, con el volumen bastante alto, porque Marilyn en la habitación de al lado podía ser muy ruidosa, y no estaba de humor. Me rayé un par de veces creyendo que habían llamado a la puerta, pero eran sólo paranoias.

Marilyn se asomó para ver si quería cenar. Se había cambiado. Estaba en vaqueros y se había puesto un jersey de lana escotado sin nada debajo. Decidimos llamar a un Telepizza, y al rato me estaba comiendo una cuatro quesos delante de su maromo: un pijo rubito y con el pelo echado hacia atrás en plan lametazo de vaca, súper cuadrado, que se llamaba Gustavo. Curraba en una casa discográfica y contaba que viajaba continuamente a Londres para visitar discotecas y ver qué música ponían. La gente es que tiene los curros más raros. Marilyn se reía con todo lo que decía. En cuanto pude, me llevé la lata de coca-cola y el último trozo de pizza a mi cuarto.

Me di una ducha, y más tele. Al final conseguí desconectar, pero no sobé nada tranquilo, y Marilyn se quedó alucinada cuando me vio despierto a las diez del día siguiente. Yo estaba súper mosca, y ahora creo que de alguna manera era como si ya «supiera» lo que estaba pasando, como si lo presintiera, aunque igual es pura paranoia mía. En todo caso, ese día tuve algunos mensajes más de lo habitual en el móvil. Después de un par de ellos de Tula diciéndome que por qué no había ido a verla anoche y si pasaba por el instituto, y otro del portero de una discoteca al que había dado plantón el día anterior, llegó el de Fernan, uno que curra de pico en Barajas y que sale bastante con Josemi y Andrés. Decía:

«Colega, Gonzalito ha espichao, macho, no sé si estás al corriente. Le han encontrado desangrado en un descampado. Bueno, pues que estés al tanto, que sé que últimamente tenías movidas con él. Venga, un abrazo, colega.»

Me quedé lívido. Era como si no tuviera nada que ver conmigo. Siempre que ocurren estas cosas, parece una broma expresamente para joderte. Bajé al garaje y pasé el resto de la mañana fumando sin parar y escuchando música a tope, que era lo que solía hacer cuando tenía una movida. La música tiene ese efecto sobre mí. Me saca del mundo, y cuando vuelvo lo veo todo de otra forma. Así que después de pasarme un buen rato sentado delante de la columna de sonido mirando el humo que serpenteaba encima mío, fui encajando poco a poco el tema. Si haces algo, sea lo que sea, tienes que mantenerlo hasta el final y cargar con las consecuencias. Era lo que decía el jefe, y lo que pensaba hacer. En cuanto se acabó el tabaco y después de hacer unas cuantas separaciones encima de un espejo con la ayuda de una balanza electrónica (papelas de diez gramos, que era lo mínimo que movía, a setenta papeles y a gente como Josemi, casi como un favor), decidí que era hora de moverme. Lo primero, fue llamar al Andrés y darle un toque, dejándole bien claro lo que se jugaba. Aun así tenía que andarme con mucho tiento. Cuando pasan estas cosas, sabes, es importante estar en contacto con la gente y enterarse de los rumores que corren. Era lo único que podía hacer. Eso, y procurar que no se notara lo acojonado que estaba.

Aquella tarde tenía cita con compis de Tula en el instituto, con un vendedor de Microsoft en Lavapiés y con unos del Frente Atlético en la Puerta de Toledo. Al que estaba al tanto de la muvi le soltaba: Pues sí, tú, qué pasada lo de Gonzalito, ¿eh?, ¿a quién se le habrá ocurrido? Y según lo que me contestaban o la cara que ponían ya fui viendo por dónde iban los tiros. Los hubo que decían, tan convencidos, que había sido fulano o mengano; otros que sí, bueno, pasando de todo; y los hubo que se callaron como putas, y ésos fueron los que me dieron peor rollo. Cuando sé que alguien está pensando algo que no me dice, eso me vuelve loco, tío. No lo soporto. En cualquier caso, todos estaban de acuerdo en que aquello se lo había buscado él, siendo como era y con los cirios que andaba montando. Pero yo estaba convencido de que iba a pasar algo, aunque no sabía qué.

Como un par de días después de aquello, estaba en el instituto de Tula, pasándoles unos grametes a unos pringaos de BUP con los que a veces quedaba a la hora del recreo, cuando recibí una llamada de Kiko. La pillé ya montado en la Pepa y a punto de acercarme a plaza de Castilla, donde tenía que ver a un tío que trabajaba en los juzgados, un oficial o algo así. Hasta la gente más seria se pone, ya ves.

«—Kaiser, tronco, qué tal, cuánto tiempo, ¿no?»

Efectivamente, hacía mogollón de tiempo que no me llamaba, desde que yo había decidido cortar el suministro. A Kiko poco menos que había que arrancarle las pelas. La última vez ya me había cansado. Tuve que cantarle la gallina en el curro, delante de su jefe, y encima aceptarle una radio como pago de los últimos ocho papeles. Y eso no me gusta, sabes. Los pajaritos para los gitanos. En los negocios, dinero contante y sonante. Es la única solución, si no quieres acabar montando una chatarrería.

—Qué pasa, Kiko, ¿qué quieres?

«—No mucho, tronco. A ver si te pasabas y me podías fiar un par de lo que tú sabes. Te juro que el lunes mismo tengo las pelas, te lo juro, tío.»

—Olvídalo, tío.

Ya iba a colgar cuando Kiko dice:

«—Ya, tronco, pero mira, Kaiser, acaba de pasar por aquí un conocido preguntando por ti.»

—¿Quién?

«—Borja, tío. Bueno, pásate con eso y te lo cuento todo. ¿Vale?»

Me quedé un momento en silencio.

—¿Estás en el curro?

«—Aquí te espero. Tronco, Kaiser, que eres un colega de los que no quedan.»

Así que como tres cuartos de hora después ya estaba aparcando la Pepa al lado de la caseta de seguridad del almacén de un courier, allá en el polígono de las Mercedes. Kiko llevaba su uniforme de segurata, revólver al cinto incluido, que le quedaba un poco grande, y la gorra siempre ladeada que se apartaba a ratos para rascarse el pelo. Su curro era tranquilo, pura rutina, cuestión de controlar la entrada y ojear bugas de esos que aparte de levantarlos de vez en cuando sabe que nunca tendrá. Más allá estaba el almacén, lleno de paquetes que luego cargaban en furgonetas, y de allí a Barajas, dirección a cualquier parte del mundo. La verdad es que era flipante pensar que a las pocas horas todos esos paquetes estarían en Sudamérica, en Hong-Kong y en Estados Unidos.

—Qué pasa, tronco. —Se me acercó sonriendo de oreja a oreja—. Qué alegría verte por aquí, Kaiser, hacía mogollón que no pasabas.

—Ya.

—Espérame un momento en la caseta, anda —dijo, acercándose a un Opel Kadett que llegaba.

Dentro de la caseta olía a tabaco que apestaba. Había tres pantallitas de televisión controlando todo. El Marca abierto encima de la mesa, al lado de una radio que sintonizaba con los Cuarenta Principales. (*Odio* a los comentaristas de los Cuarenta Principales. Parece que no pueden hablar normal, tío. Siempre tienen que poner esa vocecita de enrollados y hacer comentarios como: «Me en*can*ta la última canción de tal gilipollas, vuelve más fuerte que nunca» o «A ver si conocéis al autor de esta canción. Es una chica gua*pí*sima, que ha sido modelo, sus medidas son ochenta, sesenta, ochenta» o «Qué tal lleváis el día. Bien, ¿verdad? Preparando el fin de semana, ¿chicas? Poniéndoos vuestro mejor vestido». Y ja ja ja, todo risitas.) Bajé el volumen y ojeé un rato el Marca hasta que volvió Kiko. Lo de siempre: el Gil había montado alguna bronca. Salía en portada, gordo, con la camisa abierta y la cadena de oro reluciendo entre la esterilla de pelajos.

—Ah, sí. El Madrid este año va de culo. Parece mentira, va a llevarse la liga el Atleti. Si es que no puede ser, el Gil se nos va a poner insoportable, vas a ver. Qué mal me lo están haciendo pasar. Me voy a llevar otro disgusto, tronco.

—Bueno, tío, ¿qué me cuentas? ¿Qué es eso de Borja?

—¿Qué? Ah, sí, ¿me has traído los gramos?

Kiko miró hacia el almacén, no fuera que llegara el jefe. Así que después de darle lo suyo, Gracias, tronco, no sabes el favor que me haces, me contó lo de Borja.

—Pues mira, Kaiser, yo estaba aquí tan tranquilo y de repente me doy cuenta de que se para un taxi ahí mismo, ya ves, se abre la puerta y, tronco, veo que sale el hijoputa de Borjita y se viene con las manos en los bolsillos derechito hacia mí. Venir a buscarme a mí después de lo del Lunatik... Te juro que me dio un subidón de adrenalina. Vamos, me entraron ganas de arrancarle la cabeza. Largo de aquí, le digo, súper serio, mirando hacia el almacén, que aquí últimamente me tienen loco. Kiko, tenemos que hablar, me dice el otro. Largo, antes de que te rompa la jeta. Tío, esto es importante. Quiero hablar de mi hermano. Tu hermano se ha topado con su merecido, tronco. Vale, no digo que no, pero tengo que saber qué ha pasado, y creo que tú lo sabes. Yo no sé nada, y si lo supiera, ¿por qué me iba a complicar la vida? Mira, Kiko, nadie te obligó a mezclarte en las movidas de mi hermano, y después de todo tú saliste bien librado. Nadie te ha tocado y eso gracias a que mi padre no te denuncia, ¿o no?, nos debes eso. Yo, que empiezo a moverme y le suelto que lo de la pierna no me lo iba a quitar nadie, que voy a renquear toda la vida. Y cuando el otro me dice que aquello no fue culpa suya, es que me puse loco. Lo que faltaba, tronco, lo que fal-ta-ba. Que no fue culpa tuya, cabrón, le digo. Me dejaste tirado, me abandonaste después de que yo me hubiera dejado la piel para sacarte las castañas del fuego, como siempre, y tú, tú... Eso ya ha pasado, me dice. Y yo no hacía más que pensar en cuando jodido como estaba me empastillé y me pilló el hijoputa del Tijuana en el Lunatik. Me duele sólo recordarlo, tronco, todavía tengo pesadillas con su careto. Bien muerto que está el hijo de la grandísima puta. En fin, que yo no sé qué me dio, pero le solté que la idea de lo de Mirasierra fue de su hermanito. Y él que me dice: Mira, Kiko, tú sabes mejor que nadie cómo era. Perdona, digo, tu hermano tenía algún que otro problema de coco, pero no era un mal chaval... Y él que casi se descojona: Venga, venga, ésa ha sido siempre su excusa. Y todo el mundo ha tragado. Mira, yo también puedo volverme loco si me da la gana. Y yo: si tú lo dices... Y aquí ya se pone serio: Mira, Kiko, tú sabes que yo le he visto amenazar con tirarse de una ventana, y se la he abierto. Yo soy el primero que sé cómo era, me dice. Pero a mi hermano lo han encontrado desangrado en un descampado de Manoteras, medio metido en su coche, con un bellotazo en la pierna y la cara llena de moretones, y mi familia está destrozada, macho. Aparte de que si le has echado un vistazo al periódico habrás visto que de paso se vuelve a hablar de lo de Mirasierra. Pero, a ver si nos enteramos, a mí lo único que me importa ahora es saber quién ha matado al gilipollas de mi hermano. Te lo juro, Kaiser, el gilipollas de mi hermano, ¿tú te crees? Qué gentuza, tronco, qué gentuza: «El gilipollas del hermano», no se puede ser así, hombre. En fin, que yo, claro, que no sé nada, tronco. Yo hace tiempo que no salgo, no veo a nadie ni me entero de nada. Eso es lo que le dije, ni una palabra más. Y el amigo: Kiko, ¿quién está moviendo ahora? Yo: Que te he dicho que no lo sé, joder. Quería saber con quién estaba tratando Gonzalito. Y yo, no te jode, no le iba a dar un soplo a éste. Y él que dice: Karen cree que fue Kaiser, por cuestiones de farla. Así como te lo cuento, tronco. Yo que de qué va, que yo te conozco desde hace mogollón y sé que para nada, que tú, Kaiser, no eres así, que no hay tío más legal que tú, tronco. Que la Karen le había contado una rayadura. Si es que me la puedo imaginar, tronco, en primera fila del entierro, entre legiones de pijos trajeados, como una más de la familia, llorando a moco tendido. Allí la habrá pillado el Borja por banda. No me ha contado los detalles, pero ya te puedes imaginar la película que se habrá montado, tronco. Esa tía, con tal de hacerse la interesante, es capaz de cualquier cosa. En fin, que el pibe me suelta: Dime cuánto quieres, y ponme al día. Así que saca un fajo allí mismo y empieza a contar billetes de cinco, tronco. Pero yo te juro, Kaiser, que lo único que le he soltado ha sido que Gonzalo tenía movidas con el Nacle —¡lo único que le solté! ¡palabra, Kaiser! Y luego me preguntó si sabía dónde estaba Josemi, que quería charlar con él. Yo le dije que Josemi y éstos están hoy en casa de Fernan, que ya sabes que se echan unas manitas y alguna ruletilla. ¿Qué te parece, tronco? Cómo está la gente últimamente, ¿eh? En fin, que yo tenía que contártelo, para que lo supieras, porque tú y yo somos colegas de hace mucho, ¿no?

Bueno, bueno, yo ya estaba al tanto de lo de la «ruletilla» y tampoco era exactamente verdad. Quiero decir que éstos solían quedar después de comer para jugar un mus en keli de Fernan, que vivía desde hacía poco en Moratalaz, en un décimo piso de una de las torres más antiguas, a la entrada del barrio. Fernan, creo que ya lo he dicho, curra como pico en el aeropuerto y es un fiestero de los más desfasados que conozco. Solía salir con Kiko una temporada, y luego enganchó a Josemi y al Andrés. Y últimamente ya no salía tanto desde que tenía crío (Fernan tenía ya casi treinta tacos y llevaba un par de años casado con una piba), así que quedaban en su nueva casa algunas tardes antes del curro para echar unas manitas y ponerse unas lonchas aprovechando que la mujer no estaba. Lo que pasa es que una vez al Fernan, que está como una cabra, le había dado por impresionar a los otros y se había puesto la pipa del curro contra la testera, apostándose el plato a que apretaba el gatillo. Los otros se habían deshuevado. Luego Fernan —yo creo que había sacado la idea de que por esos días un madero se había abierto la cabeza en Galicia jugando al jueguecito— había apretado el gatillo, y todos tronchados de risa. Fernan les había retado a que hicieran lo mismo, sin conseguirlo, y la cosa se había quedado ahí. Pero ya sabes cómo son los farloperos: dos tusitas y si te acaban de conocer ya eres su mejor amigo, si se han comido un gramo resulta que eran cinco, y así con todo. Así que iban por ahí con que jugaban a la ruleta rusa, cuando aquello no había sido más que una gilipollez del Fernan. Luego, el día que Borja habló con Kiko, se había vuelto a reunir, y entre tusa y tusa pasaron más tiempo comentando lo de Gonzalito que jugando al mus.

—Se lo estaba buscando, colega. Se pasaba el día gorroneando pirulas —decía el Fernan.

Para él, que había sido uno de los Mamones, y en cualquier caso le parecía bien. Josemi decía que a lo mejor había sido yo, y que si era así me había pasado. Gonzalo estaba pasando buena eskama y más barata, había que aceptar la competencia. Andrés, que Kaiser se lo estaba buscando, dándoselas de malo por ahí. Fernan dijo que moviendo material de mi jefe, así cualquiera, lo que era un puta mentira. Que no, cojones, dice Josemi. Para él, que toda la koka que me llegaba era por el Barbas, cosa que tampoco era del todo verdad. Estaban Chalo, Chavi y cuarenta más moviendo farla tan buena como la del Barbas. Uno ya tiene sus contactos.

En fin, que cuando se aburrieron del mus y del cotilleo, Fernan, ya bastante puesto, sonrió, a que nadie se atrevía a echar una ruletita. Esta vez no se rió ninguno, y el Fernan les picó con que eran unas mariconas. Andres se mosqueó y le dijo que lo hiciera él, qué gracioso, que seguro que la otra vez estaba vacía. Yo creo que a Fernan le ponía el tema, ya he dicho que está fatal de la pelota. Así que sacó de su cuarto un revólver con el tambor abierto y dijo que vale, si no lo hacía ninguno él repetía, pero que pusieran todos pelas, veinte boniatos cada uno. Los otros le dijeron que ya valía. Pero el Fernan estaba todo enzarpado y es de los que cuando se le mete algo en la cabeza no lo suelta. Además les debía pelas a todos. En fin, que sesenta papeles no eran mucho, pero sí quitarse de enmedio peyas y ganarse unos buenos gramos por el morro. Así que les metió caña hasta que soltaron los billetes.

—Fernan, se te va mucho la pelota.

Fernan, ahora tenso, agarró el revólver. Pero antes se acercó a la puerta y salió de la habitación, porque el bebé, que dormía al lado, se había despertado y estaba llorando. Josemi empezaba a acojonarse, porque Fernan es de los que no saben cuándo parar, y aprovechó para decir Venga, vamos a dejarlo. Pero Fernan volvió justamente en ese momento, después de haber mojado en miel el chupete, que era lo único que calmaba al renacuajo.

—Ya está, colega. Hala, rápido.

Todos pusieron las pelas, y Josemi, a quien Fernan debía diecinueve papeles, soltó su boniato a regañadientes. Fernan se lo tomó como cosa personal. Ya estás rateando, colega. ¿Tan poco vale mi cabeza? Pero Josemi dijo que para nada, que sólo que no le molaba que Fernan le soplara las pelas con el chou, que él también tenía peyas y contaba con esos papeles, que eso era como una especie de palo camuflado.

—Venga, colega, deja de ratear —dice el Fernan, encabronado.

Andrés también refunfuñó algo, pero ya había puesto lo suyo. El otro pico, un colega de Fernan del curro, lo propio. Así que, con la mirada fija en los billetes, el Fernan metió una bellota en el tambor. Primero un tiro de farla, colega. Josemi se lo hace rápido sobre la mesa, el Fernan lo esnifa, le da vueltas al tambor, apunta a la cabeza y aprieta el gatillo. ¡Clik! Ufff, como pone esto. ¡Cómo pone! Se dejó caer en la silla con una carcajada, resoplando y llevándose la mano al pecho, y sin dejar de reír recogió los papeles de la mesa.

—Es que esto es el mejor colocón. Se pone el corazón a doscientos.

Resulta que Josemi se quedó súper jodido. Contaba con esas pelas para el viaje a Londres y no quería ni pensar en cómo se iba a poner Lucía cuando se enterase. Además, qué cojones, si el Fernan lo había hecho dos veces, él podía hacerlo una. Así que agarró la pipa.

—Qué pasa, ¿tú también? —dice Andrés—. Ya está bien, que no tengo más guita, leches.

—Te jodes, Josemi. —El Fernan, contando los billetes—. Qué cabronazo, colega.

Josemi me dijo que se le fue la pelota, pero es que necesitaba las pelas. Con eso apañaba parte de la peya conmigo y dos billetes para Londres. Calla y mete otra bellota. Todos flipando, claro.

—He dicho que dos. Y ponéis cuarenta cada uno.

—Josemi, no, tío. No hagas gilipolleces —va y dice Andrés, más jodido por los talegos que por otra cosa.

—Hmmm, yo te hago el favor. Pongo cuarenta, colega —Fernan, mirando a Josemi con una sonrisa cabrona.

—Bueno, pues nada. Pero Josemi, tú me debes todavía doce de la farla de la otra noche —suelta Andrés, resignándose a sacar la billetera—. Te pongo veinte, y te debo ocho.

—Yo, ésta es la última, advierto. Ponme tú diez, Soten —dice el picoleto.

—Claro, colega. Ahí tienes tu dinerillo, Josemi —el Fernan con su sonrisita—. Y espera, que voy a por más miel —dice saliendo al oír los berridos del renacuajo, y volviendo al poco—. Venga.

Así que el Josemi metió dos bellotas y le dio vueltas al tambor.

—Bueno, una cosa.

—A ver, que no tenemos toda la tarde.

—Un momento, joder. He dicho que una cosa.

—A ver, ¿qué?

—Que si pasa algo... quiero decir que si hay mala suerte, me hacéis un favor.

—Se pone meloso.

Esto le jodió a Josemi, que al fin y al cabo tenía una de tres de reventarse la cabeza.

—Que le digáis a mi novia que la quiero, ¿vale?

Todos muertos de risa, claro, y Josemi pensando que menudos hijosdelagrandísimaputa.

—¡Que esto es serio! ¿Se lo decís?

—Que sí, coño. Aprieta el gatillo, colega. Y si no, déjalo.

—Pero si tú con tu cerda te llevas bien.

—Joder, es que ella se cree que no la quiero. Y no es verdad. Lo que pasa... lo que pasa es que últimamente estoy acojonado.

—¿Pero qué te pasa, colega?

—Me he dado cuenta de que la zarpa puede más que yo.

—Venga, Josemi, colega, deja de llorar y hazlo —dice Fernan, ya serio y cansado de tanta charla—. O recojo mi guita.

—Que sí, cojones. El otro día estábamos dándonos el lote en el coche. Me quería hacer una mamada. Y, sabéis una cosa, sólo podía pensar en que había quedado con Kaiser y me iba a poner un tiro. No se me ponía dura.

Las mismas risas. Josemi se dio cuenta en ese momento de que aquellos pavos nunca podían ser sus colegas. Así, de golpe. Lo cual es algo que yo siempre he dicho, y por eso marco bien las distancias en los negocios.

—Bueno, hostias, que no es coña. Andrés, tú eres mi amigo. Prométemelo.

—Que sí, colega, sí.

—No te lo digo a ti, se lo digo a Andrés.

—Te está diciendo que sí, hostias.

—Y otra cosa más.

—A ver, ¿qué?

—Te la llevas a Londres un fin de semana.

—¿Y qué más? ¿Que se la calce, colega?

Juah juah. Más risas.

—Venga, Josemi. Hazlo de una puta vez, que va a llegar mi mujer. Y si estás tan acojonado, déjalo, que nadie te obliga. Decídete.

Josemi se llevó la pipa a la cabeza y cerró los ojos. Pensó: Venga, cabrón. Son ciento veinte. Ya, ya, ya... ¡Ya! Apretó el gatillo, se oyó el buchante, y todos, ¡Hostia! Y Fernan: Josemi, cabrón, has apartado la fusca. Josemi, pálido como un muerto, con la pipa en la mano y los pelos chamuscados por el fogonazo. Hay que joderse, cojones. O se juega o no se juega, el picoleto, abalanzándose sobre el dinero. Y todos recogieron sus pelas mientras Josemi les miraba, alucinado.

—Venga. Todos fuera de aquí —dice Fernan, recogiendo el casquillo y empujándoles hacia la puerta—. Todos fuera, colega, antes de que baje el vecino.

Lucía y Josemi se habían conocido en el primer año de facultad. Solían charlar, y un buen día se dieron cuenta de que no sólo vivían los dos en la Prospe, sino que encima vivían en la misma calle, en portales enfrentados. Incluso se podían hacer señas de ventana a ventana, lo que era divertido cuando estaban a buenas y no tanto cuando intentaba cortar, porque entonces Josemi la tenía todo el día en el balcón, prismáticos en mano, y se topaba con ella cada vez que salía del portal. En general, Josemi se las daba de duro, pero la verdad es que sin ella era una mierda, y eso se notaba en momentos como cuando justo después de la ruleta pasó a recogerla donde siempre, en la esquina del supermercado. Ella se montó sin mirarle ni darle un pico, y ni siquiera comentó lo del pelo chamuscado. Como no largaba nada, Josemi se la llevó al centro pensando que mejor callar que tener un zipizape. La bronca iba a ser bien tocha en cuanto Lucía se enterara de que entre la eskama y lo de Fernan se había fundido las pelas del viaje, y ya estaba cavilando quién le podía fiar para recuperar setenta papeles cuando Lucía dice:

—Estoy harta, Josemi. ¿Te crees que no me doy cuenta de que estás liado con la puta de Lidia?

—Pero qué dices, tía. Qué dices.

—¡Lo sabe todo Madrid, imbécil! Esa zorrona le va contando a todo el mundo lo que hace contigo en el coche de su novio.

Josemi se quedó alucinado, pero intentó escabullirse.

—Venga, venga, no empecemos como siempre, que así no llegamos a ningún lado. Y además ahora nos vamos a ir a Londres.

—Ya. Y ¿cuándo se supone que nos vamos? Porque en la agencia me han dicho que vaya haciendo la reserva, que en esta época se llena todo.

Y ahí, el Josemi, que en realidad estaba deseando descargar, largó y llegó lo que tenía que llegar.

—Te juro, Lucía, que sólo son unos días y lo recupero.

—Ya, unos días. Y además me tomas por gilipollas.

—Ya está bien, te he dicho que en unos días recupero el dinero y nos vamos, cojones.

—Si no vamos, Josemi, corto contigo. Te lo prometo.

—Venga, no vamos a ponernos trágicos ahora.

—Luego no digas que no te lo he advertido.

Lucía empezó medio a llorar, y esto al Josemi le ponía negro, así que paró el coche en segunda fila y, ¡No me toques!, la consoló medio por las malas, algo asustado porque ya se había intentado cortar las venas una vez. Y la otra, que se mosquea más cuando se lo menciona.

—Pues cuando lo hice, ¿tú dónde estabas? Lo único que te importa es salir.

Josemi no dijo nada porque la noche en cuestión y parte del día siguiente había estado de fiesta con el hermano de Gonzalito. De eso ya hacía varios meses, claro. Vale, vale, dijo. Y Lucía empezó con el rollo de que ya no era el mismo, que había cambiado, que le veía muy mal, como el otro día que le había gritado chungo.

—Hostias, me rayé. Lo siento, no volverá a pasar.

—Pero nunca antes me habías gritado así y...

—¡Me rayé!, ¿vale?

—Ya estás.

Josemi se calmó.

—Lo siento, Lucía, qué quieres que te diga. Yo te quiero mucho y...

—Yo también, por eso te digo todo esto. Hay un momento en que hay que canjear ciertas cosas por principios.

—Mira, mira, no me cuentes rollos. Ya sé que eres muy inteligente y que lees...

—Eso no tiene nada que ver con ahora.

—¡Ya vale!

—Ves, ya estás otra vez.

Así que, aprovechando que se habían parado en un semáforo, se bajó del coche dando un portazo y hecha una furia se fue calle arriba hacia Alonso Martínez. ¡Ey, espera! Josemi corrió detrás de ella y la alcanzó a la altura de la terraza del chiringuito de Santa Bárbara. La otra le miró, súper fría. Josemi dijo que pasaba a recogerla a la mañana siguiente para llevarla a la universidad.

—Si te despiertas.

—Te juro que hoy termino a las tres y enseguida voy pa casa.

—Haz lo que quieras.

—Te lo prometo, joder.

El Bombazo ya estaba abriendo sus puertas de rebordes dorados. Josemi saludó al portero, un coletudo simpático que estaba regando la palmera de la entrada, y aunque se metió con la decisión de no, no y no, esa misma tarde en cuanto se le acercó Lidia y se apoyó sobre la pecera sacando morritos, Hola, ¿estás solo?, no se lo pensó mucho. Acababa de poner la canción que tanto le gustaba al Holandés, y el muy pringao le miraba levantando el pulgar, con la camiseta remangada hasta los hombros para que se le vieran bien bíceps y tríceps. Josemi no estaba en el mejor momento para oír bobadas, así que intentó sacudírsela. Pero Lidia es de esas tías que mientras más pasas de ellas más les gustas, así que cuando Josemi murmuró algo un poco borde va y dice: Me encanta cuando me hablas así. Y empezó a darle la vara otra vez con su maromo. Al parecer el pobre hombre se había vuelto loco la noche anterior cuando se encontró en su coche con un condón usado, y no precisamente por él. Y Lidia que va y suelta: ¿A que no adivinas quién se lo había dejado?, con su sonrisa más zorra.

—Lidia, déjame, anda. Por favor. —Josemi estaba súper asqueado.

—No sé qué me pasa, pero tengo necesidad de hacer cosas así. Yo creo, sabes, yo creo que tiene que ver con lo que te he contado de mi padre, cuando era pequeña...

—¡Que no me cuentes nada! ¡Que no quiero saber nada de ti! Déjame en paz, tía.

La otra, que le mira, ¿Necesitas que te bajen la tensión? Y la muy guarra le empieza a acariciar el culo. Josemi, que habían quedado en que no iban a follar más.

—Eso no quita que, de vez en cuando... Venga, Josemi. Si tú eres como yo. ¿Qué tiene de malo?

—Que tu novio me quiere abrir la cabeza, sólo eso.

—Tú sabes que es un pringao. Contigo no puede, tigre...

—Ya... Pero...

—¿Pero?

—Que...

—Todavía no ha llegado Álvaro... Podíamos ir al baño, ¿qué dices?

Josemi ni se dio cuenta y ya estaba ahí encerrado en el tigre de las pavas, la Lidia bajándole los pantalones y sobándole. Se abalanzó sobre ella, le bajó las bragas, y la otra no dejaba de jadear mientras le manoseaba el rabo, sin condón ni nada, metiéndole un dedo en el culo —¡la muy guarra!— y murmurando: Así, Josemi, tú eres como yo. Josemi la empujó contra la pared, le pasó los brazos por debajo de los sobacos, y dice que en ese momento pensó que podía matarla. Me corrí en nada, Kaiser, soy lo peor. Después, Lidia se limpió el chocho con papel de váter y se lavó las manos. Le dio un beso y antes de salir, contoneándose como si nada, le dijo que era un encanto.

—Me sentí como un esclavo de mi nabo, tío.

Pero yo todas estas cosas no podía saberlas cuando fui a visitarle esa noche. Por eso, cuando bajé por las escaleras del

Bombazo y me acerqué a la cabina del pincha lo último que sentía era pena. En mi negocio uno no puede permitirse ciertas cosas o estás jodido. Como dije, no lo estaba pasando nada bien con todo esto, y menos después de enterarme de lo de Borja. Pero el trabajo es el trabajo, por muy jodido que esté uno.

—Hola, Kaiser.

Josemi ni me miraba cuando me fui hacia él. El encargado nos controlaba de reojo desde la barra, sin acercarse. Josemi cogió un compact y me lo dio. Yo abrí la funda allí mismo, delante de todo el mundo, para que me vieran bien, y saqué los billetes que había dentro. Últimamente me traían loco. Aquí sólo hay cuatro, murmuré de mala hostia, estrujando los verdes entre los dedos. ¿Qué se había creído? ¿Que yo era una hermanita de la caridad? Ya he dicho y lo repetiré mil veces que haciendo negocios uno no puede dejar de cobrar un solo duro.

—Kaiser, déjame que te...

—Sabes que no me gusta que me tomen el pelo. No quiero excusas. Quiero las pelas.

—Venga, Kaiser, si yo cumplo. Pero fíame unos gramos para que pueda...

—Hasta que no me pagues lo que me debes, no hay farla, y menos fiada. Mañana vengo, y como no lo tengas...

Señalé los Technics y los vinilos. Y Josemi: Espera que te cuente. Salió a tranquilizar al encargado, que ya se acercaba, diciéndole que ahora mismo me iba. No hacía falta, yo estaba ya saliendo por la puerta, donde me acuerdo que me crucé con un pijo narizón con camiseta de U2 y careto de muy mala hostia. Por lo visto, dejé a Josemi tan jodido que ni se inmutó cuando el pibe se acercó a la cabina y le dijo quién era. Se puso los cascos y cambió de canción. Luego murmuró que Lidia estaba en la otra barra, y continuó manejando los volúmenes y tal. El otro se puso chulo, le preguntó si no le importaba salir un momento. Si tienes algo que decir, dilo aquí. Prefiero que salgamos. Entonces intervino el súper machote del encargado. Josemi, otra vez, que no pasaba nada, y el pijo perdió la paciencia.

—Escucha, no quiero que la vuelvas a ver... —dice, muy serio.

—Eso ya se ha acabado. Mira, yo también tengo novia, ¿vale, tío? Lárgate y déjame —murmuró Josemi, sin levantar la vista.

—No me has entendido...

—Mira, tío, te entiendo perfectamente. Ya te he dicho que no va a pasar más, ¿no te basta?

—No, no me basta. Quiero que salgas.

Josemi, mirándole de frente, se quitó la gorrita y se pasó la mano por la cabeza mientras se acercaba a un palmo del otro.

—Vamos a dejar las cosas claras, tío. Yo conozco a mucha gente. A gente muy mala, tío. Mucho más mala que tus amigos los que están esperando fuera. Y también sé que vives en Félix Boix, al lado de plaza de Castilla. Y si quieres más señas, tío, sé que tienes una hermana que se llama Ana y que tiene quince añitos y va al San Patricio. Así que si a mí me pasa algo, a tu hermana le pueden pasar muchas cosas, piénsalo bien.

El pavo, que no era muy vivo, tardó unos momentos en asimilar el mensaje.

—Mira, de verdad que me caes bien, tío, pero no voy a salir contigo, vale. No quiero movidas. No me mola nada Lidia. Te he prometido que no volverá a pasar. Y ahora estoy cansado, tío. Deja de darme la coña y lárgate.

Y con esto, Josemi se dio media vuelta y siguió con lo suyo, y al final el pavo, después de pensarlo, se largó.

No sé si lo he mencionado, pero por entonces yo solía moverme en una Vespa 125 roja. Era un cacharro majo, ya la segunda Pepa que compraba con papeles. (La primera me la jodieron para levantarme las pirulas, que las solía llevar en el cofrecito del chasis, como un pardillo. Cogí tal cabreo, que desde entonces siempre llevo todo encima.) La tenía plagada de pegatinas de discotecas, algunas históricas y otras no tanto: Radikal, Speca, New World, Attica, Racha, Max's, Friends, Van-Vas, Space, Épsilon, Fun Factory. Aquella noche cuando salí del Bombazo, Tula estaba esperándome sentada en el sillín trasero, que tenía respaldo. Le di un beso, y después de ojear un momento la agenda negra en la que apuntaba las citas arranqué y nos acercamos hasta la comisaría, a pocas manzanas de allí. Encontré al Barbas metido en su coche, un R-19 blanco, aparcado sobre un ceda el paso, en la plaza donde solíamos quedar. Me acuerdo que cuando abrí la portezuela y me metí dentro, la radio no dejaba de emitir mensajes. Barbas estaba sentado al volante con careto malrollado y no hacía más que decirme: Kaiser, chaval, has montado una buena. Yo me acomodé, dejando la mochila en el suelo. Al lado de la fuente veía al travelo del barrio hablando solo (abría y cerraba la boca como un pez) y dando pasos como de ballet, sin que ni Dios le hiciera caso, y me pregunté qué coño podría pasar por la cabeza de un pibe así.

—No sé de qué hostias me estás hablando, Barbas.

—Sí, chaval, si lo sabes. En Homicidios y en el GRUME están poniendo las pilas a todo Dios con el tema del hijo de Solozábal.

—Mira, tío, no sé por qué me dices a mí todo esto. Yo no tengo nada que ver con ese asunto, ¿vale?

—Tú estás muy seguro, demasiado. Y sólo te digo que esta vez se te ha ido la mano.

—Yo...

—A ti o a quien sea. Una cosa es una cosa, y otra cosa es otra. Estamos hablando de un muerto.

—Mira Barbas, si eso es todo lo que tienes que decirme...

El Barbas me ojeó, y se sacudió la caspa de los hombros. Debía de estar pensando, jodidos mocosos, porque últimamente, entre la caña que estaba metiendo la prensa con que si la violencia juvenil, lo de las tribus y demás, estaba hasta el nabo. Él tenía un crío y se pasaba la vida diciendo que, vamos, le pillaba con un porro y le mataba a hostias. Ya había empezado a registrarle los bolsillos, y a él no se le iba a escapar.

—Lo de la farlopa olvídate por el momento.

—Ya.

No era la primera vez que me montaba el numerito, pero al final siempre acababa dándome un toque. Nos quedamos un momento en silencio. El travelo se había sentado al lado de la fuente y nos miraba con careto triste, la barbilla en la mano.

—Kaiser, hazme un favor. Explícame a dónde quieres llegar, ¿qué coño es lo que quieres?

—¿Yo? Lo mismo que tú. Hacer dinero.

—No, no. Tú no quieres eso. Tú tienes algo más metido en la cabeza. Te crees diferente, que estás por encima de los demás. Pero vas a acabar mal.

Eso me jodió. Me refiero a lo de que me creía mejor que los demás, porque es una puta mentira. Yo sólo quiero vivir bien, con pelas, lo que quiere todo el mundo. Y si tuviera talento para otra cosa, la haría. Siempre que pudiera ganar lo mismo que gano ahora, como es lógico.

—Me recuerdas a tu padre. Mira, chaval, a veces es más inteligente dejar que los demás piensen que eres un gilipollas —me estaba diciendo el Barbas—. Si no, le tocarás demasiado las pelotas a alguien, y ese alguien irá a por ti...

—Que venga —dije, mientras salía del coche.

Unos metros más allá, Tula, apoyada en la Vespa, tenía la mirada perdida en el cielo ya grisáceo que se colaba por entre los edificios. Al llegar a su lado y montarme en la Vespa medio me giré un momento y vi que el Barbas seguía mirándome, supongo que todo rebotado, aunque desde allí y con la luz de última hora ya no distinguía sus facciones. Vamos, murmuré al tiempo que metía la llave en el contacto. Bajé la Pepa de la acera, primero una rueda, luego la otra. Por el camino no podía evitar mirar por el espejo retrovisor al doblar cada esquina. Tula no hacía más que preguntarme que qué pasaba, y yo: Nada.

—Kaiser... —me dice, al cabo de un rato.

—¿Sí?

—¿Vamos hoy al cine?

—¿Al cine?

A Tula le molaba mogollón el cine, pero yo casi nunca encontraba tiempo para llevarla. En ese momento estaba especialmente pesada con eso, porque Sofía, su mejor amiga, quería hacerse directora de cine y se pasaba el puto día comiéndole la cabeza. Lo peor era que las pelis que le molaban a Sofía, a mí no me hacían ni puta gracia. Por ejemplo, una que habíamos visto por aquella época. Era española, sobre dos tías que se iban de casa y viajaban por aquí y por allá con la idea de montar un garito en la costa, y una de ellas tenía una jefa que era como muy egoísta, y la otra se encaprichaba de ella porque no tenía vieja. Luego una se echaba un novio ruso, medio guarro, que la dejaba, o algo así. Y eso era todo lo que ocurría. ¡Te lo juro! Y Sofía y Tula encantadas con la peli, diciéndome que no entendía nada porque era tío y que la actriz más guapa era guai porque se había ido de casa. Yo decía que no era la actriz, que era el personaje. Y Tula, que daba igual. Luego habíamos ido a otra, que era sobre unos enanos americanos que se pasaban el día follando y pasándose el sida unos a otros, y aunque las pintas molaban y por lo menos me los creía, el tema me parecía patético. Quiero decir que no se puede hacer una peli sobre unos mendas que follan y se colocan, ¿no? Hay que contar algo. Digo yo, vamos. Supongo que también me jodía porque yo ni siquiera iba a todas las fiestas y festivales a los que tendría que ir para controlar diyéis —por el negocio, entiendes— así que no iba a dedicarme encima a ir al cine. Menuda pérdida de tiempo.

—Sí. Hay unas pelis muy molonas.

—Pero Tula. Hoy no puedo, tengo que currar.

—Te pasas todo el día currando.

—Mira, si quieres ser algo, tienes que tener claro lo que quieres y dedicarte a ello. Ya sabes lo que dijo Obi One Kenovi: la vida es una caja de ritmos, y el curro es un sampler: currar, currar...

A Tula no le hizo gracia. Se calló, y yo la noté jodida y eso me jodió a mí.

—Eres demasiado serio —me dice al rato.

—Mira, Tula, cuanto antes se aclara uno las ideas, mejor.

—Bueno, de todas formas hoy tengo que estar pronto en casa. A mi jefa le ha llegado otra carta del colegio. Me quieren echar.

—¿Y no hacemos la fiesta?

—No sé.

Tula se agarró a mi cintura y apoyó su barbilla sobre mi hombro. Me había parado en un semáforo al lado de un par de mensajeros, en la plaza de Neptuno.

—Oye, Kaiser, ¿tú crees que yo... soy tonta?

Yo me giré y dije que quién coño le había dicho eso, que le iba a arrancar la cabeza.

—Nadie, pero a veces... a veces...

—Si alguien te llama tonta, me lo cuentas, ¿de acuerdo?

—Sí, Kaiser.

Así que me pegué un momento a la acera de la derecha para sacar el móvil, que estaba pitando. Era el primo de Tula, un ultra del Madrid que vivía por General Perón. «Oye, Kaiser. Soy Rodrigo, tío, que te estoy esperando donde los futbolines...» «Dame cinco minutos, y allá estoy.» «Vale, tronco, hasta ahora...» Escuché los mensajes: uno del pesado del Josemi, que quería proponerme un trato, que pasara a verle en cuanto pudiera. Mañana, a por tus Technics, cabrón, murmuré.

—Vamos, Tula —digo guardando de nuevo el cacharro.

Le metí caña, y mientras pasábamos por debajo de los árboles de la Castellana me dio la impresión de que habían crecido mogollón, seguramente por la lluvia de los últimos meses. Parecían gigantes apostados en las aceras, controlando todo lo que pasaba por debajo.

—Kaiser.

—Sí, Tula.

—El mundo es una pasti que Dios se ha comido en un Burguer King.

—¿Qué?

Giré la cabeza. Tula me miraba con ojos muy grandes. Lo había dicho muy lentamente, como solía decir estas cosas.

—Nada. Es una poesía. Se me acaba de ocurrir.

—Ah, vale.

Tula era una piba extraña. La mitad de las veces tenía la pelota en otro mundo. Y luego, de repente, te decía cosas raras, y si tenía un papel a mano las escribía. Solían ser frases como ésa, o como «Los rayos del sol de invierno son la zarpa de los viejos», que fue una muy buena que le salió, o «la Emetreinta es el silbido de Dios», que me moló a mí, aunque siempre me flipaba que le diera tanto por Dios y Dios. También podían ser gilipolleces como «Si un día la profe de mates se pusiera a pasar, nos liaría a todos.» Íbamos ya callados, y Tula me preguntó si me había gustado. Dije que sí, y me preguntó si me pasaba algo, que me notaba raro. Había veces en las que me alegraba de que Tula no se enterara de nada, y ésta era una de ellas.

—Nada, Tula. Cosas que están pasando.

—¿Como lo de Gonzalo?

—Sí, y otras muvis.

—¿Lo del teléfono?

—Sí.

—Mi jefe dice que todo es culpa de los socialistas, que han jodido el país.

—No sé, Tula. Igual es eso.

Yo seguía preocupado, y, cuando Tula me preguntó si al día siguiente iba a pasar por el instituto a recogerla, dije que igual. Estábamos ya en General Perón, y aparqué la Vespa sobre la acera, delante de los futbolines. El primo de Tula estaba jugando al Street Fighter. La puta máquina le volvía loco: se pasaba horas, batía todos los récords y firmaba como BEAST.

—Qué pasa, Kaiser —me dice sin dejar de jugar al verme a su lado.

Era un tío tocho, con Bombers. Medía casi metro ochenta y le encantaba todo lo militar, tenía mil revistas de armas y demás. Según Tula, todo eso le venía de un año que había pasado en Estados Unidos, en Kentucky. Le había tocado una familia de locos que los fines de semana se vestían de uniforme y se iban a hacer supervivencia a los bosques, poco menos que durmiendo con el cuchillo entre los dientes. El tío era majo, y nos llevábamos bien.

—Venga, ¿terminas o no?

—Ya estoy, ya estoy.

Dejó la máquina y me miró sonriendo, dándome una palmada en el hombro. Luego salimos a la calle, me soltó los talegos y yo le endiñé los diez gramos. Se los metió en el bolsillo controlando que no le viera nadie. Era raro hablar con él porque te miraba a los ojos todo el rato, como si te estuviera examinando o algo. Eso me ponía negro, y yo le hacía lo mismo. Era como una pequeña guerra entre nosotros.

—Hostias lo de Gonzalito, ¿eh? —me dice, asintiendo tres o cuatro veces con la cabeza y sin quitarme el ojo.

—Ya te digo. Hay que ser bestia.

—Que va, tío. Eso ha sido un gilipollas, una chapucilla. Un tiro en la cabeza —hace el gesto con los dedos—. Y otro para rematarlo en la nuca. Esto ha sido un pavo que se ha acojonado, te lo digo yo. Si es lo que pasa en los fusilamientos, que si no es por el oficial, que remata, ninguno de los del pelotón tiene los cojones de tirar a matar.

—Bueno, tío, tengo prisa. Otro día charlamos.

Vivía por ahí cerca, y se fue a casa andando, como lo hacía él, muy rígido y erguido, mirando a la cara a todo el mundo con quien se cruzaba.

Esa noche me apetecía tener compañía, así que después de la última entrega organicé una fiestecilla en keli. Tenía el garaje insonorizado, para no mosquear a los vecinos, y cuando daba fiestas tapaba los cristales de los dos ventanucos con cartones y encendía un foco de luz negra que me había vendido Kiko una vez. Como he dicho, últimamente había comprado material para crear mi propia música. Al lado de los Technics había instalado una mesa de mezclas Mackie CR1604, con dieciséis pistas de entrada, cuatro de salida y siete auxiliares para los efectos. Cada pista con su propio ecualizador de 3 bandas (graves, medios, agudos), en un fly muy práctico, con la mesa ligeramente inclinada hacia mí para controlar bien las funciones EQ y los niveles de mezcla. A la derecha tenía un Mini-Fly 19, el rack de tratamiento de efectos Ensoniq DP4, un generador multi efectos Yamaha SPX 990, con reverbs, ecos, phasing, coros, vocoder, compresor, y el Alesis Quadraverb II, con más efectos. Instalado encima del Fly estaba el Sampler AKAI S3000 XL, hinchado a doce megas de memoria viva, 10 salidas individuales, con los típicos sonidos de sinte analógico: «ooonnoouuuuuuiiinn» y «wonwonwonwon». Y todo controlado a través del Power book.

Roni, que me ayudó a comprar y a programar algunas movidas, dice que mi música es experimental con sensibilidades muy melancólicas, y lleva siglos animándome a grabar. Él cuando graba sólo utiliza la 909. Mientras pinchando es súper abierto, componiendo es muy clásico y abstracto, escuela Detroit, claro. Ya ha firmado varias producciones bajo nombres diferentes con el label Ciberpolla, y en esos momentos decía que cualquier discográfica española se ponía cachonda si decías que habías grabado algo en tu casa con sampler. Pero yo todavía no me sentía preparado.

Aquel día tenía metidos en el garaje a una decena de niñatos, la mayor parte amigos de Tula. Ninguno tenía ni guarra de lo que escuchaban, pero bueno, no siempre puede uno escoger su público. Unos marcaban el ritmo con la cabeza mientras fumaban sus petas, cerveza en mano, tumbados en el suelo o el sofá; otros medio bailoteaban. La verdad es que los amigos de Tula eran una panda de gilipollas integrales. No sé por qué, pero les tenía mogollón de manía. Quiero decir que eran todos unos putos colegiales y no se coscaban de nada. Aunque supongo que si uno tiene jefes en keli que te fuerzan a ir todos los días a un instituto a que te den la vara, difícilmente va a salir uno de otra manera. Se reían por cualquier tontada y no sabían hablar de nada aparte de las cuatro series de moda en televisión. De las tías, Julia era la más interesante, por lo menos la que más me molaba. Pero me quedé un poco alucinado cuando Tula me dijo que follaba con un pavo de cuarenta que curraba en una editorial. Quiero decir que el que a una pava casi de mi edad pudiera gustarle de verdad un fósil era algo que no entraba en mi cabeza. Vamos, Tula se enrolla con un viejo y se iba a enterar, le iban a caer unas hostias bien guapas. De los tíos, Alfredo y Juancho eran como los más duros y los más gilipollas. Se las daban de malos porque conocían a los volcadores del Lunatik. Luego estaba Moya, un catalán, muy callado y tal, pero se veía que el tío tenía algo. Tula decía que sacaba buenas notas y que leía mogollón de cosas, y cuando hablabas con él no se iba de la lengua ni intentaba hacerse más malo de lo que era. Los demás, mierda, quitando a Sofía, la mejor amiga de Tula, la que he dicho que de mayor quería ser directora de cine. Era regordita y un poco tontorrona. Esta peña salía normalmente por Moncloa y tal. Ese día casi todos pillaban speed, que era barato, y algunas pastillas ovaladas con cruz que yo les pasaba para meter ambiente.

Tenía ya un repertorio de sonidos y secuencias súper controlado, porque en un directo, aparte del guarreo con las vibraciones sonoras, hay poco sitio para la espontaneidad. Perdías la frescura que igual tienes pinchando —aunque cuando pinchas ya tienes tus caminitos estudiados y nunca es realmente improvisado—, pero quedaba todo muy compactito, con una progresión muy currada, que iba más o menos así: empiezo con ruidos psicodélicos, para ambientar, y por encima algunas frases que he sampleado de discos alemanes, que no tengo ni puta idea de lo que dicen pero molan y quedan como muy espaciales. Todo eso lo fundo con el ruido que había grabado de la Emetreinta, que funcionaba de puta madre como atmósfera electrónica. Y por encima empiezo a meter caña: fijo un beat y unos buenos ritmos a 146 BPM. Tranquilito —al principio lo que más me molaba era no bajar de los 150, hasta que Roni me hizo darme cuenta de que no por meter más zapatillazos haces mejor música—, aunque con suficiente marcha para que no descanse nadie. La primera parte indicada en los racks de efectos como «Eternal Deep» queda súper tecno. Llega el primer break y empiezo a guarrear con el filtro del Sampler para hacer variar la línea melódica. El primer puente musical es un break-beat a 147 BPM. Luego llegan las melodías de bajos súper ácidos que he sampleado de un viejo TB303 (es flipante pensar que el 303, con el que el diyéi Pierre inventó el Acid House, había ya salido en Japón en 1977 cuando todavía estaban Dylan y sus colegas dando la vara en las radios). Entonces empiezo a currarme la ecualización de cada parte de la mesa Mackie para hacer resaltar tal o cual instrumento. Poco a poco voy metiendo ritmos más machacones, con percusiones bien bestias. Y luego, el silencio, y cuando la panda de niñatos me mira con cara de «qué pasacoñometecanya», les meto más percusiones. Nuevo break musical con melodías de bajos analógicos. Y yo siempre con la mano derecha sobre el jog del sampler para jugar sobre el filtro general de todas las salidas audio. Les machaco un poco en plan Trance. Y llega el tercer silencio, y la última parte: una melodía de sinte analógico súper marciana con mogollón de percusiones, que voy desmontando hasta acabar con un bajo que se va ahogando por las frecuencias bajas, y todo va desapareciendo poco a poco...

Vale, la mitad del tema me lo había montado Roni, pero coño, la cosa tiene curro, y cuando los negocios me dejaban tiempo me pasaba bastantes horas con mis aparatos. Y luego a gente como al Josemi les pagan por empalmar una canción rock detrás de otra. Yo, pinchando, combinaba mis maxis, ajustando las velocidades, montando igual varias canciones, scratcheando alguna vez, atento a todos los detalles: igual no dominaba el key-mixing como Roni, pero cuidaba mis mezclas y le echaba intuición y buenos discos.

Aunque me he ido amoldando y ahora soy bastante tolerante, todavía estaba muy marcado por el tecno alemán que se escuchaba aquí, zapatillazo makinero aparte, cuando empezaba a salir, Harthaus y compañía, y a pesar de que Roni me ha abierto los oídos, nunca me ha acabado de entrar el rollo House de Nueva York, los David Morales, Roger Sánchez y demás, ni toda la mierda que saca Ministry of Sound, y tampoco la música negra que se estaba poniendo de moda en Londres y París, aunque la compro. Lo del jungle todavía me cuesta, sigo siendo muy cuadrado y tiendo mucho al cuatro por cuatro. Gente como Carl Cox, Dave Clark o Garnier ya molan más, tanto como artistas como pinchando, son de la familia; y al hardcore más makinero le tengo bastante apego, aunque a nivel hispano, poco. Cuando cani, el pincha del New World había sido mi ídolo. En su momento hubiéramos puesto una alfombra por donde pasara, era el jodido rey. Me acuerdo que yo le miraba para aprender, y el muy cabrón traía los maxis con el nombre tapado con cinta aislante. Le veía a veces en una tienda de discos que tiene en Malasaña, todo música electrónica, mucha importación, pero él supongo que ni sabía quién era. Luego me quedé un poco decepcionado cuando Roni me contó que iba con una panda de moteros tatuados y tocaba en un grupo de Trash. Para mí, sabes, o eres rokero o eres fiestero, no puedes ser las dos cosas a la vez. Por mucho que los tiempos estén cambiando y ahora vayan todo tipo de pasaos a las fiestas.

La fiesta me vino bien porque me ayudó a salir de mis paranoias. Me acuerdo que en algún momento Tula se me acercó, súper puesta, con las pupilas dilatadas y muy contenta de que al final no la hubiera llevado a keli. No es que tenga nada contra que la banda se ponga todo lo que quiera, pero con Tula es diferente. La vi tan empastillada que dejé programadas unas se-

cuencias y me salí de la «cabina». Tula se había dejado caer en el
sofá, entre cajas de maxis, y le agarré la mano que sacaba una
pasti del bolsillo.

—No te comás más.

—Ay, déjame en paz...

—¡Que no te comas nada más! ¿Es que no lo entiendes?

—Déjame.

Le di un meneo, aunque no muy fuerte. El Alfredo y otro se
rieron, pero se apartaron para dejarme sacar a Tula. La música
se oía mucho menos al cerrar la puerta del garaje. En el pasillo
Sofía y otra piba de la clase de Tula charlaban, sentadas en el
suelo. Parecían de uniforme, con pantalones y camisetas súper
ceñidas y ese look yonkarra de moda, las dos con ojos como
ovnis.

—¡He dicho que me dejes! —me grita Tula.

Se soltó y se metió de nuevo en el garaje a bailotear. Parecía
una abducida, o algo así. Un par de gilipollas la miraron, juah
juah, pero se callaron en cuanto me vieron. La agarré por la muñeca y la arrastré fuera otra vez, sin hacer caso de sus gritos, y la
empujé dentro del tigre. Julia se estaba cambiando, poniéndose
otra vez el uniforme para volver a casa, y dije que afuera. Salió
en sujetador al pasillo, Adios Kaiser, encogiéndose de hombros.

—¡Pero estás gilipollas o qué te pasa!

—¡Eres tú la que eres gilipollas! ¡Y ahora te vas a quedar
aquí metida hasta que te aclares!

Ella empezó a golpear la puerta desde dentro, gritando que
abriera. Sofía y la otra me miraron y es posible que alguna hiciera algún comentario, pero ninguna movió un dedo. Yo seguía
con la mano sobre el picaporte. Cuando los golpes se calmaron,
volví a abrir. Tula se había sentado en el suelo, entre el váter y la
bañera, y se limpiaba las lágrimas con la toalla rosa que colgaba
al lado del lavabo.

—Kaiser, no me encierres. Me lo estaba pasando muy bien. Y
a mí me gusta pasármelo bien... —dijo, con voz tan lastimosa
que me ablandó.

—Sí, Tula, pero luego te rayas. Acuérdate de la última vez,
cuando rompiste la ventosa de mi cuarto, ¿te acuerdas? Y mañana tienes que ir a clase, si no tus jefes la van a volver a montar.

Le remangué la camiseta de manga larga y se quedó mirando la serpiente que le recorría el antebrazo. Mira, todavía tienes la cicatriz, ¿quieres que vuelva a pasar? La toqué, sintiendo el brazo frío. Tula dijo que no con la cabeza. Ya se iba tranquilizando.

—Ya sabes cómo te pones luego. Lo ves todo negro. Empiezas a decirme que te quieres morir, te ves desde fuera como si estuvieras muerta, y eso no es nada guai.

—Sí... pero, no sé, me apetece...

—Yo te organizo todas las fiestas que quieras, pero no puedes ponerte todos los días.

—Sí, pero... No sé... Kaiser, yo flipo contigo...

—Date un baño de agua caliente, que te calmará.

—Vale, pero no me encierres, que lo paso fatal.

—No te voy a encerrar. Pero no te muevas de aquí, vuelvo en seguida.

Salí del baño con idea de cerrar el kiosco por hoy. Sofía y la otra se habían levantado, y ahora se tronchaban de risa con Alfredo. Antes de que dijera nada, Alfredo, que se estaba fumando un cigarro, cogiéndolo entre el pulgar y el índice, me dice que el móvil está sonando. Yo le dije que pillara un cenicero. Salí al pasillo con el móvil, pensando que iba a ser el Josemi llorándome, o la jefa de Tula, o algún otro cabrón.

—¿Quién?...

—«Oye, chaval, tengo que hablar contigo.» Era el Barbas.

—¿Qué quieres?

—«Salte. Estoy a la puerta de tu casa.»

Me quedé un poco sorprendido de que llamara tan pronto, pero todo lo que pensé fue que necesitaba colocar rápido la farlopa. Así que después de apagar la música y explicar a todos que la fiesta se había acabado por hoy, que fueran pensando en abrirse, agarré la chupa, que estaba tirada en el pasillo. Le dije a Tula —estaba al lado de la bañera, ya calmada, probando el agua caliente con la mano— que volvía en seguida, que ahora nos veíamos los dos un vídeo, que había alquilado una peli guapa sobre vampiros, y subí por las escaleras hasta el recibidor. Me asomé un momento al salón, donde Marilyn, sentada en el sofá en bragas, se estaba depilando las piernas con tiras de cera. Me preguntó si pasaba algo. Dije que nada, que volvía en seguida.

A la puerta de keli, me quedé un momento parado en las escaleras de la entrada: las nubes velaban la luna por encima de la fila de chalets adosados de enfrente. Al final de la calle vi un R-19 blanco. Tras cerrar la puerta de la verja, me fui hasta él. Supongo que estaba contento de que me hubiera llamado tan pronto —tenía la paranoia que desde lo de Gonzalito todo el mundo se volvía contra mí— y me metí en el coche sin sospechar nada. Tampoco me mosqueó que hubiera un menda al que no había visto en mi vida con él, porque a veces venía acompañado. El Barbas iba con vaqueros y un jersey de cuello cerrado que le sacaba panza, y estaba ridículo sin traje. Eso, si te has fijado, pasa con muchos payasones, que llevan el traje como en la Edad Media llevaban la armadura. Se diría que les protege. Luego sin él parecen caracoles sin cáscara.

Arrancamos, y mientras atravesábamos la Alameda el Barbas me dijo que tenía los dos kilos que habíamos hablado, fiado, a tres y medio, como siempre. Dije que chachi, que en dos o tres semanas estaba todo colocado, y todavía no me coscaba de nada cuando paramos en un parque ajardinado en el límite de la Urbanización, desierto a esas horas. El Barbas, después de inclinarse para coger algo de la guantera, salió. Yo le seguí y me quedé un momento escuchando el viento que silbaba entre las ramas de dos sauces llorones que rodeaban el estanque del parque, y estaba ya encendiéndome un pitillo cuando el Barbas me agarra por detrás.

—¡Pero qué haces!

Él y su colega me inmovilizaron, como lo hacen ellos: pegándote las manos contra el coche, te pisan un pie, y luego te enganchan con los grilletes una mano, y después la otra. Y así, con las pezuñas esposadas a la espalda, me metieron de nuevo en el asiento trasero. A mí se me fue la pelota y empecé a gritarles de todo. El Barbas se sentó a mi lado, arrugando un trapo que tenía en la mano.

—Kaiser, esta vez te has pasado de listo. Te has pasado de listo, y mira que te lo llevo advirtiendo.

—¿Pero de qué hablas, hijodeputa?

Ahora no sonreía. Los labios, en mitad de tanto pelo, parecían un coño.

—Piensa bien lo que haces, porque si a mí me pasa algo, a ti...

Me agarró por el pelo y me aplastó la testera contra la ventanilla. Fuera, se veían grúas paradas en la oscuridad de un solar en el que estaban construyendo.

—¿Cómo te atreves a tocarme, hijo de...?

Me cayó otra hostia.

—¿Has visto el macaco? —dice el Barbas.

El otro no dijo nada. Miraba al frente.

—Es la hostia, les das un poco de confianza y se te suben a la chepa. Me parece que vamos a tener que explicarle un par de cosas al listillo.

Entonces se llevó la pezuña a la mejilla izquierda, justo donde había recibido el gapo. La reacción fue automática: un puñetazo en mitad de la jeta, y te puedo asegurar que dolió. Pero no me callé, sino todo lo contrario: sintiendo que la sangre me chorreaba por la napia, seguí gritando que la había cagado y que mi jefe iba a ir a por él. Pero al Barbas esto no le impresionaba. Me gané otra hostia. Me quemaba el careto, tenía el labio acorchado, y por un momento perdí la noción de dónde estaba. Después de un forcejeo, el Barbas me metió el trapo en la boca, y luego me la tapó con esparadrapo. Me agarró por el pescuezo con su manaza, agachándome la cabeza hasta que me comí sus zapatos. Tú ahí quietecito. Y el coche arrancó.

No veía ni podía pensar. Me dolían mogollón la cara y las muñecas y no me molaban nada las palmaditas que me daba en el cogote una manaza sudorosa.

—La verdad es que parece mentira estos chavalitos de ahora. ¿Qué edad tienes?

Obviamente no respondí: todavía me estaba comiendo el trapo.

—¿Tú cuánto le echas?

—No sé, dieciséis.

—Por ahí, por ahí. Dieciocho como mucho. Y con esa edad, nosotros, hombre, salíamos. Pero nada que ver con estos enanos que se tiran tres días de fiesta cada fin de semana. Sólo existen jueves, viernes y sábado. El resto de la semana se convierten en vegetales. ¿Has estado alguna vez en el Lunatik? Pues acércate, merece la pena. La música te volvería sordo en dos sesiones. En fin, mientras se droguen, no incordian.

A todo esto yo cerraba los ojos. No podía dejar de decirme: eres un gilipollas, el más gilipollas de todos los gilipollas.

—Aparte de éste y unos cuantos como él, que se creen más listos que los demás.

Las jodidas palmaditas me estaban sacando de quicio. El Barbas se cansó de hablar y seguimos unos diez minutos en un silencio tenso hasta que oí que amartillaba su fusca, y ya el minutero se me disparó.

—Chavalote, vete preparando, que llegamos. ¿Sabes rezar? No, a vosotros ya no os enseñan esas cosas, si es que vais a la escuela. Ya la gente ni se acuerda de cómo era el mundo. Tú, ¿qué edad tienes?

—¿Yo? Veintinueve.

—Tú también llegaste con las nuevas ideas. Tanta democracia y tanta leche. Luego tocas a alguien, y, hala, a llover artículos. Jodidos periodistas.

Me acuerdo que el otro subió la radio y el Barbas empezó a tararear una canción desafinando bastante. Se le notaba que no estaba para nada tranquilo. Para aquí mismo. Así que siento que echan el freno de mano, se abre la portezuela de atrás, me sacan, y allí ya aluciné. Estábamos en un descampado, al lado de un desguace que me sonaba. Al otro lado de una valla había multitud de coches rotos y oxidados apilados unos junto a otros. Un seiscientos color oscuro se posaba como una mosca gigante sobre una caseta con el logotipo de Leche Pascual pintado en letras gigantes. Más allá se veía la sombra negra de unas chabolas bajo un cielo desgarrado. Admito que me temblaban las piernas y debía de estar amarillo de cague.

—A ver cómo te portas, tipo listo. Te advierto que no soporto a los llorones. Andando.

Me empujó y desaparecimos camino abajo. Unos metros

más allá me quitó las esposas, y entonces el muy perro, sin dejar de apuntarme, me gruñe al oído:

—¡Como te vuelva a pillar la próxima vez no lo cuentas!, ¿te enteras? ¡Y que no se te ocurra aparecer por ningún sitio en una buena temporada! ¡Corre ya, leches!

A mí no hace falta que me digan las cosas más de una vez, y menos pipa en mano, así que empiezo a correr. Y detrás oigo que el Barbas dispara con la Star: «¡Pum! ¡Pum!» Dos buchantes. Mientras le daba a las patas, me arranqué el esparadrapo, que no veas cómo dolía, y escupí el trapo. Confieso que desde esa noche cambió mucho mi manera de ver las cosas y empecé a pensar mogollón de movidas que nunca antes había pensado. Aunque la verdad es que en el momento no pensaba en nada, sólo corría.

Menudo finde

M e volví loco, corriendo y corriendo a través del descampado. Yo me echo un pitillo de vez en cuando. Pero casi no me pongo, sabes. Uno si hace negocios tiene que ser serio, y yo no soy como el Josemi, que se pone todos los días y tiene que apuntar todo en un cuaderno para que no le líen, y aun así le lían. O sea, que tengo bastante fondo, y tardé un buen rato en pararme y coger aire jadeando como un perro. Seguía alucinado con el Barbas. Todavía hoy tengo la duda de si sólo quería darme un susto o si en el último momento se le cruzaron los cables. El caso es que me soltó y que yo en aquel entonces sólo sabía que estaba tirado en un descampado al lado de la Emetreinta. Te puedo decir que era la primera vez que me habían puesto en un apuro tan chungo, y no veía nada clara la situación. Me acuerdo de que ahí cerquita había un borrico muy negro y más solo que la una que me miraba como flipándolo —¡te lo juro!—, y entonces ocurrió algo muy extraño, y fue que fiché a Platero y me eché a reír. Así, sin ninguna razón, empecé a despelotarme, acojonado pero súper contento de estar vivo. Supongo que fue la adrenalina.

Cuando por fin me tranquilicé, me puse a controlar los alrededores. A un lado estaba la Emetreinta, bien iluminada, con ese ruido que tengo todo el día metido en la cabeza. Al otro había unas chabolas pegadas a una pared medio derruida. Y junto a ellas, el borrico, atado a un poste de madera. Siempre me ha alucinado eso de Madrid, sabes, que en cuanto sales un poquito te encuentras con chabolas por todos lados. Y te creerás que los gitanos viven mal. Pues tú pregúntale a cualquier heroinómano de la ciudad dónde está la mejor droga de Madrid. Yo conocía alguno de estos poblados a través del Chalo, y sabía dónde debía estar hoy, así que después de pensarlo un poco decidí ir a buscarle. No me hacía demasiada gracia, pero tampoco tenía un duro.

Tuve que andar hasta llegar a la autopista, a la altura de la desviación a Virgen del Cortijo, justo al lado del concesionario de Mazda iluminado a esas horas. La atravesé a pata, saltando por encima de las medianas, y luego tardé como unos veinte minutos en llegar al poblado en cuestión. Las casetas prefabricadas —eran todas de una planta y parecían cajitas gigantes apiladas una al lado de otra— las había levantado el ayuntamiento para echar a los gitanos de sus antiguas chabolas y derribarlas, lo que no había servido de mucho porque las chabolas volvían a crecer como hongos al lado de las prefabricadas. Para encontrar al Chalo tenía que entrar muy dentro del poblado, y eso no molaba nada. Entre las casas se amontonaban neumáticos y restos de coches y basuras de todo estilo: televisores viejos, sofás destripados, bafles inservibles, armarios destrozados. Unos gitanillos jugaban al lado de los tendederos con una pelota medio deshinchada y dos cubos de basura robados del barrio más cercano como portería; todos con sus melenillas y esos ojos que tienen los muy cabrones. A unos metros delante mío iba una pareja, un menda con un chaleco sudamericano y su piba, que era negra, andando encorvados y apoyados el uno sobre el otro, temblando con mono. Los gitanillos les miraron entre risas, y todos a una dejaron de jugar para agarrar pedrolos del suelo y lapidarles con toda su mala hostia.

—¡Yonkis, fuera! ¡Yonkis, fuera!

A mí me dieron pena, pero ellos ¿te crees tú que se fueron?

No, no. Apresuraron el paso —y yo igual, aunque detrás— hasta que los renacuajos se cansaron y volvieron a lo suyo.

—Paco, Paco, ¡te había dicho que no quería venir nunca más, que no quería volver a pasar por esto!— se lamentó la negra.

Estábamos ahora delante de una chabola que yo conocía ya de haber venido con Chalo las veces que estaba muy pillado y no tenía otra solución. A ambos lados de la puerta dos gitanazos tochos y barrigones controlaban una cola de basca de todo tipo a los que iban dejando entrar de uno en uno. Dentro dos viejas vestidas de negro y con el pelo ceniciento hacían papelinas sobre la mesa. A la izquierda había un montoncito de nieve; a la derecha, otro de heroína blanca, y un tercero de caballo marroncito; y en medio, una balanza electrónica. Cuando llegabas, una de las gitanas te preguntaba qué querías y hacía la papela delante tuyo. Soltabas la guita, y las viejas dejaban caer los billetes en dos cubos de basura, uno a cada lado de la mesa. Y no te creas que todo allí eran yonkis como la pareja que yo había visto. No, no, allí había peña de todo tipo, algunos bien vestidos y hasta trajeados. Pero por mucho que se diga que la heroína está volviendo, la koka será siempre la reina, el champán de las drogas.

No entré en la chabola, sino que me acerqué a uno de los de la puerta, el más regordete, que llevaba un abrigo de cuero negro que le caía hasta las rodillas, y le pregunté por mi colega.

—¿El Chalo? —Se giró hacia el otro, sacando las manos de los bolsillos para darle un par de toques en el hombro—. ¿El Chalo abilla sejonia?

El amigo se encogió de hombros y soltó un gapo que cayó muy cerca de un payasón engominado que salía de la chabola y que le dio a las patas.

—El Chalo me parece que ahora viene. Pregunta dentro —dice indicando la cola con un gesto de cabeza.

Así que saltándome la fila de yonkorras me acerqué a la mesa donde las viejas seguían pesando mogras muy profesionalmente. No podía dejar de mirar los cubos, que eran de esos antiguos negros, llenos hasta arriba de billetes de mil, cinco y diez. Había allí varios kilos, sabes, y eso que no eran más de las dos. En una de las paredes fiché una Sony Trinitón de las de pantalla gigante, que valen por lo menos ochocientas mil calas, y encima, una imagen súper cutre de la virgen con un marco hecho de las típicas conchas de playa.

—¿Ej que no ha dicao la cola? Ponte con lo demá —me dice una de las viejas de piel acartonada, mirándome sin mucho interés.

—Estoy buscando a Chalo.

—¿A Chalo? Buen chivel ha ejcogío pa abillá a bujcale.

No tuve tiempo de volver a preguntar, porque en ese momento se escuchó un grito rabioso fuera. Salí al reconocer la voz, y vi al Chalo acercándose entre las chabolas. El pavo de la entrada me lo señaló con el dedo, muy serio. Le seguía una gitana en vaqueros, la melena rizada cayéndole por encima de una chupa de cuero, y con cara de estar bastante mosqueada.

—¿Pero tú quién te cré qu'ere? ¡Cabrón, jodeputa, jodemalamadre! ¿Y quién te cré que yo soy? —gritaba con voz chillona.

—Sentimiento, tranquila.

Chalo levantaba las manos apaciguándola. Gastaba melenilla y un pendiente de aro en una de las orejas. Llevaba una sudadera con capucha, de color irreconocible en la oscuridad. Vestido así daba la impresión de ser mucho más joven de lo que era.

—¡Desgrasiao! ¡Irte de parranda toa la noshe y no vorvé ar chivé siguiente! ¡Te tenía que arrancá lo huevo! ¿Con quién ha estao? ¿Con qué zorra ha estao esta vé?

Gritando esto, la mujer agarró un palo del suelo. Chalo lo esquivó, sin dejar de protestar.

—¡Con lo compadre, cojone! ¡De borrashera!

—Ya, ya, con lo compadre toa la rashí, ¿no? Y yo en el palomá, esperando. ¡Que no he podío dormí, degrasiao! ¡Que a la mañana tuve que ir a ver a tu bato...!

Yo a la mujer del Chalo la conocía de oídas, que el Chalo siempre estaba con qué pesada era y esas cosas, pero hay que decir que alguna razón llevaba porque el tío le ponía los cuernos con quien podía. La cosa estaba al rojo vivo. La piba le estaba pegando literalmente puñetazos, y Chalo se protegía como podía, agarrándole las manos.

—¡Que me deje en pá, mujé!

Algunos de los renacuajos que antes jugaban al fútbol se habían ido acercando, empujándose unos a otros, a ver qué pasaba. Aplaudieron cuando Chalo agarró a su parienta y le cruzó la cara de un manotazo que más que una bofetada pareció un raquetazo de tenis.

—¡Que me deje en pá, cojone!

—¡Ayyyy!

Uno de los gitanos de la puerta se acercó a Chalo con una barra metálica que sacó del interior de su abrigo de cuero, aunque manteniéndola baja.

—Chalo, que es tu rumí.

La pava se había llevado la pezuña a la mejilla y le miraba, furiosa, con ojos entornados. Tío, daba la impresión de que de tener un cuchillo a mano le degollaba ahí mismo.

—Su rumí... su rumí... ¡Ér no tié rumí! ¡Vete con tu compadre y tu furcia! ¡Vete ya, cabrón!

—¡Sentimiento, que te doy!, ¿eh?

—¡Venga, atrévete ya! ¡Valiente, qu'ere un valiente!

La Sentimiento le tenía que haber calentado ya mucho porque Chalo levantó la mano como para pegarla. Pero el del abrigo de cuero negro ya le había agarrado y le hablaba al oído. ¡Tú, suéltame, hostia, y baja la batufa! Cuando pasó a mi lado, folladito, le agarré por la manga para que me reconociera.

—Coño. Tú, monró. Vente, anda —dice mirando atrás hacia donde su mujer ya estaba llorando a moco tendido en brazos de una de las viejas, que había salido a consolarla. Vámono, que hay que aliguerá de aquí, repitió sin dejar de andar. Le seguí hasta su buga, que estaba aparcado un poco más allá, ya en la vía de servicio. Era un Mercedes antiguo, super majo, con los asientos tapizados en piel de leopardo. A Chalo le gustaba tener bugas grandullones, sabes. Tenía el Mercedes blanco, un Saab rojo y un BMW verde, los tres igual de guarros y con la carrocería fatal, pero eso a él le daba igual. Arrancó, mirando por el espejo retrovisor, que estaba medio roto, acojonado por si su mujer nos seguía.

Nos metimos en dirección Madrid. Chalo iba callado. Yo cogí unas cintas que había sobre el asiento y las metí en la guantera, donde entre otras muchas cosas había un treintayocho algo oxidado que pensé coger prestado si la oportunidad se presentaba. Mirándome en el espejo, comprobé que tenía el careto todavía un poco enrojecido por el esparadrapo y me pasé la mano por la piel irritada: por suerte soy bastante barbilampiño. También tenía el labio hinchado, pero ya no sangraba. El mechón rubio teñido que me caía lacio sobre la frente tenía alguna costra de sangre seca. La nariz me dolía, aunque tengo una de esas narices con poco hueso, sabes. Me han pegado bastantes hostias y todavía no ha cascado. Supongo que tener un careto algo mofletudo es la ventaja de haber sido regordete de cani. No sé, igual si no hubiera festeado ahora sería un gordo, como dice Tula. Con todo, ya casi se me había pasado el susto, y la verdad es que estaba empezando a pensar en otras movidas.

—¿Qué ha pasado con tu mujer? —pregunté. Después de dar toda la maldita vuelta que hay que dar para volver a tomar la salida por la vía de servicio de la nacional uno, habíamos llegado a Virgen del Cortijo, donde el Chalo tenía que ver a alguien. Estábamos parados delante de un bareto que conocía porque una temporada quedaba allí con el Lipe, uno que es entrenador de baloncesto. Virgen del Cortijo es un barrio majo, un poco periférico pero majo, sabes, de los que parecen todavía un pueblo, donde los colegas te silban y te gritan desde la calle para que bajes. Ya digo que yo me muevo por todo Madrid y es importante tener siempre algún conocido en cada barrio.

—Na, que me fui con lo compadre de fiesta, pero sin niña ni náa, de farándula. Y ésa, que se pone así...

—Ya, las mujeres.

Puede parecer un poco pretencioso porque yo entonces sólo tenía diecisiete tacos y Chalo como treinta, pero yo sabía de lo que hablaba porque a mí Tula me había montado más de un zipizape del estilo y sé que es muy chungo y que después uno se siente muy mal.

De repente Chalo me mira de reojo, y veo que sonríe: Venga, agarra la base del guantero. Ya he dicho que normalmente no me pongo, pero en ese momento, después de lo que había pasado, me dije que bien podía hacer una excepción. Tenía mogollón de ganas de contarle mi movida, pero él estaba muy jodido y, bueno, no dejaba de hablárselo todo, así que decidí esperar a que se le bajara el mal rollo. Entretanto arranqué un cacho del rollo de papel plata que había bajo mi asiento y hurgué en la guantera hasta encontrar el chivato donde estaba metida la pasta de base. La verdad es que la guantera apestaba. El coche entero apestaba a kokaína.

—La muy zorra de mi gitana me tié loco. Cojone, si yo quiero mucho a mi gitana, pero a vese tengo que está con loj compi. No pueo está *to er puto día* en la caverna con lo chavore. Si ej que no pué sé. Kaise, te lo digo de verdá, no te case nunca. En cuanto te romandiñan está jodío, monró. A ti, que no te case tu viejo, no lo olvide.

Yo decía que sí a todo, y Chalo continuó comiéndome la oreja con su parienta. Contó que el día anterior había estado en un garito por el sur donde sólo ponen flamenco y rumbas. Yo, las dos veces que estuve con él en el Duende ese, que se llama, sólo éramos dos payos, yo y el pincha, un tío majo con coleta de caballo y gafas de pasta negra que sabía mogollón de salsa y aunque no lo parecía trabajaba de periodista en una revista importante, Tiempo o Época, o una de ésas.

Chalo me pasó el mechero y un bolígrafo BIC roto que en su tiempo había sido transparente. Calenté la plata bajo la pasta y aspiré a través del bolígrafo. En pocos segundos, el minutero se me puso a ciento y piko. Le pasé la plata a Chalo. Fumó, y luego abrió la portezuela para salir. Pero yo le agarré por la manga de la sudadera reteniéndole, Chalo, no puedo.

—¿Ké?

—Ke no puedo salir, kojones. —Me kostaba hablar, del subidón—. No puedo ir a ningún lado. Estoy pensando en abrirme.

—¿Kómo?

—Es una historia muy komplikada, pero deja ke te kuente.

Chalo bolbió a sentarse, enkogiéndose de hombros y apoyando las manos, bastante sucias, por cierto, sobre el bolante. Y entonces empecé a parlotear, súper acelerado, de Gonzalito, del Barbas y todo lo demás. Chalo me miraba y mobía la kabeza resoplando. Y kuando terminé, diciendo ke por eso no kiero andar por ahí y ke estoy pensando en ir a pasar una temporadita kon el jefe, ke está en Pontebedra, todabía meneaba la testera.

—Mal royo, Kaise. No mola náa. Pero mira, komo yo no boy a dormí con mi gitana lo ke podemo hasé é kedarno lo dó akí y seguí kon esto.

Guai, pero tenía ke pasar por kelo para pillar la pipa y pelas para el biaje. Chalo dijo ke bale, pero ke me esperase un rato. Así ke agarró el papel plata y la base, y ya le beo benir porke unas kaladas más y empieza kon ke si su gitana y sus niños y ke, kojone, un hombre tiene ke sentirse libre y por ké no podía sé la suya una gitana komo su madre en bez de esa bestia kon tan mal karákter. Y mientras rajaba puso una cinta de Kamarón y a ratos se interrumpía para kanturrear entrecerrando los ojos. Ya digo ke yo no entiendo kómo puede gustar esa músika, pero supongo ke todo el mundo es libre de oír lo ke le dé la gana. Monró, ke me está dando musho la lata, dijo Chalo kuando bolbí a insistir kon ke me llebara a keli.

—Chalo, tío, hazme el fabor, ke hoy kasi me follan y todabía tengo los kojones de corbata.

—Y a mí, monró, mi gitana me ba a kurrá a hostia limpia en kuanto apareska.

—No kompares, tío. No kompares.

—¿Ke no kompare, dise?

Y erre ke erre. Al final konsigo ke arranke, salimos a la autopista, y le digo ke hacia la karretera de Barcelona, a la Alameda. En beinte minutos ya habíamos llegado y aparkado en una kalle un poko más allá, porke estaba akojonado de ke Tula estubiera esperándome. Yo le decía siempre ke si alguna bez pasaba algo chungo, ke se fuera pa kasa, ke ya llamaría kuando pudiera. Pero ella era komo era, así ke no me extrañé nada kuando la bi a la puerta de keli, sentada en las eskaleras, abrazándose las piernas, kon la barbilla apoyada sobre las rodillas. Dentro había luz, y supuse ke Marilyn estaría biendo algún bídeo. Ya he dicho ke desde ke no estaba mi jefe Tula se kedaba mogollón de beces a dormir. Admito ke me dio pena berla allí esperando. Parecía un perrito abandonado, y me entraron ganas de ir y raskarle el kogote. Pero yo en akel momento no estaba para hablar kon nadie. Además, a Tula, en kuanto se ponía un poko, se le iba la olla y largaba demasiado; no tenía kabeza para ciertas mobidas. Y juro ke fue por eso y no por las paranoias suyas de ahora de ke la kería dejar. Pero me estoy adelantando: por el momento allí sigo, mirándola desde el otro lado de la kalle.

—Tula, ¿no entras?

Marilyn apareció en la puerta, y también sentí algo raro kuando la bi, kon su kamisa sin mangas y una faldita larga muy sexy. Tula se lebantó y entró tras ella. Yo salté la berja y entré por la puerta del garaje, lo más disimuladamente ke pude, palpando en la oskuridad, tropezando kon un ampli. Me daba rabia irme justo ahora porke el domingo había kedado para pinchar kon Roni en el Lunatik y kería enseñarle unos empalmes y unas kombinaciones de puta madre ke me había kurrado. Me akojoné al pisar una lata de cerbeza —Marilyn todabía no había limpiado lo de la fiesta— pero nadie se mobió arriba. Se oía la telebisión encendida y me las imaginé a las dos sentadas en el sofá kon las miradas fijas en la tele, pero no era el momento de komplikar las kosas.

En la habitación pegada al garaje buské a tientas entre las kajas de diskos hasta ke enkontré lo ke buskaba: la llabe, ke estaba metida en la funda de un maxi de Liza'n Eliaz [antes de enkontrarla saké komo cinko]. Y luego me subí a una silla para abrir el altillo del armario empotrado, donde guardaba la eskama en una pekeña kaja fuerte. Pillé medio kilo de farla y una bolsa de mil pirulas. Además, enganché una kamiseta al azar y la parte de arriba de un chándal rojo, y lo metí todo en mi mochila junto a mi Astra automátika y la agenda.

Las pelas las tenía eskondidas arriba en mi kuarto, así ke no pude kogerlas.

Luego bolbí a salir del garaje. La luz del salón seguía encendida. Ellas allí dentro, y yo akí afuera. Me sentí raro, pero fue sólo un momento antes de saltar la berja y echar a korrer.

Chalo seguía esperándome en el buga y había puesto una cinta de kante rayantísimo. Parecía komo si al lado del kantante hubiera un gordo de cien kilos pisándole el pie kada diez segundos.

—¿Ya?

—Ya —dije, metiéndome en el koche. Rebusqué en la mochila y me puse la chandalera.

—¿Y ahora?

—Ahora hay ke ir al Lunatik. —Saké la agenda, miré el reloj del koche y taché las tres citas ke había perdido. Por suerte me kedaba una importante a las kuatro kon el pringao de Raúl, uno al ke tengo bastante ojeriza por lo ke pasó más tarde. Es uno de los bolkadores, de esos ke se pasan el día a la puerta del Lunatik. Kasi todos los enanos ke iban allí le pillaban a él, y él me pillaba a mí. Ese día habíamos kedado, y me benía muy bien para hacerme kon líkido.

—Mala gente. Muy mala, musho kokoliso —dijo Chalo, frunciendo el ceño.

—Benga, Chalo, tío (el muy kabrón no me iba a joder ahora), ke tengo ke ber a un menda. Sólo es un rato, no jodas.

Dijo ke no, pero le prometí beinte talegos de lo ke me soltara Raúl. Al final arrankó y seguimos eskuchando al del pie. Y mientras nos metíamos de nuebo por Madrid yo iba pensando muchas kosas: pensaba en Tula, en las pelas que me debía Josemi, en el kabrón del Barbas. La mubi era más ke tocha, tochísima. Admito ke, bale, me había pasado kon Gonzalito, era berdad. Pero nadie se muere de un tiro en la pierna, joder.

A lo hecho, pecho. No balía la pena komerse más la kabeza. Me jodía, eso sí, porke ahora ke tenía ya el negocio bien amarrado, okurría esto. En ese momento pensaba ke Madrid se había akabado para mí durante una buena temporada y por eso abrí la ventanilla y tiré mi agenda. Todabía no eran las kuatro, y esperamos aparkados en la misma kalle del Lunatik fumando base en el koche.

Una kola de pastilleros kon ojos komo platos esperaba a ke los machakas trajeados del Lunatik les kachearan y les pasaran el detector de metales por los kostados y entre las piernas antes de dejarles entrar. Yo konocía al más bestia de los porteros, ke entrena donde el Chabi —en las diskotekas siempre hay ke kamelarse a los machakas: son los ke kortan el bacalao en el momento de entrar, pagando o sin pagar, y en el de salir, andando o a hostias—, y me dijo ke esperara un momento. En kuanto bio ke el dueño estaba entretenido kon la paba del guardarropas, de

espaldas a nosotros, me dejó kolarme. Ya en el bestíbulo enmo-
ketado la músika te golpeaba como un mazo, puro bakalao, el
beat haciendo retumbar las paredes, «BUM, BUM, BUM», los
grabes golpeándote el pecho y los agudos atakándote los tímpanos. Podía ser Skorpia, aunke no me fijé demasiado. De Roni al
Gusanitos, el otro diyéi del Lunatik, había un mundo: Roni era
todo técnica, feeling, músika; a diyéi Gusanitos sólo le interesaba canya y canya, rebentarte los tímpanos kuanto antes y ponerse gusanitos de gramo entero, de donde le benía el mote,
komo ya habrás imaginado. Tube mala suerte porke al entrar
me krucé kon el Enterrador —un pabo al ke llaman así porke es
enterrador de berdad, sabes— ke se eskabulló nada más berme.
Si no llega a ser porke estoy de mobida no se me eskapa. El muy
perro me debía pelas, y, bamos, en el Lunatik nadie hubiera mo-
bido un dedo si le kanto la gallina. Es un sitio oskuro, no sé si lo
konoces, un after-hours al ke ban todos los malotes de Madrid.
Tiene una pista super tocha iluminada kon luces intermitentes y
rodeada de sillones tapizados en rojo, y kada cierto tiempo los
machakas hacen la ronda para despertar o echar a la banda, según el estado en ke te enkuentren. Gogós medio en bolas bailando orgásmikamente encima de una tarima. Y donde hay go-
gós ahí tienes el Pentium reboloteando cerka, komo una moska
alrededor de la mierda. Siempre kon mobidas, agobiando para
pillar kualkier kosa, y si eres un poko malo te dice kién tiene
pastillas, para ke le buelkes. Ése era otro ke yo no kería ber akella noche. Y tampoko me apetecía ber al Gusanitos, ke es muy
majo y tal pero ke siempre me da la lata. Y, bueno, yo le respeto,
no kómo diyéi, sino porke es de los pabos ke más kokaína kon-
sumen de Madrid. Se mete lo menos diez gramos al día y siempre está tan fresko. Su numerito preferido es bolkar el mogra
encima de uno de los binilos, darle bueltas y esnifárselo de
golpe. Eso le pone komo una moto. Pero lo dicho: me molesta
ke me aburran kon mobidas ke no ban konmigo.

Además, ese día no tenía mucho tiempo, así ke bajé al tigre,
donde había kedado con Raúl, ke no estaba. Eché un meo entre
dos tíos rarísimos. Uno tenía cerka de los treinta pero iba rapadito y kon una kamiseta Bones, komo si fuera un niñato, y no
hacía más ke mober la kabeza y decir: Jo, ¡qué movidón hay

hoy, ¿verdad?! y Guai, esta musicorra, ¿no? Se beía ke era la primera bez ke iba al Lunatik, lo extraño es ke no le hubieran bolkado todabía.

—Uh, Uh, esto me está subiendo ya —me dice, fingiendo ke está puesto.

No sé por ké, pero los beinteañeros de ahora, sobre todos los ke ban por los beintitantos, suelen ser bastante pringaos. Kiero decir ke han pillado el final de una époka y el principio de otra. Komo ke se han kedado un poko deskolokados, no sé si me expliko. El kaso es ke éste tenía pinta de ser REALMENTE un pringao, y no dejaba de dar la bara por mucho ke le pusiera kara de malo. Me subí la bragueta, después de sakudir bien el manubrio para ke soltara las últimas gotas de amarillo, y me labé las manos, kontrolando desde el espejo del lababo kómo le hablaba al otro ke había estado meando a mi izkierda, un pabo gordinflón y kon kara de majete ke le explikaba ke allí no pintaban nada.

—Pero tío, tú lo que pasa es que eres un muermo. Te complaces en tu decadencia. Mira arriba la peña. Los tiempos han cambiado y hay que adaptarse.

—¿Y para eso hay que disfrazarse y dejar a la novia?

—Mira, Nel, yo ya no podía más. Me estaba convirtiendo en un fósil. No salíamos nunca, todos los días en casa de sus viejos, leyendo a Marguerite Duras y escuchando a Bob Dylan. Necesitaba un poco de libertad, tío, volver a vivir...

Me hizo gracia oírles, y me deskojoné kuando uno de los kolegas del Gusanitos, un bejete, se puso a mear entre ellos y suelta: Aceptarse a uno mismo. No sabéis kuánto tiempo perdido en asumirme. No hacía más ke mirarle la polla al gordinflas, y los dos pabos lo fliparon, sin koskarse de ke les estaba tomando el pelo.

—Me akuerdo de kuando tenía buestra edad, la bergüenza ke me daba ir a los kuartos oskuros a reunirme kon akellos muchachitos kon los ke soñaba. La inmensa bariedad de pollas. Las cirkuncisas, las retráktiles, las torcidas, las insignifikantes...

Suspiró. Y luego, todo serio, empezó a abrocharse la bragueta. En kuanto se abrió, los pringaos se bolbieron lokos. El regordete decía ke se iba antes de ke uno de akellos deprabados le pillara por banda. Yo salí fuera y mientras me kedaba a la puerta esperando a ke apareciera Raúl todabía les oía diskutir.

—Pero, tío, eres muy cerrado. Tienes que abrirte...

—Pues mira, no quiero ofenderte, pero un sitio en el que un Freddy Mercury con chupa de cuero y nada debajo se la está chupando al pincha cada dos por tres, que ya le vale, eh, porque una vez, pase, pero...

Esto ya era muy exagerado porke yo konozko al Gusanitos y tampoko es tan así, pero el pabo estaba emparanoiado kon los julas y seguía erre ke erre.

—Nel, no te obsesiones con ellos, fíjate en todas esas niñitas que están bailando arriba. ¿Te has fijado en sus culitos? ¿Te has fijado en esas tetitas?

—A mí las lolitas no me van, ya lo sabes.

—Venga, no me fastidies, no compares. Estoy harto de todas esas veinteañeras celulíticas con el jersey a la cintura. Como si no nos diéramos cuenta... —El de Bones soltó una risita ridíkula.

—¿Pero y tú quién te crees que eres? Mírate al espejo, anda.

—Pues yo me veo bien.

—Deja de meter tripa.

—¿Pero tengo tripa? Pues ya llevo una semana de gimnasio, tendría que notarse.

—Y las arrugas y las canas, ¿qué?

—Hombre, un lifting es todavía un poco pronto. Pero Maxims dice que los hombres a partir de los veintiuno tenemos que empezar a utilizar cremas faciales.

—Antonio, por favor, reflexiona, no digas tonterías y vámonos de aquí.

Yo estaba askeadísimo. No hacía más ke pensar ke kuando fuera fósil no kería ser komo akellos dos. La berdad es ke entonces nunka había pensado en eso, kiero decir en kuando sea fósil. Supongo ke estaba demasiado metido en mis mobidas, un día pakí y otro pallá. Pero al eskuchar a akellos tíos sentí algo raro. Fue komo si de repente todo lo ke estaba a mi alrededor fuera askeroso. Nunka antes me había sentido así, y no molaba una mierda.

Pensé ke la músika me bendría bien.

Subiendo por las eskaleras me krucé kon diyéi Gusanitos, deskamisado y sudoroso, exhibiendo su sonrisa sin dientes, ke me saludó sin más, y kon la Susana, una muy guarra de klase de Tula, minifalda, botas de kuero, ke en kuanto te despistes ya te está morreando. Me dio un poco de mal rollo ke me biera. Empezó a hablarme, pero pasé de ella. Eso siempre lo he tenido klaro: si kieres ser alguien en esta bida tienes ke tener mucho kuidado kon kién te enrollas.

Me paseé por la pista buskando al Raúl, pero nada, sólo se me acerkó el Pentium a gorronear, babeándome la oreja, superacelerado, sin dejar de fichar a las go-gós.

—Están komo kesos, ¿eh, Kaiser? ¿No tendrás unas pirulillas? Yo te las puedo kolokar en un plis-plas.

Komo para fiarse de ése, y komo si no supiese ke yo no soy kamello de diskoteka. Me lo sakudí de encima, y un par de minutos después bi ke había mobida al fondo, cerka de la bajada al tigre. Me acerké, y allí estaba Raúl kon tres de sus kolegas bolkadores, todos igual ke él, kokolisos malotes de los de kollar de kuero por encima de la kamiseta. Estaban diskutiendo kon un pabo. Y al loro, ke en el deskansillo, apoyado kontra la pared, pegado a la guarra de Susana, estaba el pringao del tigre mirando todo muy blanco. Los malotes de Raúl empezaron a meterle puños al pabo, puliéndole hasta ke al kabo de un rato le soltaron. Raúl al berme me saludó kon la kabeza, Ké pasa chabal. Luego se giró hacia el pringao, ke sonreía komo un gilipollas.

—¿Pero tú ke koño haces akí?

Me koské de ke eran hermanos porke se parecían. ¡El Raúl, kon lo malote ke es, tener un hermano así! Era para troncharse.

—¿Ké ha pasado kon tus greñas? ¿Y ké haces kon mi kamiseta?

El otro se tokó el pelo y miró a la Susana, komo exkusándose. Raul la agarró por el brazo y la empujó hacia la pista. ¡Tú, zorra, fuera de akí, y no has bisto nada! Estaba puesto y no dejaba de moberse. Tenía una kara ke daba risa, kon la nariz torcida y un párpado medio caído.

—¡Ké pasa, tengo monos en la kara! —le soltó al hermano—. ¿Ké hacías tú kon esa?

—¿Por qué? ¿La conoces?

Le agarró por la manga, Espera, Kaiser, ahora boy kontigo, y se metió kon él en el tigre. Yo estaba ya un poko hasta la polla, pero me fui a la barra, y allí esperé a ke los dos hermanos hablaran lo ke tubieran ke hablar. Me fijé en ke el gordinflas estaba apoyado a mi lado delante de un botellín de agua mineral y no hacía más ke fichar la kabina del Gusanitos. Algo después bolbió Raúl, repartiendo miradas chunguísimas a su alrededor, y chokamos los cinko:

—¡LO SIENTO, KOSAS DE FAMILIA! —me dice al oído—. ¿BAMOS?

Y después de despedirnos de los machakas, ke seguían a lo suyo, nos fuimos a un parking cerkano donde esperaban los kolegas de Raul, uno meando detrás de un Audi 100 plateado, otros dos fumándose un peta. También había uno kon una kamiseta de Napalm Death ke kuando el Raúl le dio un golpe al maletero del koche dijo ke kuidado, ke el buga era de su jefe.

Raúl, ya dentro del Audi, me abrió la portezuela. Me metí fichando al de Napalm Death, ke se había apoyado en el kapó de un koche cerkano y no dejaba de kontrolarme, y entonces pude komprobar personalmente eso ke dicen de ke los malos rollos nunka bienen solos. Supongo ke en el fondo hubiera tenido ke estar agradecido porke después de todo había tenido bastante suerte, pero no pude ebitar ponerme de mala hostia. Lo bi benir en kuanto fiché el kareto ke puso Raúl al berme sakar la farla de la mochila. Ni sikiera insistió en probarla.

—Si, mira, Kaiser —dice komo muy trankilo, ke no lo estaba, y fichándome kon su ojo bueno—, he tenido algunos problemas últimamente.

Yo bolbí a meter la koka en la mochila.

—¿Ké problemas? —digo, muy frío.

—Eskucha, no te boy a poder pagar hoy —me dice—. Fíamelo.

En otro momento, tratándose de alguien komo Raúl, hubiera dicho ke sin pasta no hay eskama, y me hubiera abierto. Pero esto no eran tiempos normales.

—Me kago en la puta, me kago en la puta —murmuré kon

mala hostia. Luego golpeé el parabrisas kon el puño cerrado—. ¿Kuánto tienes?

—Ciento cinkuenta, es todo lo ke te puedo dar hoy. Pero en unos días...

—No me jodas.

Bolbí a darle al parabrisas. Los de fuera nos miraban kada bez más chungo y el de Napalm Death parecía komo ke dudaba si acerkarse o no, a ber si lo hacía el listo. Después de haber puesto a parir un buen rato a Raúl, se me okurrió algo.

—Está bien. Las ciento cinkuenta, y me llebo el koche. Éste.

Raúl frunció el ceño un momento. Era el buga del jefe de Napalm, pero Raúl tiene a sus kolegas akojonaítos y kasi ni se lo pensó.

—Bale.

—Dame las ciento cinkuenta. Y rápido.

Empezó a buskarse en los bolsillos, sakando churretosos billetes ke fui kogiendo y desarrugando. Konté hasta ciento sesenta y tres. Le kité una roka de beinte gramos y la embolbí en un kacho de plástico ke arranké de la bolsa en la ke iba el medio melón. Sellé el bomboncito kon un mechero; luego le di su farla, Benga, fuera. Me kambié de asiento, y al arrankar bi kómo Raúl agarraba a Napalm, ke estaba gritando algo. Le metió un puño y se le kedó mirando kon kara de malo, al estilo del difunto Tijuana. No bi más.

Salí del aparkamiento, teniendo buen kuidado de ke Chalo no me biera —kon sólo ciento sesenta papeles en el bolsillo no iba a endiñarle beinte, komo puedes komprender—, y kince minutos más tarde ya estaba en la Karretera de la Koruña.

La berdad es ke me kedé algo jodido porke kontaba kon las pelas de Raúl, aunke al fin y al kabo tenía un koche para irme y mil pirulas en la mochila ke podían dar bastante de sí, además de unos gramos para mí, porke la base de Chalo me había abierto el apetito. Chungo, pillar al Raúl en un mal día; pero pensando todo lo ke había okurrido no podía kejarme. En mi kabeza lo konsideré komo una especie de impuesto indirekto de Dios, o algo así. Y no me kejaba mientras iba por la Karretera de la Koruña konduciendo muy tranki para no tener mobidas, kon la mochila deskansando en el asiento de al lado. La aguja de la gasolina markaba medio depósito y el reloj digital señalaba las seis y unos minutos. No faltaba mucho para ke clarease. Las luces de la autopista me parecieron un flipe, super brillantes. Me di kuenta de ke estaba muy puesto y me dio por pensar ke igual akellas luces eran siempre así y sencillamente no las bemos porke nos akostumbramos, y sólo kuando nos ponemos las bemos komo son de berdad. Akello me rayó muchísimo: si eso es así, ¿y kién dice ke no?, kiere decir ke los ke no se ponen son gilipollas.

Todo iba bien y ya kasi me beía en el pazo de Pontebedra jamando kon mi jefe. No le había bisto en mucho tiempo pero, bueno, mi jefe no se sorprende fácilmente, sabes, y seguro ke en kuanto le kontara la mubi echaba mano de sus relaciones. Así ke ya llebaba konduciendo un rato por la autopista kuando de repente bi delante las luces de dos motoristas de la guardia cibil ke habían parado un koche en el arcén y me entró la paranoia: seguro que Napalm había telefoneado a la bofia, eso sin kontar ke de todas maneras si me beían el kareto me pararían para pedirme el karné de konducir. O sea que todabía un poco atakado salí por la primera desbiación ke pillé, ke resultó ke iba a El Eskorial. Al principio me kedé trankilo por haber ebitado a los pikos, pero luego me di kuenta de ke había hecho una gilipollez, ke por allí no se iba a ningún lado. Eso me kemó bastante. Pensé en ponerme unos tiros y bolber, y entonces, y esto ya me pareció el kolmo, salió el jodido chucho. No sé si era un chucho o un zorro, o ké. El kaso es ke había oído decir ke en estas mobidas lo último ke hay ke hacer es frenar. Ke fue precisamente mi primera reacción kuando bi ese bulto marrón ke kruzaba la karretera: soltar el acelerador y pisar freno. Pero en seguida me bino a la kabeza akello, y aceleré. ¡Bum! Le pillé a cien. Oí un aullido pero no kise ni mirar.

—¡Mierda! ¡Mierda!

Desde luego no era mi día. Golpeé el bolante, furioso. Luego, kuando bi ke el buga todabía rulaba respiré alibiado. Saké una cinta de mi mochila y la puse. El día amanecía precioso y yo hacía mucho ke no salía de Madrid y, bueno, pensé ke después de todo esta karretera molaba. No sé si has estado, pero las karreteras ke lleban a la sierra son súper chulas. Nada ke ber kon las ke salen al Sur, ke están llenas de fábrikas, blokes baratos, chabolas y demás. Poko a poko se iban biendo los peñaskos de la sierra; parecían kukuruchos al rebés, o algo así. Me sentía guai, kontento de ke klarease ya después de una noche tan chunga. Konducía a ochenta, eskuchando una sesión ke había grabado en keli. Komo estaba puesto era komo si tubiera una diskoteka en la kabeza. La músika lo llenaba todo. O kasi. También pensaba en Tula, un poko en el jefe y un mucho en el kabrón del Barbas. Pero kon pensar no se arreglan las kosas y no sirbe de nada decir boy a hacer esto o lo otro; las kosas hay ke hacerlas, si no se ba la fuerza por la boka. Por lo menos eso es lo ke me pasa a mí; por eso yo nunka digo boy a hacer esto, lo hago y punto.

La trankilidad no duró mucho, porke un par de kilómetros más allá el koche empezó a pedorrear, y se paró. Kuando bajé, me di kuenta del hostión ke había sido. No había rastros de sangre, pero el parachokes estaba abollado, el faro roto y la rejilla del morro doblada hacia dentro. No se podía abrir el kapó, y por debajo chorreaba agua o lo ke fuera a mogollón. El Audi la había kagado. Había kampo por todos lados y una raska ke se notaba y yo estaba muy puesto todabía. No pasaban koches, y era muy raro estar ahí. Kiero decir ke en Madrid no sólo konozco las kalles, es ke están en mi kabeza. Es mi ciudad por fuera y por dentro, no sé si me expliko. Pero en mitad del kampo, kon la luz del amanecer y tanto ruido rayante entre los arbustos me sentí muy perdido. Además, el frío me hacía tiritar y me kastañeteaban los dientes. El kaso es ke de repente pasó un koche y a mí me entró una alegría enorme, un poko komo kuando estás muy puesto ya bien entrado el día siguiente de una fiesta, y después del bajón de ke te cierren un after te enkuentras kon otro abierto. Pues esa sensación era. Me puse a hacer señas, lebantando los brazos komo en los naufragios de las pelis. El buga paró. Rekogí la mochila, ke kon el frenazo se había kaído del asiento, y saké la llabe del encendido. Ya era de día.

Del koche, un Errecinko rojo, bajó un fósil kon mostacho blanko y kareto mofletudo de borrachín simpátiko. Me rekordaba a alguien, pero no sabía a kién. Era un tío tan bajito komo yo, ke sólo mido uno sesenta. Llebaba kamiseta debajo de una kamisa a rayas, y el barrigote sobresalía bastante del cinturón.

—¿Qué pasa, que te has quedado tirado?

Se acerkó al koche e intentó abrir el kapó, ke no se abría ni pa Dios. Bueno, vamos a ver, vamos a ver. Kuando hablaba, el aliento le nebleaba kon el frío. Esto tiene muy mala pinta, sí señor, muy mala pinta. A ver, me dice, métete dentro y arranca. Yo abro la portezuela, me siento al bolante y al girar la llabe de kontakto se oye un chillido horrible, komo si estubieran degollando a alguien. El koche no arrankó, komo era de esperar.

—No puedo hacer nada, pero si quieres te dejo en el próximo pueblo.

—¿A dónde ba?

—Hasta El Escorial, ¿tú?

—Yo también boy a El Eskorial.

El fósil me miró un momento, luego sonrió. De repente me bino a kién me rekordaba. ¡El hijoputa de Jobellanos!, un profe de lengua ke solía darme la vara kuando en séptimo y oktabo empecé a katear todo, ke fue kuando me di kuenta de ke no iba a ser ni abogado ni barbiri y ke mi negocio no se aprendía en ninguna eskuela. El muy cerdo tenía la kostumbre de deskalzarse en klase, y te puedo decir ke apestaba a keso. Pero lo peor era ke mientras leía se manoseaba los kalcetos agujereados debajo de la mesa. No he konocido un profe más cerdo. Y encima se permitía darme lekciones. Todabía le puedo ber el día ke me pilló todo puesto en su klase, metiéndose el dedo meñike en la oreja mientras me echaba la peta. Mire, le dije, igual yo me pongo, pero por lo menos me labo las orejas. Akello le dejó planchado, no bolbió a darme la bara.

—De acuerdo, sube —me dijo el fósil.

Todabía malrollado, me metí en su koche, dejando la mochila a mis pies, y me puse el cinturón. Me fijé en ke encima de la radio llebaba una estampa de la birgen y fotos de la mujer.

—¿Ké es lo ke suena?

—¿El qué?

—La músika.

—Vivaldi.

—¿No tienes algo más aktual?

El fósil dijo ke lo más aktual ke eskuchaba eran unos grupos ke yo no konocía. Le korté rápido:

—Mira, no sé kómo serían esos grupos, pero no le kepa la menor duda de ke la músika ha mejorado todo. Ritmo, sentimiento, fiesta, ¿entiende? No tiene nada ke ber kon el rok o lo ke fuera ke eskuchara en su época. Antes de la músika elektrónika no hay nada ke balga la pena, kréame.

Otra vez me miró, sonriendo debajo del bigote, komo si lo ke akababa de decir fuera algo dibertido, ke no lo era. Era ebidente ke no lo kogía. Al poko, me roza la pierna kuando kambia de marcha, y yo pienso ke komo intente sobarme le abro la kabeza y me llebo el koche.

—¿Cómo te llamas, chico?

—Manuel.

—Bueno, Manuel. —Me mira de reojo y a mí me sigue sin molar nada kómo me mira y se sonríe—. Mira, no sé quién eres ni a qué te dedicas, pero me está pareciendo que tienes un problema.

—¡Pero de ké me hablas, tío! —salto, un poko moska.

—Mira, los fósiles somos fósiles pero no tontos. (Bueno, la berdad es ke dijo biejos y no fósiles, pero biene a ser lo mismo.) ¿Te crees que no me doy cuenta de que no tienes edad para conducir?, ¿que no me fijo en los ojos que llevas? Escucha, yo trabajo en una oficina de Cáritas y todos los días tengo que ver a gente muy diferente y con muchos problemas, muchos más de los que puedas tener tú (eso lo dudaba) y mi trabajo es intentar ayudarles. A veces lo consigo y a veces no. Pero no por eso es menos fascinante. El hombre es imprevisible...

Alucinante, pensé yo. Todos los fósiles están de la pelota. O se buelben neuróticos o son unos plomos ke no kieren más ke ayudarte y dar la bara.

—... mujeres que de repente descubren que tienen el sida y llevan años viviendo con el mismo hombre, que no ha dicho ni mu. O ayer, por ejemplo, que vino una chica joven que vivía desde hace bastante en la miseria, desharrapada, sucia, famélica, y me dice que tiene un hijo y que necesita darle de comer. Nosotros lo que hicimos fue conseguirle cartones de leche y conservas, y ahí ella empieza a cogerlos y veo que se para y dice: No, lo que queda para otra madre que tenga necesidad. ¿Te das cuenta? La humanidad es un vínculo más fuerte que ningún otro.

Yo digo ke sí, klaro, pero no tengo ni puta idea de ké koño me está kontando este fósil y todabía no me fío un pelo y sigue sin molarme kómo me está sonriendo y no konsigo estarme trankilo. Por lo menos no había buelto a rozarme la rodilla. El tío era un poko baboso, pero yo kreo ke la puta base me había rayado. Yo había dejado de ponerme porke kon la farla me entraban rollos rarísimos, sabes. Me daba por pensar ke me engañaba la peña, y entonces hacía kosas rarísimas, komo pasar pirulas de más aposta para ber si me lo decían; y kuando no, me moskeaba, kosas así.

—Y como este caso, muchos. Otro, que entra a verme, me mira desconfiado y me dice: Me acabo de escapar de la cárcel de Segovia. He hecho muchas cosas mal en mi vida, pero me encarcelaron justo por la que no hice. Quiero entregarme para tener un juicio justo, pero no vestido así... Iba con una chaqueta raída, pantalones de pana rotos y zapatos desgastados. Necesitaba esa mínima presencia que le permitiera conservar su dignidad. Así que le conseguimos una chaqueta y un par de camisas. Y lo mismo, el hombre que se pone una que más o menos le queda bien, mira la otra y dice: No, ésa para otro. Sé que hay mucho mal en el mundo, pero estamos juntos en este barco, queramos o no, y qué nos quedaría si no nos diésemos cuenta de... Pero no te agarrotes tanto, muchacho. Mira qué día más hermoso hace, ¿has visto la sierra ahí delante? Dentro de poco vamos a pasar por el embalse, y luego vamos a ver El Escorial a lo lejos, que es impresionante. Aquel sí que fue un rey. Comparado con los que vinieron, claro. Aunque en fin, el que tenemos no lo ha hecho del todo mal. Claro que los políticos...

Y ahí ya el fósil se embaló y empezó a largar karrete, ke si la corrupción, ke si tenemos una sociedad enferma, kon un kuarenta y cinko por ciento de paro jubenil y una edukación de mierda kon la ke kerían konbertirnos a todos en mano de obra barata, ke si a kién se le okurre la barbaridad de organizar una Expo y unos Juegos Olímpikos todo para la mayor gloria de Felipe González. Ke después de trece años de socialismo nunka los kapitalistas habían estado más trankilos, y encima ahora entraba la derechona más fuerte ke nunka, y a ber ké hacía Aznar. Mamarrachadas de ésas, ke me entraron por una oreja y salieron por la otra.

—Yo, que estoy en contacto cotidiano con la miseria, te puedo decir que el país se ha pauperizado, y créeme... me baso en el número de gente que acude a nosotros. Antes, mira, apenas venían hombres. Y ahora empiezan a acudir en mayor número que las mujeres. Eso quiere decir mucho, ¿no crees?

Yo no kreía nada. Estaba kansado de oírle rajar y miraba al frente: ahora kruzábamos un puente por encima de un charko enorme ke brillaba al sol, un sitio guapo, de un azul galáctiko.

—... Bueno, ya me callo, que veo que te estoy aburriendo. Mira, el embalse está alto porque ha llovido mucho últimamente. Demasiado, pero ya lo dice el refrán: nunca llueve a gusto de todos.

Hubo un momento de silencio. Yo seguía mirando hacia el embalse y de repente me sentí bien. Hacía mucho que no salía de Madrid, por mantener el negocio, sabes, y de pronto ver todo ese campo me flipó... no sé cómo explicarlo. Me dieron ganas de parar el coche y salir corriendo.

—Mola mazo.

—Sí, hombre. Y mira allí delante.

A lo lejos se veía el monasterio de El Escorial. La cúpula parecía una teta enorme nadando en un mar de berde. Me pareció un pasote. Viendo todo eso me salí bastante de mí mismo y de repente se me ocurrió que igual la banda que no se ponía se colocaba con cosas como el viaje, el mar y tal. A lo mejor no eran tan gilipollas.

—... Si es que en las grandes ciudades no sabemos vivir. No sabemos. Tanto estrés, tanto tráfico...

Aunque un fósil nunca te va a hablar de labels y drogas, a mí su charla me estaba viniendo bien para amortiguar el bajón. Yo no suelo tratar con fósiles, sabes, quiero decir que no sé muy bien de qué hablarles. Algunos veinteañeros todavía se enteran de la movida. Pero a partir de los treinta, nada, ésos no se coscan de una mierda. A veces, cuando me encuentro con alguno, tengo la impresión de que vivimos en planetas diferentes, como si nunca hubieran sido como yo. Claro que es verdad que yo no soy exactamente como todo el mundo, aunque casi todo el mundo que conozco sí que es un poco como yo. En todo caso siempre he pensado que los fósiles son unos hijosdelagrandísimaputa, por mucho que el mostachos se empeñara en parecer lo contrario.

—Bueno, Manuel, dentro de poco llegamos. Si no tienes ningún lugar mejor donde parar, yo voy a casa de mi madre y te puedes venir a desayunar conmigo, ¿qué te parece?

Dije que bueno. Me preguntó que a dónde pensaba ir, y cuando se lo dije silbó y meneó la mano.

—Pero por aquí vas muy mal. Para ir a Galicia tendrías que volverte hasta la nacional VI. A menos que vayas por Ávila, pero de El Escorial a Ávila hay muy mala carretera y nadie va por allí. Mira yo, si esperas a que termine unas gestiones en el pueblo, te puedo acercar a algún sitio, o incluso de vuelta a Madrid.

Dije que igual sí, y el fósil se quedó tan contento y empezó otra vez a largar carrete mientras llegábamos a keli de su jefa. Vivía en El Escorial, que no es donde el Monasterio, sino en el pueblo de abajo —El Escorial son dos pueblos, San Lorenzo del Escorial y El Escorial, a secas, y no me preguntes cuál es cuál, no tengo ni guarra— al lado del parque de la Casita del Príncipe, en un edificio de cuatro plantas con piscina. El portal era amplio y dentro había unas cristaleras con escuditos en vidrios de colores. El portero saludó al fósil y nos acompañó a un ascensor ultramoderno. Ya en keli del fósil, me sentí a gusto. No es que me fascinen ese tipo de chozas, ya sabes, súper tristes, con tufillo a viejo, como si sólo pudieran vivir fósiles en ellas. Al contrario, normalmente me hubiera sentido incómodo, demasiada calma para mí, sabes. Pero en ese momento era el sitio ideal para descansar y decidir lo que iba a hacer: era como estar fuera del mundo, nada se movía.

Allí aluciné cuando el fósil me presentó a otro fósil, que resultó que era su jefa. Medía como metro cincuenta, iba toda de negro y tenía los morros tan arrugados como el Yoda del Imperio Contraataca. Le eché por lo menos cien años. El mostachos le dio dos besos y le habló muy fuerte, por lo que deduje que estaba bastante sorda. Sonrió y me miró con ojos vidriosos en los que ya veía yo que chocheaba. Luego el mostachos me llevó por un pasillo hasta el salón, que estaba al fondo. Yo controlé todo, pero no había nada interesante: la mesa estaba cubierta por un tapete de ganchillo y encima había una planta, un helecho, creo. Un escritorio pegado a una de las paredes —con cajoncitos, papel y algún libraco—, varias sillas y un sofá color granate con cojines por todas partes. Eso sí, me extrañó que no hubiera tele. No tener tele es como no tener ojos. Hay que ser muy raro para no tener tele, pensé.

El fósil abrió la ventana para ventilar un poco:

—Ven, mira. Si no me quieres esperar, la estación de tren está ahí abajo, ¿la ves? Te acercas y tomas el tren de cercanías. Y si me esperas, yo te puedo acercar a donde quieras. Pero yo te aconsejo que llames a tu familia ahora.

—Ya.

—No corre prisa. ¿Qué quieres tomar?

Dije que lo que hubiera, y me dejé caer en el sofá. Me acurruqué entre los cojines y jugueteé un poco con el pañito que cubría el brazo del sofá. Debí de quedarme frito unos minutos, porque de pronto abrí los ojos y allí estaba Yoda sentada en una silla, muy al borde, mirándome demasiado fijo, como si tuviera monos en la cara. Daba cosa verla tan de cerca y se me puso la piel de gallina, se me erizaron hasta los pelos de la espalda. Me había traído una bandeja con un tazón de café y dos rebanadas de pan untadas con mantequilla y mermelada. Mientras jamaba, Yoda se lió a decirme cosas a las que no presté mucha atención hasta que empezó a hacer el tipo de preguntas que hacen los fósiles, ya sabes, dónde vivía, a qué colegio iba, esas tonterías. No le iba a decir que el jefe llevaba dos años matriculándome en el mismo centro y que dos años llevaba ya sin ir. (Me enviaban a casa las notas en blanco, y al principio las rellenaba para que el jefe no se mosqueara, pero para entonces él pasaba ya tanto como yo.) Así que contesté alguna gilipollez. Cuando me preguntó mi edad y se lo dije, comentó algo así como que era un crío. Y eso ya fue mosqueante. Sobre todo si piensas que seguro que en una semana yo ganaba más pasta que su hijo en todo un año. Es verdad que con diecisiete uno no tiene derechos legales pero NO era un crío, y si no pregúntaselo a Tula. Llevo follando desde los catorce. La verdad es que también me jode cuando me dicen que soy un «adolescente», suena a anuncio para acné. No sé, tendrían que inventar una palabra para gente como yo. En todo caso todo esto no se lo podía explicar al fósil, así que me quedé callado. Entonces ella empezó con no sé qué hostias, y ya no pude más.

—Escucha, tía, quiero decir señora. No se equivoque conmigo. Igual en su época era de otro modo, pero ahora, a esta edad uno ya ha hecho todo lo que tiene que hacer y sabe todo lo que necesita saber, ¿me entiende?

Lo dije bien alto, y supongo que no percutó, porque me dijo algo sobre la guerra, por lo que deduje más o menos de qué época salía. Aun así me cayó maja porque no daba la vara con que sólo sabíamos drogarnos y esas cosas que dicen los fósiles cabrones, ya sabes a qué me refiero. La verdad es que no daba la vara con nada, se lo hablaba ella todo y no se la entendía un pijo de lo que farfullaba. Como ya había terminado las rebanadas y como la pava empezaba a embalarse con sus movidas, dije:

—La verdad es que me gustas. Sí, sí, lo digo en serio, tía. De verdad que me mola lo que me cuentas, pero por casualidad ¿no tendrás algo más para jamar?... Quiero decir para comer. Ya sabes, que tengo que crecer.

Me llevó a la cocina, que daba a un patio interior. Allí había un gato esquelético, que más bien parecía una pulga, comiendo de un platito verde. Me agaché para acariciarlo: el muy tonto se dejaba y ronroneaba. El fósil me preguntó si me gustaba el chorizo, y empezó a prepararme un bocata. Luego nos volvimos al salón, Yoda diciéndome que tuviera cuidado de no tirar migas, yo preguntándole a qué hora volvía su hijo el mostacho, y ya estaba zampándome el bocata cuando sonó el timbre. Acaricié un poco más al gato, que me había seguido con la mirada fija en el chorizo. Al poco volvió Yoda sola. Pregunté si era el mostacho. Me dijo que no, que un cartero.

De repente me entraron ganas de llamar a mi viejo para advertirle que llegaba. Yoda dijo que ningún problema y se volvió a la cocina. Enganché el teléfono, que era de los antiguos, de esos que para marcar hay que meter el dedo y hacer girar el cachirulo. Hubo un par de timbrazos, y al cabo: «¿Hola?», respondió una voz de pava que no conocía. No me extrañé, porque mi jefe es de los que tienen amigas en todos lados, sabes. De fondo se oía música celta, gaitas y toda la pesca. Le dije quién era. «Ay, hijo, tu papá me ha hablado mucho de ti. Mucho, mucho. Yo soy Marina. Pero es que acabo de llegar de vacaciones, ahora mismito he entrado por la puerta, y parece que no está. Espera, que te busco la guardesa.» Y me entró mogollón de alegría de poder pillarle. Casi le podía ver ya en la estación, con sus camisas remangadas [no podía soportar tener los brazos cubiertos, sabes]. Haría lo que hacía siempre que nos volvíamos a encontrar, darme un apretón brutal de mano con una sonrisa de oreja a oreja, como si fuera súper normal que yo estuviera allí, como si acabara de verme a la hora del desayuno o algo así. Y luego me daría varios golpecitos en el hombro. Mi jefe es que es como muy colega de sus colegas y tal. No tiene nada que ver con los payasones normales. Me acordé de que el primer tiro de mi vida me lo había metido con él a los doce años, cuando todavía estaba en Madrid, en una fiesta que había organizado en keli, y me sentí súper cerca. Casi le podía escuchar. *Bueno, chaval, ¿qué me cuentas?* Yo me moría de ganas de decirle que estaba metido en líos y contarle todo. Bueno, igual no le contaba TODO, en primer lugar porque entonces no sabía todo lo que sé ahora, y en segundo porque había ciertas cosas que no me apetecía contarle —tengo la teoría de que uno NUNCA debe contar todo lo que sabe a nadie—, como por ejemplo lo de Gonzalito. Así que no diría que había sido yo, sino que pensaban que había sido yo, que por eso tenía al Barbas encima mío. Él se descojonaría. Me diría que no me preocupase, que al Barbas le tenía bien controlado. Mi jefe nunca se cabrea, sabes, siempre mantiene la cabeza fría. Igual hasta le convencía para irnos a Sudamérica, como me había prometido ya un par de veces. Y a lo mejor hasta le pagaba el billete a Tula, quién sabe. Nunca había estado fuera de España todavía y la idea me pareció cojonuda. La música celta seguía sonando al otro lado de la línea cuando se puso la guardesa. Gloria era el ama de llaves gallega que cuidaba el pazo. Una señora enorme, con una mala hostia que te cagas. Fumaba siempre negro, Ducados, y tenía la voz ronca de tanto fumar, casi como un tío.

—«Meu fillo...»

—¿Qué pasa?

—«Mira, que tu padre no está, eh. —Tenía un acento gallego fuertísimo.— Se ha ido de viaje. Pero hace ya dos semanas, eh...»

—¿Pero qué dices? Si no me ha dicho nada.

—«Está en Venezuela, un viaje de trabajo. Y no sé cuándo vuelve, ehh.» —Lo dijo muy categóricamente, como si le estuviera agobiando con gilipolleces.

Cuando colgué, me quedé un momento pensativo, mirando por la ventana sin dejar de acariciar al gato que seguía dándome la lata. Estaba todavía metido en mis movidas cuando me levanté y empecé a abrir los cajones del escritorio que estaban llenos de cartas y papeluchos. Encima había mogollón de fotos de peña, banda toda sonriente. Había una que parecía muy antigua, en tonos marrones, en la que se veía a una niña sonriendo con la barbilla apoyada en la mano. Eso me chocó: quiero decir que claro que sé que un fósil ha sido joven antes, pero resulta realmente difícil de imaginar que se trate de la misma persona, no sé si me explico: Yoda podía ser mi tatarabuela, o casi. También había una del mostacho dándole la mano al rey, y otra del Papa Juan Pablo II enfundado en su sábana blanca y saludando con sonrisa desde el Papa Móvil.

Como el fósil seguía en la cocina, me asomé al pasillo. A la derecha había un dormitorio de muebles oscuros y tétricos. La cama era súper enana, parecía de juguete. Había un crucifijo de mármol encima de la cabecera que me hizo pensar que no hubiera molado nada vivir en una época sin tele ni pirulas. Un armario bastante tocho ocupaba toda la pared. Lo abrí, y allí ya había cosas más interesantes. Encontré un joyero de piel marrón. Estaba abierto, y manoseé algunos collares. Uno parecía de perlas de verdad y tal, pero no necesitaba chatarra.

Entró el gato y se restregó contra mi pierna, ronroneando. Lo acaricié sin dejar de rebuscar entre los trajes y blusas del perchero. Me acuerdo que me dio algo extraño cuando en uno de los cajones encontré un montón de bragas y sujetadores. Era la misma sensación que cuando la foto, sabes. Me costaba imaginar a Yoda con bragas, no sé, que tuviera un chumino, eso. Olisqueé una de las bragas —sólo olía a naftalina—, y justo debajo encontré —no me lo podía creer— un sobre, y dentro del sobre un fajo de billetes. Eso ya me interesó más. Volví a la sala de estar y pillé mi mochila, que estaba en el suelo, al pie del escritorio. Yoda seguía trasteando en la cocina, a su bola. Me quedé un momento parado: hablaba, pero no había nadie, estaba charlando sola.

Volví a salir al pasillo. Me quité de encima al dichoso gato, que me seguía por todos lados, y abrí la puerta de entrada con mucho cuidado. En el descansillo me crucé con una vecina jovencita, seguramente una chacha, y luego bajé por las escaleras. Pasé delante del portero, que, metido en su casilla, se ajustó las gafas para seguir leyendo el periódico. Casi ni me miró.

Nada más pisar la calle volvía a estar súper paranoiko. Me eché la mochila al hombro y apresuré el paso, no fuera que me topara con el fósil y tuviera movida. Pensé en coger el tren, pero me dije que si el mostacho me buscaba iría a la estación. Así que en lugar de ir calle abajo me fui calle arriba y, preguntando, después de andar un rato, llegué hasta la carretera, donde me puse a hacer dedo al lado de unos carteles que indicaban dirección Madrid. Como hacía bueno, me remangué la camiseta hasta los hombros y metí la chandalera en la mochila. Estaba algo nervioso por si venía el fósil, pero un par de tusas me ayudaron a pasar el tiempo.

Después de dos horas durante las ke sólo se paró una payasona kon la ke no me monté porke era la típika paba ke me iba a dar la bara todo el biaje, me akuerdo ke empecé a darle bueltas al tarro y a rayarme. Yo no me iba a ninguna parte, ke se jodieran todos, ke se acercara el Barbas a buskarme, ke se iba a enterar. Y en esas estaba, hasta los kojones de hacer dedo, kuando llegó una furgoneta de kolores kon pintadas rayantes —*LEGALIZACIÓN, ¡YA!, ¡EL GOBIERNO NO PUEDE IMPEDIR KE NOS DIVIRTAMOS! FIGHT THIS BULLOCKS*— y música guitarrera a todo gas. Konducía un pabo kon trenzitas de rasta y una kamiseta de Rage Against the Machine. Nada más berle supe ke era mi hombre y le hice señas de ke parara.

—¿Qué pasa, tronco?, ¿dónde vas? —dice, bajando la bentanilla.

—¿Tú a dónde?

—Bajo a Madrid. Un concierto. ¿Te vienes?

Me explikó ke el koncierto era en Móstoles, en un parke natural o algo así. Me dije por ké no, y me monté.

—Yo soy Luis, tío, ¿tú cómo te llamas?

—Kiko —dije mirando hacia atrás: en la parte trasera había una tienda desmontada, un kámping gas y algún ke otro trasto.

—Hola, Kiko, ¿qué pasa? Anda, abre la guantera.

Lo hice. Entre restos de tabako, filtros de cigarrillos, turulos de kartón medio kemados y una billetera de kuero, había komo diez trompetas de barios papeles super bien liadas. El pibe sonrió. Tenía los dientes pikados y mogollón de arrugas alrededor de los ojos. Enciende uno, macho. Kogí uno, lo encendí, y te juro ke en ese momento un porro de maría era lo ke me estaba haciendo falta. Me relajó mogOllón, y con el solEcillO y la rutA y el de las trEncitas y a pesar del guitArrEo me sentí guAi. Ya sabes cómo te digo, lo mismo que cuando vi el monasterio con el fósil, como en sintonía kon el mundo. Me dije que en cuanto volviera a keli, por lo menos un finde por mes me iba a pillar a Tula y llevármela a algún sitio raro, a ver monasterios, o algo así.

—¿Has vistO qué hierbA más guapa? —me dice el fumeta dándole una CAlada a una tromPETA. Cada vez que sOnreía, se le marcAban las arrugas en torno a los OjillOs super rOjOs y parecía un fósil—. ¿Tú dónde vas?

—Iba a Pontevedra. Pero ahora, a donde tú vayas.

—Chachi, mola. Cambio de ruta.

—¿Y tú?

—Yo, pues a tocAr esta noche en un festival alternativo. El Festimad, se llama. Me han pedIdo que sustituya a un batera.

El pabo era de los tranquis. Le dio otra cAlada a la trompEtA y me la pasó. La sostuve un momento entre los dedOs y me sentí como Bob Marley en la foto esa que tienen en el Bombazo.

—¿Y cómo se llAma tu grupO?

—Ellos, ni idea. El mío es Dei Jeit yor Children, es inglés, sabes. Chachi. Lo que pasa es que a mí tOdo este rollo del inglés que se trae el cantante, pues no mE acaba de convencer. Además, yo qué sé, vale, que cante en inglés pues será porque le gusta el inglés, ¿no? Pues no. Se lo preguntAs y dice: Yo paso del inglés. Chachi. Pero luego quiere componer en inglés, y yo ya no le sigo. Pero él: Que sí, tío, que para cantar en inglés sólo hay que escuchar muchas canciones, Luis, ya te darás cuenta cuando escuches más música. Porque a mí todo este tema del jardcore me importa dos cominos, sabes. Me mola la música, perO éste es que ni fuma ni se droga... Y no es el peor, eh, los hay muy radicales. Los jodidos Straight Edge. Una puta secta, todos con su crucecita pintada en la mano. No hacen más que hAblar de terrOrIsmo de Estado y a mí me vuelven loco con tanta perorata. El reggae no está de moda, pero molaba más. Lee Perry, Bob y eso, ¿te mola?

—BuenO.

—Chachi. Dale un pOco más.

—No, tíO, que me da vUEltas la pElotA —digo, y era verdad. El porro era de maría pura, y yo hacía mucho tiempo que no fumaba. ¡Y cómO me estaba poniendo!

Luis sonrió enseñando unos dientes nEgrOs de drogadicto. Me molaba, tío, porque le entendía. Gente como el fósil que se parecía a Jovellanos me hacen sentir como un bicho raro. Luis era el típico drogadicto al que le queda medio cerebro. Me hacía sentír a gusto porque podía prever todas sus reacciones. La gente que se pone de una u otra cosa acaba siendo muy parecida, sabes. Luis cogió el pOrrO y le dio una calada de espanto. Luego subió el vOlUmEn de la música.

—Escucha, macho. ¿qué te parece?

Era insoportable. Todo guitArreo, con un pavo que bErrEAbA cosas que no entendía. Se parecía un poco a Sepultura.

—El Fran, tío. Y el Javi le hace coros. A veces yo también los hago. Cómo mola que te molen a ti también los Sepultura. Chachi. Les fui a ver hace poco, cuando tocaron en Revólver. Colega, las entradas se acabaron en un puto día, y sin publicidad. Porque ver a Sepultura en Revólver es muy chachi, tío, mucho.

—Pensó un momento y puso una mueca, no del todo convencido—. Pero si quieres que te diga la verdad, no tanto como yo esperaba. Ya tienen demasiadas pelas y, no sé, muy profesionales y eso pero... De todas maneras Max será siempre Max. ¿A ti qué música te mola?

—A mí la música elEktrÓnika, tío.

El porretas sonrió y se le volvieron a arrUgar los OjOs. No jodas, he cogido a un bakala, y se ríe. Digo: Tío, la Fiesta es una mAnera de Vida, ha sido lo mejor que ha ocurrido en esta ciudad. De todas maneras también me gustan otras cOsas. (Esto era una puta mentira, claro.) ¿Qué cosas? Yo suelto lo primero que se me ocurre. El pavo se entusiasma, todavía con el pOrrO en la bOcA, y empieza a dar palmadas.

—¡Te gusta Napalm Death! ¡Cómo mola! ¡Cómo mola!

Y empieza a urgar en la guantera entre las cIntas hasta que encuentra la que quiere, y seguimos con los NApAlm a tope, y aunque al principio era un infierno guitarrero, la verdad es que al final acabé acostumbrándome. Pensé que podía pedirle que pusiera una de mis cintas, pero el pavo estaba tan empalmado con los Napalm, cantando y marcando el ritmo sobre el volAnte, utilizando los dEdos como si fueran baquetas de batería, que me callé. Se sabía todas las jodidas canciones de memoria. Así que allí estábamos, bien emporrAdOs y flipándolo con el mundo. Era casi medio día y el sOl de mayo pegaba.

—¡COños! ¡CoñOs!

El Luis empezó a entusiasmarse otra vez agitando las trencitas y poniéndome takikárdiko con tanto grito.

—¡CoñOs! ¡COños!

Paró para recoger a dos pavas que hacían dedo junto a un sTop. Una estaba buena, la típica guapona con el pElo muy negrO y muy blAncA de piel, camisEta sin mangas y una mOchila al hombro. La otra era gordita, el pelo también muy negrO, pero de pote. Las dos llebaban la misma camisEta de Rage Against the Machine. Sí, tío, así era: daba la puta casualidad de que iban al concierto, así que se montaron con nosotros. La guapa ni me acuerdo cómo se llamaba porque no dijo ni una palabra en todo el viaje. La amiga se llamaba Sally, y no paraba de rajar. Metía la cabeza entre los asientos de delante, y dale que te pego.

—Ay, pues qué bien quE nos hayáis cogido. Fíjate, habíamos subido de marcha con un coleguita pensando bajar hoy y nos hemos gastado todo lo que teníamos. No veas qué mal rollo si no nos paras.

Luis había bajado un poco a los Napalm y de vez en cuando fichaba a la otra por el rEtrovisOr: parecía una esfingE, mirando todo el rato por su ventanillA y dejando que la gorda hiciera conversación. Esa música mOla, ¿qué es? Ah, sí, sí. Mola, mola. Oye, ¿vosotros no iréis por casualidad por un sitio de Chueca que se llama el Ghetto?, porque esa canción la ponían allí mucho, la gorda mirando a Luis sobre todo. Yo, no, digo sin girarme. ¿Y tú? Luis sonríe, le da una calada al pEtA que nos estábamos fumando solos, porque ellas no eran nada drogas.

—Yo tampoco, pero creo que el cantante de mi grupo sí que va.

—¿Cómo se llama?

—Fran.

—¡Ah, sí! Tú tocas con Dei jeit yor Children, ya decía yo que te conocía. ¡Eres el batería nUevo!

Luis asintió mirando al frente con ojos entrecerrados, como si delante hubiera una playa llena de tías en pelotas en lugar de los cuatro arbustOs y un poco de sOl, que es todo lo que había en la carretera.

—Yo os vi una vez en el Nirvana, y otra en el Revólver, que tocabais con un grupo de Barcelona, lo que pasa es que claro, como siempre estás atrás no se fija una mucho en ti, ¿verdad, Paula? —le dice a su amiga—. El cantante es siempre el que más liga, y más si está cuadrado, como Fran, ¿eh, Paula? —PAula, en plan mística, asentía sin mirarnos—. ¿Sabes si sigue saliendo con Natalia?

Luis le dio otra calada al pOrro.

—Que yo sepa, sí.

La gorda soltó una risita y le endosó una palmada en el hombrO.

—Qué guai Fran, ¿eh? Se ha enrollado con todas mis amigas menos conmigo, pero ya le pillaré yo un día. Es que cuando se quita la camiseta está buenísimo.

A mí todo esto, como puedes comprender, me la sudaba, así que yo también miraba por mi ventAnIlla. De hecho, todos mirábamos por la ventanillas menos la gorda; le habían dado cuerda y no había quién la parara.

—A mí me caía súper bien el antiguo batería. Estaba un poco locatis, pero era muy majo. Eso sí, hablaba y hablaba sin parar, eh Paula, que alguna vez fuimos nosotras con ellos, bueno, cuando eran un grupillo más, antes de que se hiciesen fAmosos, porque ya no hay quien se acerque. Si me acuerdo yo de verles en el Laboratorio, alucina, colega, en el Laboratorio, que es donde empieza todo el mundo, y el Fran no sabía ni cantar, y el Javi tocaba el bajo casi de espaldas. Y después de los conciertos íbamos al Ghetto. Cuando pinchAba el Roberto y estaba de moda, sabes; iban los Psilicon Flesh y los Criminal Psicolovers. Conozco a todos los de esa época. Ahora está súper decadente, pero pincha mi novio, sabes, y sigue poniEndo la misma música. Ay, qué ilu que seas el batera de los Dei Jeit yor Children.

—Chachi. —Luis, dando otra calada, sonriendo con Ojos de chino.

La gordita se quedó callada para ver si alguno decía algo, pero lo único que se oía era Napalm Death. Luis me había pasado el pOrro, y yo le estaba dando caladitas porque era una maría súper fUErte. Perfecto para contrarrestar el bajón de la koka. Al final la gordita no me caía tan mal. Supongo que si no las hubiéramos cogido me habría pasado el viaje hablando de drogas con el marihuano.

—Molan tus trencitas. No te importa que te las toque, ¿verdad? A los blancos yo creo que os quedan mejor que a los negros, colega. Paula, tú te las hiciste una vez, ¿verdad? Molaban, y el Chivo tAmbién se las hacía, ¿verdad?

—Y el batería de los Planetas —susurró Paula.

—Ya, tía. Todo el mundo se hacía trenzitas durante una temporada, por eso no molaban tanto. Pero hacérselas ahora es de puta madre, colega.

—Chachi —dice Luis dándole otra calada al porrO—. ¿Seguro que no queréis?

—No, no, nosotras no fumamos. Todos nuestros amigos se

ponen de todo, sabes, pero nosotras no. Hay noches que ni alcohol. En el Ghetto nos pasamos los fines de semana llenando las copas de agua en el cuarto de baño. Cuestión de pelas, colega. Somos pobres.

Y bla, bla, bla. La gorda había conseguido agobiarme bastante otra vez. La verdad, te puedo decir que me alegré cuando vi que llegábamos a MAdrid ciudad y se empezaron a entrecruzar las vías de servicio por encima de la autopista y las torres de Azca aparecieron a lo lejos más allá de los pinares de El Pardo y la zona universitaria, y también se veían las torres KIO, empinadas como dos cipotes, lo que me hizo recordar que allí nacía el Anticristo en El Día de la Bestia, una peli que me había molado mogollón. Por otro lado me sentía como una rata cuando vuelve a su jaula y tuve la impresión de que la puta ciudad tenía un imán que me atraía y no me dejaría abrirme aunque lo intentara.

Después de rodear Madrid por la Emecuarenta, pillamos la avenida de Andalucía hasta llegar a Móstoles, que está como a veinte kilómetros por la carretera de Extremadura. El pavo sabía dónde iba así que yo me reclinaba en el asiento y veía pasar los bugAs y las colmenas de ladrillo que crecían junto a la autopista. Cuando paramos, después de no me preguntes cuánto, me costó bajar de la furgoneta. Impresionante el glObo de maría que llevaba. El cabrón del marihuano se descojonaba con ojOs de chino al ver cómo me temblaban las piernas. Ya había mogollón de peña bajando por la carretera, pequeños grupos de mochileros con botEllas de kalimocho y dyc-cola, y mogollón de cochEs en el arcén y en el descampado. Y en medio de aquella panda de rockeros desfasados, allí estaba yo, sintiéndome como en esas pelis de máquinas del tiempo donde le envían a uno a la época de los Cromañones.

—Bueno, mAcho, lo siento. Tengo que ir a montar la tienda y no puedo pasaros. Pero si quieres, Kiko, quedamos dEntro, en una hora, donde la grúa del puenting, ¿vale?

—Vale, vale —respondió la gordA entusiasmada, aunque la cosa no iba con ella.

—Son las dos, o sea que a las tres.

Y la psicodélica furgOnetA se perdió entre la banda. La gorda
se puso a aburrirme con no sé qué historias. Yo, todo encebollado, miraba el mundo con una sonrisa boba, pero controlando
el movimiento que había, porque por muy empelotado que esté
nunca me olvido de lo esencial. Hay peña que sí, como el Ibáñez,
uno de la Alameda, que siempre que sale con farla para mover
dice que le paguen al día siguiente, porque si le pagan en el acto
se lo funde todo. Yo no soy así, y al ver a unos pAvos sentados en
la acerA poniéndose tIros encima de la billetEra, empecé a pensar
que aquí podía hacer negocio y recuperar pérdidas. Claro que si
alguien me registraba la mochila y pillaba las pirulas, chungo.

—¿No tienes entrada? —La gorda levantó las cejAs—. ¿Ah,
no? Bueno, no importa porque yo conozco a un tío en la puerta,
y en taquilla quedarán muchas. Sí, sí, ya verás, un tío muy
majo, colega de mi novio. De Móstoles, sabes. Si te fijas, hay
mogollón de peña de Móstoles en todos lados. Es un sitio muy
guai, ¿verdad, Paula?

La muda asintió y se apartó el flequillo de la frente para fichar
alrededor. Yo me empezaba a agobiar y a ponerme un poco paranoiko porque íbamos llegando y había algún que otro polIcíA.
Pregunté no me acuerdo qué gilipollez, para que la gorda conti-
nuara hablando. Uno de los maderos nos miró de arriba abajo
desde detrás de sus gafas de sol, luego nos dejó pasar y paró a
uno que iba pegado a nuestro culo. Un poco más allá nos topamos con una cola inmensa. La muda, que era más alta que yo, se
puso de puntillas y dijo, muy bajito muy bajito:

—Ahí abajo está la entrada.

La banda que iba llegando y empujando por detrás nos em-
botelló rápidamente. Circulaban los porros de mano en mano.
La gorda abrió uno de sus sándwiches.

—Supongo, Paula, que esto será como el Espárrago. Ahí
abajo nos darán una pulserita.

Las verjas no eran muy altas. La gente que quería buscar a
alguien se encaramaba a ellas. A veces el pringao de turno intentaba colarse, pero se ganaba tal bronca que bajaba en seguida, y menos mal. Miré al cielo. Estaba encapotado pero hacía
un calor rabioso, se notaba que estábamos en el campo.

—Va a llover —comentó la gorda.

A mí me había entrado el hambre con los petas, y la muda me dio la mitad de un sándwich de anchoas con queso, que estaba buenísimo, aunque me costaba tragar y al masticar me dolían las muelas.

—¡Venga, joder, esto se mueve o no se mueve!

Delante mío, un pecoso con una chapita de BEAstie Boys en la chupa se giró para mirarme, y casi le digo algo borde. Menudo tontainas. Aquello parecía el puto Woodstock, y empecé a agobiarme pensando que me había metido en un jodido festival de rockeros. Debí de gruñir algo porque la gorda comentó que también había una carpa Dance, aunque no supo decirme qué diyéis iban a actuar. Eso me alegró algo la espera, pero la cola no avanzaba y yo empezaba a estar un poco cansado y no dejaba de moverme y ponerme de puntillas. De repente se oyó un murmullo de protesta. Un buga intentaba avanzar en mitad de la marabunta, entre golpes y palmadas. Alguien comentó que estaban controlando los trastos de la gente que iba a acampar, o una movida así.

El caso es que estuvimos esperando como dos horas. ¡Dos jodidas horas en la cola! Y yo, que odio esperar. No sé cómo aguanté. Encima, a la gorda le había dado por contarnos la peli de Pulp Fiction, que la había alquilado en vídeo, y tuvimos una discusión porque ella pensaba que era genial y yo una gilipollez. Tarantino no ha visto un malo en su vida. Vale, molaba John Travolta cuando soltaba su discursito sobre las hamburguesas en Europa, o cuando bailaba un twist todo encebollado con la pava; y sí, estaba gracioso cuando le daba la sobredosis a la tía y cuando violaban al negro tocho, el del pendiente dorado. Pero cuando el chaval le dispara al Ezequiel y falla a dos metros, ¡venga, hombre! Ahí ya se le fue la pelota. La gorda estaba empeñada en que era guai, que era un milagro, una especie de símbolo. Y yo, que aquello no era realista y que lo del milagro era una trampa tochísima.

Por fin llegamos a la entrada, y la gorda me cogió del brazo, Mira, ése es. Un pavo me iba a preguntar por la mochila. Pero al ver que nos dirigíamos a su colega, enganchó a otro. La gorda y la muda le dieron dos besos a un perillita con el pelo teñido de verde y ojos de pastillero. La gorda le dijo que queríamos una entrada y yo le solté los ocho talegos.

—Pillad la pulsera amarilla.

Un menda nos cogió la entrada, y otro nos dijo: ¿Azul o amarilla? Lo cual demuestra lo mal organizado que estaban. Qué pasa si pedimos la que no es, ¿eh? Nos pusimos la dichosa pulsera, y una vez dentro, andando ya por los caminillos de tierra del parque, empecé a animarme viendo que esto iba a ser una fiestorra de dos días al aire libre. Me recordaba alguna de mi época.

—Si nos perdemos, quedamos dentro de una hora ahí, ¿vale? —dice la gorda señalando hacia un autobús de Telefónica, con cuatro o cinco teléfonos acoplados a los laterales.

Les pregunté si querían un tiro, dijeron que no. Me lo puse allí mismo.

Las zonas autorizadas estaban delimitadas por una cinta de plástiko amarrada de árbol en árbol, pero ya había peña saltándose el plastikito y tumbándose en kualkier lado kon sus porros y botellas. La gente es ke es la hostia. Basta ke les digas ke no hagan algo para ke lo hagan. En fin, al llegar a un escenario inmenso, miré el mapita ke nos habían dado al entrar. La grúa de puenting no aparecía por ningún lado.

—¿Beis una grúa?

La Gorda sakó morritos y entornó los ojos komo si fuera miope. La otra negó kon la kabeza. Miré de nuebo el papelito y fiché los diyéis de la karpa dance: WILSON (rap latino) Chile, CANITO (hard house), SAM (hard trance), DJ NEM (Detroit house) Francia, SHUNK (House minimal). Sólo me sonaba el Sam, de una bez ke me habían inbitado a una fiesta en Zaragoza, kreo ke fue.

—Ése debe de ser el escenario Festimad —dije señalando. Estábamos justo delante: no tokaba nadie.

—Y ese de detrás el del Lago. Pero el bueno es el Festimad: a partir de las ocho cuarenta Rancid, Rage y Cypress.

—Ni una puta grúa. Bueno, pues bamos a andar un poko.

Así ke le dimos a las patas y pasamos delante de un merkadillo lleno de jipis guarringas ke te bendían kamisetas, fanzines y kosas así, todo muy rokero y nada interesante. Lokalizamos la karpa dance y el escenario de Madrid-Rock donde la gorda había kedado kon unos amigos. Se enkontró kon ellos justo delante del escenario: dos raperos, uno kon el pelo teñido de rubio, el otro kon perilla, pantalones kortos, tatuajes y kara de malo. Demasiada pose, sólo les faltaba ser negros. Ninguno me saludó. Yo puse kara chunga y miré para otro lado. Justo entonces bi al Luis sentado en un banko, rodeado de baska, y me acerké a él.

Había un menda alto y kon hombros muy tochos ke llebaba el pelo pincho teñido de rojo y una kamiseta de The Jesus Lizard, grupo ke no konozko. Luego me enteré de ke era el kantante. La berdad es ke le kalé en cuanto le eché el ojo: no se pone y un poko tonto. No me hizo falta ni oírle hablar para darme kuenta de ke no teníamos mucho ke decirnos. La paba a su lado —morenaza, kon bakeros y kamiseta blanka, muy pija— era su novia. Un kokoliso histériko kon chupa motera de kuero rojo gritaba no sé ké lebantando el puño komo si estubiera en una manifestación o algo así. Yo pensé ke le iba a meter al kantante. Igual lo hace si no es por la tía ke le agarraba del brazo. Al llegar yo, el de la chupa roja estaba en pleno desfase:

—Hijos de puta, sois unos hijos de puta, a mí, que os estuve currando como un cabrón para que luego... ¡Tendríais que darme la mitad de la pasta! El concierto de mañana, ¿qué?, ¿cuánto os endiñan?

—Mira, David, hemos hablado todo lo que había que hablar sobre el tema. Lo sentimos mucho, pero...

—¡Pero nada, que sois unos mierdas todos! —Kokoliso no dejaba terminar una frase.

—Natalia, agárrame, que en una de éstas...

—Que en una de éstas, ¿qué? Suéltame, Bea, que diga lo que tenga que decir. ¿Que se cree que porque haga Full Contact me da miedo? Pues, tío, me han dado ya demasiadas hostias como para que... Venga, venga. Si es que yo qué séee...

Me senté al lado del Luis, ke estaba en el banko liándose un trompetón. El antiguo batera, macho, que estaba en el hospital con las costillas rotas cuando ficharon con una multinacional, me dice en boz baja, sonriéndome con ojos hinchados de tanto fumar. En esto llegaron un par de mendas en pantalones kortos muy skaters y se llebaron al de la chupa roja, dándole palmaditas para trankilizarle. Al bolberse hacia nosotros, Fran estaba pálido.

—Otra de éstas y le arranco la cabeza. No es culpa mía, joder. Había que grabar. Las oportunidades hay que agarrarlas cuando se presentan. Lo siento, Luis.

—No, si yo no le conozco de nada.

—Tienes suerte, macho. El David es la polla.

—Venga, Fran. Olvídalo —dice su novia, kogiéndole una mano y apretándosela.

—Cojones, Nata, no voy a estarle pidiendo perdón toda la vida. A él con los Bladerunners le va bien, es un grupo a su medida. Imagínate tenerle con nosotros toda la gira, en el autobús, nos morimos. Te juro que llego a saber que está aquí y no venimos...

—Fran, éste es Kiko, un colega.

Fran me miró y sonrió kon kara de gilipollitas.

—Lo siento, macho. Movidas de grupos. ¿qué, eres amigo de Luis?

—Un kolega.

—¿Has visto a los Hammer Head? Pues macho, te has perdido un grupazo. Han tocado en el escenario de Madrid-Rock ahora mismo, antes de que apareciera el bocazas del David. Son, tío, no sé. Indescriptible.

A este pabo bastaba oírle hablar dos minutos para ber ke era monotemátiko.

—Tío, no sé. Tienes que verles tocar. El bajo coge las cuatro cuerdas así. Y «brum brum brum», un ruido increíble, pero bien controlado, sabes. Hay que verlo para entenderlo. Uno de los pocos grupos que te sorprenden hoy en día, macho. No como esos que han empezado a tocar —dice señalando kon desprecio al escenario al fondo, donde empezaba a sonar una banda de hip-hop—. El Kompas de las Hostias. Una mierda, tío.

Sobre el escenario pekeño, los amigos de la Gorda —el kalbito y el malo— rapeaban kon mala hostia. Asentí, no porke pensara ke fueran malos, ke no me fijé, sino porke a mí el hip-hop nunka me ha conbencido. En el hip-hop el pincha le hace la kama a los mikros, sabes, y un diyéi ke se precie no puede aceptar eso. Aparte de ke sin diyéis no hay hip-hop, y el elektro no hubiera existido nunka si no hubiera habido antes grupos komo Kraftwerk. De todas maneras la músika elektrónika, por mucho ke diga Roni, es blanka y el hip hop, no. Y no digo ke tenga nada kontra los negros, sólo ke prefiero la músika elektrónika.

—... no molan nada. Se creen que están en Los Ángeles. Tanto tatuaje y tanta mala leche para eso... Venga, vamos a comer algo, ¿venís? —dice Fran, agarrando a su nobia por el kuello.

Luis asintió, dándole una kalada ansiosa al peta.

—Y tú no te pongas mucho, que mañana tienes que tocar con nosotros. Y como la cagues, sigues la vía del David.

Luis me dio un kodazo, deskojonado: No veas lo que mola estar con gente sana, macho. Y soltó un par de chorradas mientras nos dirigíamos a uno de los puestos de komida.

—¿Ké koño es eso? —le pregunto a Luis— kuando beo ke la pizarra dice ke una hamburguesa kuesta kuatro MAD. El día había sido mogollón de largo, y yo estaba kemadísimo. Necesitaba ponerme unas tusas.

—Macho, que tienes que cambiar el dinero por MADS —dice el Fran—. Hay casetas para eso.

—Tú no te preocupes, Kiko, que ahora vamos. Yo te invito a ésta, ¿qué quieres?

Estábamos en un pekeño klaro en mitad del parke. Barios puestos bendían hamburguesas, bokatas, patatas asadas. Pillamos hamburguesas en el INFIERNO y mientras nos las zampábamos, de pie al lado del puesto, Luis kontó un par de chistes malos y estubo a punto de atragantarse. En kuanto engulló su hamburguesa, Fran miró hacia el escenario. Dijo ke tenía ke komentarle una kosa a Jabi, ke iba a buskarle, ke dónde kedábamos.

—En la grúa del puenting.

Todos se troncharon de risa.

—¿Contigo también había quedado este descerebrado? —pregunta Fran, kon una sonrisita—. Qué jodío, hemos quedado todos en el puenting. ¿De dónde lo sacaste?

—Es que había un puenting en el Espárrago y pensé que aquí también —masculló Luis, kon la boka llena.

Fran y su nobia se abrieron. Yo ya me sentía un poko mejor

kon el estómago lleno, y pensé ke kon todo akel mobimiento dos días de festibal podían ser la polla. Luego ya bería. Por el momento tokaba kurrar. Mientras Luis se sentaba en el césped y sakaba la bolsita de maría, me acerké a una kaseta cerka del escenario para komprar MADS. A la buelta, Luis ya estaba kon el peta encendido.

—Tío, ké te parece si me echas una mano.

—¿Para qué?

—Tengo pirulas, kiero pasarlas.

—¿Cuántas?

—Bastantes. La pirula a mil. Kada beinte, una gratis para ti. Y el lote de cien a seiscientas calas la pirula.

Me miró kon sus ojos de chino. Luego dijo: Qué fin de semana nos vamos a tirar, Kiko, qué fin de semana, y apagó el peta en el césped.

En el kámping nos metimos en la tienda de Luis, y después de hacer papelas y separaciones bolbimos a dar boltios por el festibal. Komo dije, la banda andaba muy trankila. Akello estaba lleno de gente kon el pelo teñido de kolores, muy punkis todos, muy guarros. Más de uno parecía sakado de una postal de Londres, y para mí ke se habían ekibokado de dékada. Era komo una especie de zoo, pero humano, sabes. Lleno de pasaos. Era el merkado ideal, y le pasamos a mogollón de gente. Los primeros, unos fósiles ke estaban de extranjis. El más cerdo tenía pinchos de medio metro, no exagero, y eso kon kasi cinkuenta takos. Otro, super pesado, me empezó a komer la kabeza kon ke si en su época los punkis —le pregunté si estaba refiriéndose a los setenta, y dijo: The Clash, Ramones y Sex Pistols, el setentaysiete, muchacho— se pinchaban kon bino tinto. Me agobió mogollón. Le seguí la bola porke era kolega de Luis y pilló cinkuenta pirulas. Me akuerdo ke me ofreció un trago de kalimocho y se rió kuando dije ke nones.

—La bebida de la crisis, chavalote. Todos estos años bebiéndola en Euskadi, y ahora la descubren los meseteños.

Luego nos kruzamos kon unos pabos ke habían bajado de Santander. Uno, muy serio, kon un pañuelo en la kabeza —luego me dijo el Luis ke era bokeras en San Sebastián—, el otro kon gafitas y los ojos muy juntos. Iban de speed y les benían bien las pirulas. Beinticinko. A todo esto el Luis se había fumado una trompeta de más y celebrábamos kada benta kon gusanitos de kuarto de gramo kada uno ke nos kurrábamos delante de todo el mundo y nos pusieron komo motos. Kada bez ke te pones, sabes, despiertas a tus células adiktas y ya sólo kieren droga y tienes ke alimentarlas para ke no te agobien. Yo ya estaba kon kuerpo de drogadikto. Tenía el monstruo en el estómago, y el monstruo pedía komida.

El día pasaba super rápido y nosotros nos mobíamos megaacelerados de un lado a otro, sin parar. En un momento bimos a Fran y a Jabi.

—No les digas nada a éstos, ke son muy raros.

Así ke pusimos kara de buenos chabales y seguimos kon lo nuestro. Luis konocía a mogollón de peña de los merkadillos, y komo mobíamos pirulas a muy buen precio kolokamos trescientas en nada. El único mal rollo fue kuando estábamos charlando kon uno de los periodistas ke retransmitían el koncierto, y pasó a nuestro lado una pandilla de rapaditos, todos kon krucecitas en las manos y kamisetas de grupos raros, mirándonos kon mala kara.

—Straight Edge. Begetarianos, no se drogan.

Le endiñé las pirulas al periodista, ke era bastante majo y nos kontó kómo había estado en Bosnia haciendo un reportaje sobre niñas ke se prostituían kon los kaskos azules y no sé ké hostias más. En otro momento Luis me paró, Los Cypress, macho. Había allí unos negros impresionantes. Me los kedé mirando. Iban bestidos de chándal azul marino todos, con CYPRESS HILL eskrito en letras blankas a la espalda. Un negro kokoliso de kasi dos metros, luego un chikano rapero kon perilla ke enfokaba a todo el mundo kon un bídeo, y barios machakas a su alrededor, todos empalmados y andando kon la misma chulería ke los jefotes.

—¡Marihuanaaaaaa! —gritó Luis.

El chikano le miró, lebantando la mano en un saludo.

—Tronko, esto es importante. He bisto a los Cypress. Ya me puedo morir trankilo.

También nos kruzamos kon el manager del grupo de Luis, un chabal kon los ojos super brillantes. Le dejamos un par de pirulas, atención de la kasa, porke Luis me dijo ke era un pibe importante, había ke tenerle kontento.

Kon todo, kuando llegó la noche estaba kontento y puestísimo. Fuimos al escenario principal, donde tocaban los Rancid. Debían de ser bastante konocidos porke había mogollón de banda esperando, y en kuanto salió el grupo empezaron los pogos. A mí no me parecieron nada del otro mundo: dos payasos kon gafas de sol ke se mobían entre brincos y guitarrazos de un lado al otro del escenario. Pero komo estaba muy puesto se me pasó rápido. Luego hubo un deskanso hasta ke salieron los Rage Against the Machine, y ya eso fue la pesadilla. Nos habíamos puesto al lado de la kaja téknika, bastante alejados, y yo, komo soy bajito, no beía más que espaldas sudorosas. Kon los primeros guitarrazos empezó la tortura: la peña se puso histérika, me kayeron kodazos por dokier, y tube ke defenderme kon los puños. Luis era saltarín, botaba komo el ke más, pero a mí estas mobidas rokeras no me molan y kise abrirme. Resultó imposible. Lo úniko ke podía hacer era mantener los puños en alto y brinkar kuando brinkaba todo el mundo, más ke otra kosa para ke no me aplastaran. La kanción ke más moló a la basca fue una ke empezaron todos a korear: KE ME CHUPES LA PO-LLA. Eso era el estribillo, luego la letra ke berreaban era algo así komo: KON TU KABEZA RAPADA JODIDO FASCISTA ERES UN KRIMINAL. El pabo kantaba en inglés, y me pregunté si sabía en ké habían konbertido sus letras; de todas maneras supuse ke era komunista. Al berme tan agobiado, Luis me agarró por la cintura, en plan oso, y me aupó. El escenario se había kedado a oscuras kitando una luz berde ke enbolbía al kantante, otro kon trenzas de rasta ke pataleaba tanto ke parecía ke le había dado un atake de epilepsia. La berdad, kuando terminó yo ya estaba hasta el nabo y le dije a Luis ke nos acerkáramos a la karpa Dance para kambiar de aires.

Y para allá fuimos, después de liarnos otro peta. Yo ya hasta las muelas, pero el Luis no paraba. La karpa estaba cerka del escenario del Madrid Rok. Allí hacía calorcillo y la banda era más molona y trankila. Entrar fue un respiro. Los sonidos electrónicos probocan sensaciones diferentes de otras músicas. Kada música es komo una droga, y ya sabes, unas te ban bien y otras no tanto: por ejemplo, yo era alérgiko al rok. Para mí una buena sesión, y es komo si estubiera flotando en el espacio, algo así. Me trae a la kabeza los momentos más felices de mi bida, bailoteando en el Lunatik o en el Radikal, y tengo la impresión de no tener nada ke hacer aparte de sentir y lanzar la pelota muy lejos, komo si lo ke pasara entre globo y globo fuera un paréntesis y lo único real fuera el globo, no sé si me expliko. El diyéi no era genial, pero después de haberme komido un par de horas de rok kualkier kosa me hubiese puesto de buen humor. Ke no era muy bueno se notaba enseguida. Ponía mucho Prodigy y Chemical Brothers, rayaduras inglesas muy de moda en aquel momento. Mucha moda y poko feeling, ke hubiera dicho Roni. WHAT WE'RE DEALING HERE WITH IS A TOTAL LACK OF RESPECT FOR THE LAW, gritaba el de Prodigy, ke para mí es más punki ke raver; luego empezaban los riffs jebilongos de guitarra, aunke kon sonido muy digitalizado. Después las perkusiones ahogaban las guitarras y ya parecía música de berdad. Los ingleses es ke se han metido en lo elektróniko, pero kon un espíritu demasiado rokanroll para mi gusto. Todabía no había aglomeración, y aprobeché para darle la bara al pincha. Al principio me miró kon mal kareto, pero en cuanto le hablé de diyéis le kambió la jeta. Komentamos ke Higher State of Consciousness —una rayadura como para petarte la cabeza con los agudos del 303— anda un poko perdido en medio del disko Brit Hop Amyl House (yo en esa época había estado komprando mierda inglesa, labels komo Ferrox, Soma, Downwards o Magnetik North), ke un diyéi de Filadelfia komo Josh Wink no pinta nada kon paketes komo los Prodigy y los Chemical Brothers. Y ke nadie, ni sikiera Roland, había konseguido hacer una kopia satisfaktoria del 303. El pabo estaba todo empirulado y tenía un acento raro. Dijo ke akello no era una berdadera Fiesta, ke no había más ke indies festibaleros, ke lo ke iba a estar guai era el Sónar. Lo único decente ke se hacía en el país.

La música me relajó bastante, y ya estaba más tranki

kuando Luis me agarró por el brazo y ke nos bolbíamos a ber a
los Cypress. Salir fuera no moló nada porke empezaba a hacer
un frío de kojones. Por suerte tenía ropa, así ke saké la chandalera roja de la mochila y me la puse, cerrando la kremallera
hasta arriba. Y entonces, según bajábamos al escenario me topé
kon Andrés, su nobia y Dabid el melenillas, otro amigo suyo ke
pincha en el Bombazo kuando no está Josemi. Todos tumbados
en el césped poniéndose tiros sobre una karpeta forrada de fotos de tías en bolas. Komo siempre he sido un tío decidido y
nada apalankado fui direktamente hacia ellos. Andrés iba kon
la chupa kon kapucha ke no se kita ni para mear, kadabériko y
enkokadísimo. Se notaba mogollón a la luz de los puestos de al
lado.

—Ké pasa, Andrés.

Se inkorporó y se me kedó mirando, alucinando en kolores. El
Dabid también se inkorporó. Luis se kedó a una distancia, liando
un peta y mirando hacia el escenario.

—Tronko, Kaiser, pensaba ke los maderos te habían desaparecido. Es lo ke Tula anda diciendo por ahí.

Me enkogí de hombros. Andrés me fichaba, sin saber ké hacer. Luego ba y dice: Kaiser, tío, me alegro mogollón. Komo si
no se biera a la legua ke estaba pensando todo lo kontrario.

—Kita, kita...

—Sí, tío, pensaba...

—Olbídate de lo ke pensabas. No le digas a nadie ke me has
bisto, ¿bale?

—Sí, klaro, klaro, Kaiser —dijo rápidamente. Siempre ha
sido un jodido lamekulos.

—¿Algo nuevo?

—Nada, tío, lo de todos los fines de semana. Yo sigo en Si-
roko. Pero empiezo en el Bombazo el lunes, sustituyendo a Josemi... Ah, sí, eso fue un mal rollo.

—¿Qué pasa con Josemi?

—¿No te has enterado? —pregunta su piba en un tono desagradable, komo si fuera gilipollas por no estar al día.

—Un yuyu, tío —explicó Andrés—. El jueves a última hora
se puso de los nerbios y empezó a koger los binilos y a tirarlos y
a romperlos, gritando lokuras. Le tubieron ke agarrar entre kua-

tro para trankilizarle, y no hacía más ke temblar. Una krisis de nerbios. Todos fliparon. Le han tenido ke ingresar en un sanatorio; le toka sobar unos días. Los kolegas bamos todos a berle la semana ke biene, si kieres benir...

Hubo un momento de silencio. Les pregunté si habían bisto a alguien konocido. Dijeron ke no. Y yo me kallé porke bi ke el grupo de rapaditos Straight Edge pasaba cerka, kontrolándonos otra bez. Kuando se alejan, digo:

—Mirad, tíos, esto es serio. Juradme ke no bais a decirle a nadie ke me habéis bisto.

—Te lo juro, tío —dice Andrés.

No hubo tiempo de más porke en ese momento se empezó a oír a alguien abajo, probando mikrófono.

—«One two check One two Boooring.»

Me despedí de ellos al ber ke Luis me tiraba de la manga. Luis no me preguntó nada y yo tampoko di explikaciones.

—Esta bez no habrá mogollón... Kaiser.

Nos pusimos bastante lejos, de pie debajo de un árbol en forma de Y al ke estaban subidos dos pabos ke abucheaban y protestaban porke el koncierto empezaba tarde. Al poko se iluminó el escenario y empezó a sonar hip hop, pero del bueno. Los Cypress ya sí me parecían más aceptables. Todo era más trankilo, no había tanto pogueo, y el negro y el chikano se mobían bien por el escenario. Su sonido era más elektróniko y me hubiera gustado ber ké aparatos tenían. Después de una parrafada dedikando la kanción al públiko español, empezaron a kantar:

—«QUIERO FUMAAAAAAAAR, MARIHUANA!»

Y Luis, agitando las trenzas, sakó su bolsita y empezó a liar otro peta. Me moskeé porke allí estaban otra bez los kokolisos pasando cerka. Pero sobre todo estaba metido en mis mubis de koko, friendo ideas súper raras en la olla, pensando en ke el Andrés no era kapaz de kallarse nada y podía buskarme problemas. Klaro ke él había estado allí, tampoko le konbenía largar demasiado... En fin, ahora empezaba a entrarme una mala hostia ke no entendía y ya no me sentía nada bien ni kontento. Me sentía más bien komo el negro, ke en esos momentos decía ke la siguiente kanción estaba dedikada a personas chungas.

—«Some very mean people».

Mencionó algunos nombres —uno era un polítiko de Estados Unidos, otro un rapero ke se llama Ice Cube— y dijo ke todos ellos le podían chupar el nabo, «they can all suck my dick». Empezó la kanción kon muchos foks, y mata a tal y mata a kual, y yo me hice una pelíkula pensando ke todos esos fuck off eran para el Barbas, y me bi a mí mismo kon mi Astra bolándole la tapa de los sesos. Fue la únika kanción ke me moló. Kuando terminó, me fijé en ke el Fran y su nobia tenían una bronka tochísima, a unos metros de mí.

—Se pasa el día montándole trapatiestas. Nunka he konocido a un pabo tan celoso.

En ese momento pasó cerka una ambulancia kon la sirenita aullando y las luces encendidas, zigzagueando por el parke, y pensé en Josemi. Era komo la kinta ke pasaba esa noche. Luego en los periódikos dijeron ke todo había sido súper trankilo. Supongo ke había dinero allí metido. Kon 20.000 personas, a ocho mil kalas por rokero, kalkula tú mismo. Así se explika ke el festibal tubiera tan buena prensa, a pesar de la kaña ke habían metido los ekologistas. Supongo ke fue por eso por lo ke tampoko salió en los periódikos lo ke pasó en la tienda. Seguí la ambulancia con la bista, y de repente me entró un mal rollo. Pensé ke un día el de dentro sería yo, kon un tiro en las tripas, y sentí un bacío en la boka del estómago. Kreo ke fue la primera bez ke me di cuenta de ke yo podía morir, kiero decir, ke un día palmaría de berdad, y ke seguramente le importaría a muy poka gente, y eso fue un mal rollo ke te kagas. Meneé la testera. Los Cypress seguían rapeando por el escenario.

El grupo de sudakas ke cerraba el festibal no interesaba a nadie, y todo el mundo se iba hacia la karpa Dance para resguardarse del frío. Yo estaba kansado, así ke bolbimos a la tienda. Pasando por los jodidos merkadillos, bimos otra ambulancia, pero esta bez sólo pensé ke dentro iría algún gilipollas ke se había pasado de roska. El suelo estaba lleno de botellas y todo tipo de porkería, y me paré a echar un meo. Estaba prohibido, kiero decir ke había muchos karteles de CUIDA EL PAR-

QUE, MEA EN LOS VÁTERES y todo eso, pero yo ya había entrado en los «báteres» —unos prefabricados de kolor azul— y estaban hechos una mierda, y eso nada más llegar. Si realmente kerían ke meáramos allí tenían ke haberlos puesto mejor, ¿no? Digo yo, bamos.

En el kámping no había demasiada banda todabía, así ke nos metimos en la tienda, cerrando la kremallera, y a la luz de una linterna puse unas lonchas encima de mi billetera. Me sentía raro por todas las kosas ke habían pasado. Ya sabes, komo bastante solo, y tenía ganas de charla. Pero Luis, en kuanto esnifó su tiro, se metió en su sako amarillo y kedó K.O., instantáneo. Kon los tronchos ke llebaba no me extraño. Así ke, macho, me kedé sentado, kon la billetera en una mano y el turulo de kartón (metamorfosis de un MAD) en la otra, bajo la manta ke me había dejado Luis, mirando las trenzitas ke le tapaban medio kareto. Fuera alguien había encendido un loro y estaba tan deprimido ke de no haber sido música guitarrera igual hubiera salido y les hubiera inbitado a unas tusas. En esos momentos me daba todo igual. Me sentía negativo. Pensaba en Tula, ke ahora estaría metida en el sobre y a lo mejor pensaba en mí, y los ronkidos de Luis me empezaban a rayar la kabeza. Llebaba dos días sin dormir, pero no me apetecía apagar. Además, kuando me akostaba atakado me entraba la paranoia de ke se me iba a parar el korazón, así, de golpe, y no molaba nada. Estando komo yo estaba dormir es komo dejarse morir, rendirse a la oskuridad y desaparecer. Y yo no kería rendirme. Así ke me puse otro tiro. Me zumbaban los oídos y sentía oleadas de hormigueos ke me rekorrían todo el cuerpo. Y en esas estaba, bien jodido y lleno de pensamientos negrísimos, kuando de repente beo una araña blanka ke se muebe en la apertura de la tienda. Komo lo kuento. Y la miro, kon el korazón markándose una karrera de fórmula uno, y al poko beo ke no es una araña, sino ke es una mano, ¡una jodida *pezuña* ke está abriendo la kremallera de la tienda! Y alguien fuera susurra:

—«Están ahí. Durmiendo.»

—«Tan puestos, que ni se enterarán.»

Y entre la koka y las boces me petó la kabeza. Supe kién era y a ké benía. Agarré la mochila y saké la automática. No lo pensé dos beces... Podía haber sido el Konde Drákula, me hubiera kreído kualkier kosa. Iban a matarme, eso era lo único ke pensaba kuando alguien soltó un alarido. Igual hasta fui yo. Me abalancé fuera de la tienda, loko perdido.

—¡Hijos de puta, no bais a poder konmigo! ¡Os boy a matar!

Los bi huir corriendo entre las tiendas. Uno había tropezado. Era un chabalito: se inkorporó mirando la pipa kon ojos muy abiertos antes de desaparecer tras los otros. Kontrolé mi alrededor, takikárdiko perdido, mirando todo kon ojos desorbitados. Oía boces acerkándose, sirenas de policía, kasi podía ber al Barbas amartillando su semiautomátika... y si me metían en el trullo, la familia de Gonzalo pagaría para ke no saliera de allí... A todo esto, el Luis seguía durmiendo komo un lirón. El muy kabrón no se había enterado de nada, de lo puesto ke estaba. Me agaché, jadeando, pensando ke me iba a petar el korazón allí mismo, y después de enganchar mi mochila eché a korrer entre las tiendas. Tropecé kon el punki de los pelos de medio metro, ke me gritó algo. Yo seguía korriendo. Bokeaba, sintiendo ke el aire frío me rajaba los pulmones. El minutero se me kería salir del pecho. Pipa en mano y mochila al hombro, me enkaramé komo un chimpancé por la balla ke cerkaba el parke del Soto.

No me iban a koger. La sirena de una ambulancia aullaba en algún lugar, pero yo no iba dentro. Intenté arrankarme la pulserita de los kojones, pero nada, las dichosas pulseras tenían un cierre imposible de abrir, si no es kortando. Algo más kalmado al ber ke no me seguía nadie, miré al cielo. No sé si es berdad ke la luna llena buelbe histérika a la peña, komo dicen, pero lo ke sí sé es ke yo akella noche estaba loko. Ahora puedo imaginar lo ke tenía ke sentir el protagonista de la Inbasión de los Ultrakuerpos al final de la peli kuando no podía dormirse porke sabía ke si lo hacía le konbertirían en uno de Ellos. Me apetecía mogollón, pero mogollón, cerrar los ojos, y sin embargo tenía ke dar un paso y otro, y otro más, sabiendo ke si paro me kedo frito. Al poko llegué a una de las zonas de aparkamiento, donde había algún ke otro grupito de gente. Intentando andar lo más normal posible, me acerké a un buga aislado. Dentro se oía una radio. Dos pabos deskamisados se estaban dando un julandróniko lote en el asiento trasero. Me kedé mirándoles un momento antes de alejarme. Me acerké a un Ford Fiesta. Kontrolando a mi alrededor, enbolbí la pipa en la kamiseta ke saké de mi mochila y golpeé el kristal de la bentanilla. «¡Klok!», y otra bez «¡klok!». Pero a la kuarta o kinta hostia seguía sin romperse —¡Me kago en...!— Así ke seguí andando kuesta arriba en la oskuridad, oyendo música a lo lejos, hasta llegar a una rotonda. Me limpié el sudor de la frente y me puse a hacer dedo al borde de la karretera.

Pokos minutos después me paraban un par de pabos ke bolbían a Madrid. Detrás llebaban a dos pibas dormidas, dos rubias pekosas kon pantalones bakeros kortados y las piernas llenas de pelusilla. Una tenía una kamiseta de *I love Spain,* la de la otra decía *The Best Ten Fucks in History.* Kuando me metí entre ellas, una apoyó su kabeza kontra mi hombro. Debían de llebar un santo cebollón. El konduktor era francés pero hablaba un español de puta madre. Dijo ke se llamaba Patrick. Iba kon una kamisa a kuadros por fuera del pantalón y tenía el pelo muy korto. Desde atrás, se le beía un kogote rojizo, recién afeitado. Me preguntó si benía del koncierto. Dije ke sí, mirando al frente. Llegábamos a una rotonda donde se habían apostado dos de tráfiko kon sus chubaskeros amarillo fluorescente.

—¿Les pregunto?

El koche se paró, y el francés preguntó por la salida a Madrid. El guardia le indikó una de las salidas de la glorieta.

—Está súper mal indicado —dijo el francés, bolbiendo a subir la bentanilla.

El otro se enkogió de hombros. Era un tío raro, kon melenilla y boz de niño, para kien todo era «guai» y «genial», ke se pasó el rato diciendo «me rekordaba» en bez de «me akordaba» y komentando kosas rarísimas. Se giró para fichar a las rubias. Sakudió a una con el brazo. La paba medio abrió los ojos, What?, y bolbió a cerrarlos. El melenillas se rió.

—Me parece, Patrick, que esta noche no mojamos. ¿Qué hacemos con las holandesas? ¿Las dejamos en su hostal?

El otro se enkogió de hombros.

—Yo estoy cansado.

—Como quieras.

El melenillas, ke parecía algo decepcionado, se giró para preguntarme ké tal el koncierto. Dije ke bueno, no demasiado mal, y soltó un bostezo. Te juro ke le hubieras podido encestar una manzana a diez metros.

—Pues yo me he aburrido muchísimo. No «me recordaba» de lo aburridos que pueden ser estos conciertos al aire libre.

—Pues a mí me ha gustado ver las pintas de la gente. Muy postmoderno, todos muy cool. Se ve que la cultura teen empieza a tener arraigo.

Yo kasi no podía mantener los ojos abiertos, pero hacía un esfuerzo por seguir la conbersación.

—Me da la impresión de que el rock alternativo ya está de capa caída, ¿no crees, Patrick? Ahora que empieza el Sónar, parece que llega el momento de la música electrónica. Por ahí van los tiros. Es súper angustioso. «Me recuerdo» cuando llegó la sensibilidad neo-punki de Nirvana y el ruido de los Sonic Youth, y a través de ellos se fue descubriendo la escena guitarrera y hardcorera de los ochenta en Estados Unidos, los NOFX, Bad Religion, Fugazi y todos éstos. De repente todo el mundo había estado allí. Ya nadie había escuchado a los U2, todo el mundo había estado desde siempre siguiendo esa música, suscritos al Maximum RockandRoll.

—Ya. Bueno, piensa que la guerra entre sintes y guitarras ya estaba presente en nuestra época. Depeche Mode contra U2.

—... y ahora va a pasar lo mismo con la música electrónica, vas a ver. De repente, nada de lo anterior habrá existido. Esto de las modas empieza a parecerse a la paranoia de las guerras en la novela de Orwell. Todo el mundo va a haber estado, *desde siempre,* escuchando a Kraftwerk, Bauhaus, Neu, DAF y a quien sea, y nunca habrá existido otra cosa que la cultura de clubs...

—Espero ke sea así.

—¿Qué? —El melenillas se giró un momento para mirarme.

—Ke ojalá ke sea así. La música elektrónica es el futuro.

—Hombre, es normal que tú estés con tu tiempo. Yo no tengo nada contra el monadismo de la sensibilidad ultra-individualista cibernética, cada cual en su casa conectado con el mundo a través de Internet. Pero, bueno, al margen de que creo que con tanto residuo arcaizante el sistema de Lipovetsky no es trasplantable directamente a España, lo que a mí me molesta son los conversos. Me refiero a los que de repente siempre han estado allí y siempre estarán donde sea. Está bien abrirse, ir asimilando nuevas tendencias, pero dentro de una lógica, sin renegar de etapas anteriores. Buscar dentro de las cosas nuevas lo que vaya un poco con tu sensibilidad personal, ¿no?

Yo akí ya estaba un poko perdido, pero el francés asintió. Hubo un momento de silencio. El melenillas bolbió a bostezar, y luego empezaron a komentar si los ingleses eran así y asá y a hablar de una paba a la ke habían dado una paliza. ¿Kién?, pregunté asomando la kokorota entre los asientos. El melenillas se giró. Ah, sí, perdona. ¿Cómo te llamas?

—Kiko.

—Yo Tino. Hablábamos de esa niña que ha muerto apaleada por otras niñas de su edad en Inglaterra.

—¿Bolkadores?

—¿Qué?

—¿Ke si eran bolkadores?

—¿Qué es eso?

—Los malos ke están siempre a la puerta de los after.

El melenillas me miró, entusiasmado, lebantando las cejas.

—¡Qué guai! ¿Has oído, Patrick?

—Bueno, ahí está la cosa, que eran niñas normales. —El francés, ke parecía más normal, me fichó por el retrobisor.

—¿Dónde bais?

—A cualquier lado —dice el francés—, estamos de viaje. Pero pasamos por Madrid para dejar a éstas. Y seguramente sobaremos en casa de Tino.

—O no. On the Road total. ¿Tú a dónde vas?

—Yo a donde bayáis bosotros.

El francés seguía mirándome por el retrobisor.

—¿No eres muy joven para andar por ahí?

—¿Yo?, no.

—¿Te has escapado? —preguntó el melenillas.

Dudé un momento, dándole bueltas a lo ke konbenía decir.

Dije ke sí. Y el melenillas empezó a aplaudir, entusiasmado, komo si estubiera en un puto cirko y yo fuera el payaso. Konsiguió que una de las dos holandesas murmurase algo, oh, shut up. Pero siguió kon el mismo tono:

—¡Qué guai, qué guai! Esto es una verdadera road movie, ya te dije, Patrick, que Madrid era diferente. ¿Y a dónde quieres ir?

—La berdad es ke no lo sé...

—¿Y aquí en Madrid, tienes casa? Porque si quieres te puedes quedar con nosotros. Tenemos sitio de sobra.

El francés bolbió a mirarme por el retrobisor y despúes kruzó una mirada con el otro. Yo konocía ese tipo de miraditas, y no me gustaban nada.

—Tengo una pipa en la mochila.

El melenillas me miró, kon los ojos komo platos y la boca muy abierta.

—¡Hostias, Patrick, hostias! Te lo dije, España es muy fuerte. El pueblo está descontrolado, aquí va a pasar algo pronto. ¡Weimar revive!

Yo ya estaba muy rayado, así ke aparté a una de las rubias para sakar la pipa de la mochila y apunté a la nuka afeitada del konduktor.

—Dile a tu kolega ke haga el *puto* fabor de kallarse.

—Oye, tío, espera, espera.

—¡Ke te kalles!

—Vale, vale. Si yo me callo, pero guarda eso.

Estaba tan de bajón ke ya no sabía lo ke hacía, aunke kreo kuando uno se raya es difícil enkontrar explikaciones más allá de ke estás rayado. En todo caso el francés siguió konduciendo, muy trankilo, y me dijo ke había ke pasar por el hostal de las holandesas, ke estaba por Sol. Ke me dejaban ahí. Dije ke bueno, bajando la pipa. Durante un momento nadie dijo nada. Luego les dije ke pusieran la radio: me zumbaban los oídos y no soportaba el silencio.

«... Van a tocar mañana en el Maravillas. Ayer hablé con Ramón, su promotor, y me dijo que lo anunciara en el programa, pero sólo una vez. Pues una vez sólo lo digo y espero que las colas no lleguen hasta Tribunal, aunque los chicos se lo merecen, con ese debut brillante que han tenido. O sea que desde este programa, que les ha seguido desde que eran un pequeño grupo maquetero, les enviamos un saludo a Fran y a sus chicos. También os recuerdo que estarán la semana que viene con Bololoko en su programa especial nocturno. Y ahora...»

Lo del Bololoko me hizo gracia porke es un programa ke eskucha mucho Tula por las noches, kuando no puede dormir. Es un programa komo para peña deprimida, y llama gente de toda klase y tal. Guardando la pipa otra bez les pregunté si kerían unas tusitas para olbidar el mal rollo, dijeron ke guai y yo me las kurré ahí mismo. Eso me hizo rebibir, y pude aguantar hasta ke llegamos, komo media hora después. Al melenillas también le dio kuerda.

—Patrick, ni hablar de irnos a kasa ahora. Tato me dijo ke si pasábamos, él iba a organizar una fiesta para los extranjeros de su klase. Dejamos a éstas, y... party! We're going to have fun tonight!

El francés se había metido por Atocha, subiendo la Kastellana hasta Cibeles, y luego kallejeó por Sol hasta dejarnos en una kallejuela mal iluminada, justo en frente de un hostal de dos estrellas. Yo estaba tan puesto ke todo pasaba muy rápido, era komo kuando una peli te aburre y la pasas acelerada. También tube un par de blankos, momentos en los ke deskonectaba durante unos segundos.

—Bueno, ya hemos llegado. Espabila a ésas.

El melenillas se giró.

—Helloooo, girls! —exklamó, dando palmadas otra bez.

Entonces me empecé a agobiar mogollón porke me dí kuenta de ke se iban a abrir y me kerían dejar ahí tirado, y yo tal y komo estaba no me iba a keli ni patrás, así ke me empecé a poner pesado y a decirles ke se binieran de tusas conmigo, ke a estas horas todo estaba abierto y yo konocía a mogollón de banda y les inbitaba a lo ke kisieran si se kedaban konmigo. Ke aprobecharan, ke esto no era normal. Pero los otros yo kreo ke se habían moskeado kon lo de la pipa y no hacían más ke decir ke no, y yo kada bez me ponía más pesado.

—¿Pero por ké no?

—Pues porke estamos muy kansados y nos bamos a dormir, eso.

—Pero si akabas de decir ke ibais a una fiesta.

—¿Ké fiesta?

—Una, de Tato, kon las extranjeras.

—Ke nooo —Se le eskapó un gallo.

—Pero ke sí, si lo has dicho.

Total, ke entretanto las pabas se iban desperezando. El francés y el otro las metieron prisa, porke estaban mal aparcados, sobre el bordillo. Salieron para abrir el maletero. Sakaron dos mochilas inmensas, y pokos minutos después se las piraban, klaxonando al alejarse. Y ahí nos dejaron. Yo kargué con una de las mochilas y me metí kon ella en el hostal, pasando de lo ke me decían las otras. Tanto protestar, y luego bien ke se alegraron kuando nos enkontramos kon un fósil kalborotas diciéndonos ke no kedaban habitaciones en un español bien kastizo. Se lo traduje en mi inglés de katálogo de diskos. Las pabas empezaron a ponerse nerbiosas, dijeron ke habían booked. Pero el fósil se enkabronó y ke era demasiado tarde, ke estaba todo lleno. No había nada ke hacer, por mucho ke ellas se enfurruñasen. De todas maneras, nos dijo el fósil, por allí había muchos hostales. Así ke otra bez a la kalle.

Tardamos unos cinko minutos en llegar a otro hostal. Tampoko me molestó andar —me iba despejando—, y a ellas se las beía súper akostumbradas, kon sus botas de montaña y tal. Eso sí, daba un poko de palo ir kon ellas, porke la ke menos medía metro ochenta y eran komo dos torres a mi lado. Pero molaba ber kómo las miraban los maromos kon ke nos kruzábamos. Mientras andábamos una de ellas señaló hacia la fachada de un edificio. Encima se beía una estatua de bronce: un pibe en bolas —supongo ke un griego— konduciendo un karro de kaballos. Yo estaba súper acelerado y empecé a komerles la kabeza kon kuarenta gilipolleces a la bez. Les dije ke sí, ke ya me había fijado, ke el centro estaba lleno de edificios monumentales kon estatuas ke no pintan nada encima de los tejados: kaballos kon alas, gordas kon kasko y lanza, kabezas de kokodrilos; kosas ke parecen de tripi y demuestran lo rayados ke estaban los madrileños de antes. Ke igual tenía ke ber kon lo ke me kontó Moya, el de clase de Tula, de ke el último rey antes del nuestro era un rey farlopero ke kolekcionaba pelis porno y tal. Eso me hizo imaginarme en el tigre del Lunatik kon Juan Karlos al lado poniéndose unas tusitas, y me deskojoné yo solo. Y luego intenté explikarles ké significaba «rayado», lo kual no era tan fácil.

—Se dice kuando... pues kuando te blokeas y no sueltas una idea, komo los binilos, ke se rayan y no saltan de surko. Y también kuando alguien está muy zumbao, por ejemplo. Y kuando bas de tusas y...

Las pibas se rieron, ya iban enrollándose.

—Tú, muy rayado.

—Sí, sí, eso es, tías, lo habéis kogido.

No sé ni ké hora sería kuando llegamos al hostal. Estaba en un edificio antiguo, de esos ke parece ke están a punto de kaerse. Yo, si fuera el alcalde, lo ke haría kon todo el centro, lo mandaría a tomar por kulo y me traería a los japoneses para ke konstruyeran torres bien modernas, y de paso metería a todos los fósiles en buses y los enbiaría al Koto de Doñana; los fósiles, donde tienen ke estar es en los pueblos, ¿no? En fin, ke llegamos al segundo, después de subir unas eskaleras kochambrosas ke krujían a kada paso, y empujamos una puerta ke chirrió lastimosamente. Un pabo ke hacía krucigramas detrás del mostrador lebantó la bista. Le pedí una habitación kon dos kamas. Me miró —rekonozco ke en akel momento no debía tener un aspekto muy rekomendable— y luego pidió el karné. Dije ke no era para mí, ke para ellas.

—Sólo quedan con camas dobles.

Yo miré a las pibas.

—All right, no problem. We're staying *two* nights —dijo una de ellas enseñando dos dedos.

—Son seis mil. Por adelantado —indikó el otro sin dejar de juguetear kon el lápiz.

—Kieren dos noches.

—Doce mil, entonces.

Ellas le dieron sus dokumentos y empezaron a sakar billetes del bolsillo de la mochila.

La habitación estaba en la tercera planta. Abrí kon la llabe ke nos habían dado ke tenía un llabero de madera del tamaño de mi chinostra. Mientras ellas se asomaban al kuarto de baño yo me dejé kaer en la kama, ke era muy grande y blandita. Fue komo si no pudiera bolber a lebantarme. Ellas se pusieron a hablar entre ellas —en holandés, debía ser.

—Ducharos, ducharos, ke no boy a mirar ni nada.

Dije, encendiéndome un pitillo y sakando la billetera para ponerme unas tusitas. Eso les hizo gracia, no sé por ké, y se troncharon. Una de ellas entró en el baño cerrando la puerta, y al poco oí ke abría el grifo de la ducha. La otra, después de komerse su loncha, se kitó la kamiseta delante mío, tan kampante. Debajo no llebaba sujetador y las tenía un poco peras pero bonitas; miré hacia otro lado mientras sakaba mobidas de su mochila, entre otras kosas una Guía Trotamundos de Madrid. Poko después su kolega salió en bragas, kon las zapas de montaña en una mano y peinándose el pelo mojado kon la otra. Se komió la tusa ke kedaba. Su amiga se metió en el baño, y yo empecé a emparanoiarme kon ke no me había labado en dos días y le pregunté a la kolega si no importaba ke también me duchase. Así ke kuando me llegó el turno, me metí al baño kon mi mochila. Primero deskargué el bientre, sintiendo ke kostaba. Tenía el estómago hecho polbo, y me intenté oler el aliento, soplando en la mano. Lo chungo es ke si estás cerdo nunka te hueles a ti mismo, no sé por ké. Tampoko pude kitarme la dichosa pulsera. Luego la ducha no moló nada. Kuando estás puesto el agua kaliente es lo peor de lo peor, me hizo sentir hormigueos por todos lados. Aun así me kedé un buen rato, porke se me fundieron los plomos. Por suerte el agua empezó a salir fría y me espabiló. Bolbí a bestirme kon los mismos bakeros y kalzoncillos, ke ebidentemente apestaban. Pensé ke al menos podía kambiarme la kamiseta. La ke me puse me la había traído el jefe de un biaje. Muy normalita —blankita y con Kolombia eskrito en letras rojas y berdes—, pero molaba porke era komo una publicidad kamuflada.

Salí todo excitado, sakudiéndome el pelo mojadete ke lo tenía, y les propuse benirse a tomar una kopa. Ellas dijeron ke genial. Komo una seguía ojeando la guía Trotamundos, les expliké en Spanglish ke Madrid era una ciudad guai, kon mucha marcha y muchas drogas. Les dije ke yo ponía las tusas y ellas las kopas. Estaban de akuerdo. Así ke después de dos o tres tusitas rápidas para despejarnos, salimos a la kalle.

Nos metimos en el primer bareto ke enkontramos, uno para turistas, kon música flamenka y fotos de toreros: Joselitos, Pepeluises y tal. Nos sentamos en torno a un barril ke hacía las beces de mesa. Ya la primera kopa me hizo sentir mejor. Y allí empecé a fijarme en ellas y me di kuenta de ke no eran para nada iguales. Una tenía los ojos berdes y grandes komo los de un gato y la otra pekeñitos y marrones komo un ratón. La de los ojos de gato llebaba el pelo hasta los hombros y rekogido en un pañuelo para ke no le kayera sobre los ojos, supongo; tenía pekitas en los mofletes y era komo tímida, se sonrojaba kon nada y apartaba la bista kuando la mirabas. La otra llebaba el pelo muy kortito, komo un menda. Más guapa a pesar de todo, pero también más fría, y no apartaba la mirada ni patrás. Era la ke se había kitado la kamiseta delante mío. Las tías no dejaban de rajar, bastante enzarpadas, y aunke no entendía la mitad de lo ke kontaban nos estábamos enrollando bien en Spanglish. Sobre el koncierto, ellas dijeron ke muy kool y yo ke shit. Komprendí ke benían de un pueblo cerkano a Amsterdam, y les pregunté si eskuchaban gabba, si habían llegado a ir al Nightmare y al Terrordrome, ke eran dos clubes históricos, y si konocían a DJ Waxweazle, Dano, Dark Raver, Hocus Pocus. No tenían ni guarra. Eso me rayó, porke para mí Holanda es el país del gabba. En fin, a ellas les molaba Janis Joplin y otra peña ke no me decía mucho.

Después de la kopa me entró un bajón y empecé a agobiar kon ke me akompañaran a una diskoteka, ke konocía sitios muy molones. Pero ellas estaban muy kemadas, no hacían más ke decir: Kansadas, muy kansadas, y me preguntaron si las akompañaba de buelta. Ahí ya me entró komo algo pero dije ke sí, y mientras bolbíamos empezaron a diskutir entre ellas en guiri acelerado. La más pekosa parecía moskeada y hacía ke no kon la kabeza, aunke luego me miraba y medio sonreía. Al kabo de unos momentos pareció ke por fin se habían puesto de akuerdo, y las dos me sonrieron. Ya en el Hostal me propusieron ke subiera un ratito, y dije ke bueno, supongo ke porke me sentía solo, porke no me apetecía bolber a keli, por lo ke fuera. Subimos las eskaleras, y nada más cerrar la puerta de la habitación una de ellas se tumbó sobre la kama mirándome, y la otra empezó a kitarse la kamiseta. Y luego okurrió algo ke me dejó de piedra: la pekosa, después de kitarse las botas, se sentó en la kama, al lado de su amiga, y las dos empezaron a besarse en la boka, así, komo te lo kuento, kon lengua y todo. Y kuando se separaron me bolbieron a mirar.

—You're not undressing.

Empecé a desnudarme —bueno, desnudarme: me kedé en kamiseta y gayumbos, dejando las Puma y los pantalones en el suelo, bien cerkita—, y me senté a un lado de la kama. Soy bajo, pero estoy komo bien formadito, sabes, y eso ke no me he metido nunka al gimnasio —bueno, sí, unos meses intenté hacer Full, pero ésa es otra historia—, kiero decir ke no me da bergüenza despelotarme kon kien sea. Pero me sentía inkómodo. Ellas, en kambio, se estaban dando el lote de manera impresionante. Ahora la pekosa estaba echándose encima de la otra y empezaba a akariciarle las tetas, pero no komo hago yo kon Tula, ke siempre dice ke le pellizko los pezones, sino komo mucho más suabe, dibujando los bordes y poko a poko bajando hacia el bientre.

Yo seguía alucinado, pero no te kreas ke la kosa se kedó ahí. No, la del pelo korto se había desabrochado los pantalones, mirándome de reojo, mientras su amiga se los kitaba, y lo mismo las bragas blankas, dejándola kompletamente en bolas. La amiga empezó entonces a enredar los dedos en los pelajos rubios del konejo y a besar los muslos, pasando los brazos debajo de las rodillas. Yo no me lo podía kreer: ¡le iba a komer el chumino! Y mientras la besaba AHÍ, le akariciaba el bientre y las tetas. La otra soltó un gemido al sentir ke la empezaban a trabajar kon la lengua, y al poko otro kuando le metieron dos dedos en el koño. Akello era komo una puta peli porno. Yo nunka había bisto a dos pabas haciéndoselo y, la berdad, no sabía ké hacer pero no podía dejar de mirar.

De repente la pekosa se paró y alargó la mano para lebantarme la kamiseta y tokarme la tripa, ke la tenía durita, sonriendo kon sus ojos de gata. La otra también se inkorporó, y mientras su amiga me kitaba la kamiseta, ella la iba despelotando. Así ke en nada ahí estábamos los tres en pelotas, y, tío, era súper extraño. Las dos pabas me sonreían komo si fuera la kosa más normal del mundo, y pronto la una me estaba morreando mientras la otra me akariciaba lo ke tú te imaginas, y sí, de akuerdo, pensé en Tula, pero era komo si no fuera yo. Kostó, por todo lo puestísimo ke estaba, pero al final solté el chorrete. Las dos se rieron y me dieron un beso, una detrás de otra, mientras la de los ojos de gato se limpiaba en la sábana la mano kon la ke me había pajeado. Se siguieron morreando, y la del pelo korto empujó a la otra sobre la kama y le debolbió el fabor. O sea, komida de chocho. Al mismo tiempo frotaba kon el dedo korazón el klítoris, súper rápido, komo si limpiara una mancha o algo así. Kuando el estómago de la paba empezó a estremecerse, siguieron kon los morreos, dale ke te pego. Y yo todabía mirando. Luego la pekosa, después de limpiarse otra bez los dedos kon la sábana —pobre sábana—, se tumbó bokarriba. Y allí se kedaron agotadas, una en brazos de la otra.

Un momento después me metí en el tigre a mear y a labarme. En frente bi a un chabal con una pinta espantosa, los ojos tan dilatados ke kasi no se beía el marrón, la piel tirante y blankísima, kitando algún ke otro moretón y la pelusilla de tres días, los labios resekos y kortados. Lo más alucinante era ke no podía parar de hacer gestos kon la boka, ni sikiera kuando se agarraba la mandíbula. Akello me agobió mogollón. Bolbí a la habitación y me arrodillé para koger los gayumbos y la kamiseta, ke estaban por los suelos. Me akuerdo ke miré un momento la lamparilla, ke seguía encendida, y pensé en apagarla.

Fue lo último ke pensé.

*
*
*
*
*
*
*
*
*
*
*

*
*
*
*
*
*
*
*
*
*
*
*
*
*
*
*
*
*
*
*
*
*
*
*
*
*
*
*
*
*
*
*
*
*
*
*
*
*
*

De lo siguiente que me acuerdo es que ya es de día y estoy en bolas, tirado en el suelo al lado de un charquito de baba que ha ido chorreando desde la comisura de los labios hasta el parqué. Algo aletargado todavía, sacudí la cabeza. Pocas veces antes me había ocurrido, sabes. Quiero decir que sí, mogollón de veces había empalmado días de fiesta, pero casi nunca me había quedado frito de esa manera. Una vez, súper empirulado, me quise meter a pinchar en la cabina de un after, creo que fue en el Radikal cuando estaba abierto, y me echaron a hostias. Al día siguiente me levanté con el careto lleno de moretones, sin acordarme de nada. Y cuando Kiko y el Fernan me lo contaron, dejé de comer pirulas durante una buena temporada. Supongo que me gusta pensar que controlo lo que hago. En cualquier caso, ahora me venía a la cabeza la paranoia, el francés y el melenillas, las holandesas. Qué noche. Las pibas seguían sobre la cama, sobando en pelotas. Así que, con mucho sigilo, me visto, me ato las zapas, abro la mochila para comprobar que todo sigue allí. Y sin decir ni palabra, salí zumbando del hostal.

Eran las dos y media y el calor picaba y pesaba sobre las espaldas de vuestro héroe, que pateaba unas calles muy concurridas sin rumbo fijo, sintiéndose bastante deprimido, con la pelota envuelta en una nebulosa. Bajé hasta Neptuno, pasando por delante del edificio de las Cortes, con sus leones de bronce y un madero chicharra en mano haciendo guardia entre las columnas. Luego subí hasta Alfonso XII, por ahí donde el Nacle se dedicaba a ligar maricones, y al llegar a la plaza de la Independencia me dio por acordarme de mi jefe. Cuando yo era cani me traía al Retiro, y después de pasearme y tomar unas coca-colas y tirarle palomitas a las ardillas y comprarme un sándwich de nata, al pasar de vuelta a casa por allí me señalaba la Puerta de Alcalá: *Mira qué portería de fútbol más tocha*, agarraba un balón imaginario y le daba una patada, *¡Gol!, uno cero, hemos ganado, venga*, y yo me descojonaba. Al verla ahí, recortada contra el cielo en mitad de la plaza, pensé: joder, Madrid es bonito. Nadie lo dice, quiero decir que no es como Barcelona, que todo el mundo se pasa la vida diciendo qué flipe. Vale, es verdad que cuando llegas por Atocha, la estación del Sur, nuestro aeropuerto africano, y no digamos la estación de Chamartín, súper psicodélica y con un letrero inmenso que dice MACUMBA, y no es broma, puede parecer cutre. Pero Madrid es Madrid, y eso no tiene discusión.

Me dieron ganas de entrar en el Retiro. Allí había mogollón de peña, la banda tirada por el césped tomando el sol, y después de perderme por alguno de los caminillos de tierra me senté a la sombra de un plátano inmenso. Lo que fue una gilipollez, porque en seguida me entraron ganas de tumbarme, y allí debí de desconectar otra vez. Al despertar tenía a un palmo de la cara un careto pintado de blanco: dos faros me fichaban sin pestañear. Poco a poco, todo se fue poniendo en su sitio: el mimo, el cielo azul muy claro filtrándose por el entramado de hojas, el gentío y su incesante murmullo.

—¿Estás bien?

—Hmmm, sí.

Y de repente entendí por qué estaba tan tenso: el mimo hurgaba con una manaza en mi mochila y con la otra se metía los papeles en el bolsillo.

—¡Cabrón!

Le agarré la pezuña, pero se soltó y echó a correr, con la bolsa de las pirulas en la mano. Y te puedo decir que viéndoles como les ves normalmente, encaramados a una silla, inmóviles como estatuas, no te puedes imaginar a qué caña corría. Parecía Fermín Cacho en su mejor carrera. Hice un amago de incorporarme, pero me dio un flus y me tuve que volver a sentar, medio mareado. Abrí la mochila: ni pirulas, ni zarpa, ni talegos. Me busqué en los bolsillos, esperando encontrar alguno de los churretosos billetes de Raúl. Pero nada. El listillo del mimo había aprovechado para volcarme, dejándome pelado. Ya después de todo lo que había ocurrido lo tomé con filosofía. Pensé que al menos tenía la pipa.

Poco a poco la pelota iba recobrando el rumbo. Me quité el chándal, que el césped había manchado de verde, y lo metí en la mochila. Sólo a un gilipollas como a mí se le ocurre echarse una siestecilla con la mochila llena de drogas y talegos. El jodido agotamiento había vuelto a poder conmigo. En fin, que dos días después de lo del Barbas allí estaba, tomando el sol en mitad del mismísimo Retiro, en el puto centro de Madrid. No me faltaba más que sentarme con algun guarro y entretenerme haciendo pulseritas de cuero hasta que el Barbas viniera a buscarme. Debían de ser ya las cuatro o las cinco de... ¿sábado? Sí, sábado. A un par de metros, dos guiris blanquitas en bañador charlaban en inglés, untándose crema la una sobre la espalda de la otra. Más allá un par de negracos descamisados se fumaban un peta sin quitarles el ojo de encima. Más allá todavía, la silla metálica que se había olvidado el hijoputa del mimo en medio de la muchedumbre. Me rasqué la pelota notando que me picaba el careto. Me había estado pegando el sol un buen rato. Además, estaba de bajón. Y era para estarlo. Pero mierda, tío, el mundo no está hecho para los llorones. Así que me incorporé y después de echarme la mochila al hombro me dejé llevar por la gente.

Todavía zombi, paré un momento al borde del estanque. Ya sabes cómo es el agua allí, ¿no?, verdosa y llena de mierda. Nunca he comprendido cómo la peña puede montarse en esas barcas a hacer guerras de agua. [Bueno, yo lo hago a veces, pero sólo si estoy pero que muy requetefumao.] Al lado tenía un grupo de guarros que cantaban canciones de iglesia, Dios viniendo en su barca a recogernos y cosas así, también daban palmas y se acompañaban con panderetas. Menuda panda. En fin, yo estaba a lo mío: el agua reflejaba las columnas llenas de graffitti del monumento de la otra orilla, y bajo la superficie verdosa se veía una treintena de carpas color gris chamuscado realmente vomitivas, montándose unas sobre las otras para comerse las pipas y demás porquería con esas bocas que parecen plantas carnívoras. Escupí y esperé hasta que una de ellas se tragó mi gapo, y eso me hizo reír como un gilipollas.

Seguí caminando. Lo de siempre en el puto Retiro, demasiada basca y eso. Me entretuve un rato viendo a un par de punkis malabaristas. Uno lanzaba mazas azules y verdes al aire. El otro, descamisado, con una cadena alrededor de la cintura, corría de un lado a otro tragando gasolina de una botella de plástico para luego acercarse la antorcha a la boca y escupir fuego. Estando allí, se me acercó un moro que debió de verme cara de pringao. Pensé: seguro que lo hace, seguro que lo hace. Y, «costo», lo hizo. Se me ocurrieron cuarenta insultos que no le solté, y seguí a lo mío. La voz chillona de un guiñol hipnotizaba

a un grupo de niños. Eso me rayó, no sé muy bien por qué. Y
más allá estaban los del Tarot, sentados detrás de sus mesitas
plegables mirándote como en trance, con caras de nosotrossabe-
mosloquepasadentrodetipáganosyteloexplicamos.

Hasta hacía un par de días yo me movía mucho y tal, pero
todo dentro de un orden: sabía dónde tenía que estar, y el
mundo funcionaba. Ahora parecía que SIEMPRE estaba donde
no tenía que estar y NADA funcionaba. Por eso estaba ya pensando en sentarme y que me leyeran el futuro, que no podía ser
muy bueno, cuando ya puedes imaginarte la poca gracia que
me hizo ver al Chalo sentado sobre la barandilla del estanque,
unos metros más allá. Llevaba la misma sudadera con capucha
de hacía dos días y estaba discutiendo con otro gitano. Cuando
vi que le decía algo a su colega apuntándome con el dedo y empezaba a venir hacia mí, comprendí que no se había olvidado
de los napos que le había prometido en el Lunatik. No tenía un
duro encima y conocía al Chalo, así que empecé a escabullirme
entre la muchedumbre. Claro que esto no iba a despistar a los
gitanos, que ni cortos ni perezosos empezaron a apartar a la
banda a empujones. Hubo alguna bronca, pero no iba a ser yo
quien me quedase a verla. Empezar a correr fue como en esas
pesadillas en las que quieres huir y avanzas como si tuvieras un
lastre de cincuenta kilos en cada pierna. Y de repente ahí estaba
este espantapájaros subido en unos zancos de madera, con la
cara pintada, mitad de blanco, mitad de negro, encandilando a
un público de gilipollas, y el susodicho suelta un chillido in-
mundo, abriendo mucho la boca y señalándome con el dedo,
como en la última escena de la Invasión de los Ultracuerpos, y
todos tronchados de risa al ver el susto de muerte que me llevo.
En otro momento igual le hubiera matado a hostias, pero tenía
al Chalo muy cerca, y había que seguir dándole a las patas, lo
que últimamente empezaba a convertirse en una costumbre.

Conseguí llegar al paso subterraneo que hay en Alcalá, un
poco más arriba de la plaza de la Independencia, y que da a
un metro. Dentro del pasadizo oí carreras a mis espaldas. Al girarme resbalé tirando el tenderete de un asqueroso que vendía
incienso. Sentí que me había hecho daño, pero me levanté como
pude, ¡Tu madre, cabrón!, entre los insultos del piojoso. Poco

después alcanzaba la boca del metro y sin pensarlo dos veces saltaba los torniquetes apoyando las manos sobre las máquinas. El empleado que controlaba la entrada salió de detrás de la ventanilla para toparse con Chalo y el amigo, con quienes le oí embroncarse. Yo corrí hasta el andén, donde justo empezaban a cerrarse las puertas de los vagones. Tuve suerte —¡por fin!—, y conseguí colarme en uno de los ellos. Instantes después, el túnel nos engullía.

Recuperando el aliento, entre tosidos, miré el esquema de líneas. Estaba en la línea 2, roja, que va a Ventas. Casi esperaba que se abrieran las puertas y apareciera el Chalo, lo que, claro, no ocurrió. En cambio tuve que soportar a dos yonkarras que subieron al vagón y empezaron a pedir lastimosamente. Oye, chavalote, ¿no me puedes dejar unos duros? O un billetito. Venga, chavalote. Dieron bastante la coña a unas pijinas que llevaban bolsas enormes de El Corte Inglés y que al final soltaron la guita, por miedo más que por otra cosa. Cuando vinieron a mí, porque no insistieron, que a poco estuve de levantar la mano. No soporto a los yonis, sabes.

Me bajé en la siguiente estación, que era Banco de España, y salí en plena Cibeles, al lado de unos japos que estaban montando un trípode para hacerle una foto a la dichosa fuente, bastante fuera de lugar en medio de tanto coche. Allí paré un taxi que subía hacia Sol. El peseto, con un pitillo colgando entre los labios, me miró de arriba abajo.

—Tengo dinero, joder.

Pero arrancó, ¡Hijo de puta!, y eso me mosqueó mogollón. Así que me dio por patear la Gran Vía, sintiéndome como la mierda. Madrid seguía siendo Madrid, pero el que estaba rarificado era yo. Qué sábado tan deprimente. Casi echaba de menos a los payasones de a diario, con sus chaquetas y corbatas de colorines. Miraba a la gente y tenía la impresión de que había algo que nos separaba, una especie de barrera invisible que hacía que me sintiera como un extraterrestre. De repente lo flipaba viendo banda tan diferente. Había colas a la puerta de los cines, moros traficando en la Gran Vía, chinos importados por la mafia vendiendo klínex, las putas de Montera que te miraban aburridas detrás de sus gafas de sol, algún taxista saliendo de la fonda donde se la acababan de mamar, guiris rubios en pantalones cortos a la puerta del Mac Donalds, malos de turno controlando a los guiris, maderos atentos a todo, fósiles que sonreían mientras el limpiabotas les pulía los botines, domingueros prematuros paseando a sus niños, pijos que salían de la FNAC con sus bolsitas de compacts, mendigos que se tapaban la cara pidiendo limosna en un vaso de coca-cola, y otros vendiendo la Farola, el periódico de la gente sin hogar, a doscientas pelas, maricas con ojos acuosos a la puerta del Xenon, intelectuales de gafitas pululando en torno a los Renoir y los Alphaville, y a todo esto bocas de metro vomitando más y más gente en un mar de hormigas en el que —si no contamos a un amigo del Pentium tirado por los suelos a la puerta de la Casa del Libro con un santo cebollón y que a saber qué coño hacía allí— no reconocí a nadie.

Una vez en la plaza de España, que estaba plagada de guiris, vejestorios y cacas de chuchos, me senté en un banco delante de la fuente, al lado de un fósil cincuentón descalzo y descamisado que leía un periódico. Sólo podía ser un inglés: con el mono que tienen de sol, el más mínimo rayo les vuelve locos. Yo ya estaba menos agobiado y el solecillo de la tarde en la jeta me hacía sentir increíblemente bien. Supongo que así son las cosas, ¿no? Todas tienen una parte buena y otra mala, y aquellos días había habido mucho malo, y ahora tocaba algo bueno. O sea que allí me encontraba yo, mirando el monumento a Don Quijote y Sancho, los dos de espaldas a mí, lo que me hizo acordarme de una profe en el instituto que estaba empeñada en que leyéramos y comentáramos el Quijote en clase. Era una profe maja, que se pasaba el día trabándose y perdiendo la tiza, pero que nunca conseguía motivarnos. La verdad es que nadie le seguía la bola, y yo menos, porque en clase sólo hablaban los gilipollitas de primera fila. Aparte de que el que un pavo se raye y vea molinos de viento y cosas así no es algo que me parezca fascinante. Pavos así de rayados los hay a patadas. Vamos, y mucho más. No sé si a Sancho le hubiera gustado venirse a los noventa. En fin, el cielo estaba despejado y muy azul, y el sol iba bajando.

Ojeé la fuente. De repente me habían entrado unas ganas

enormes de ver a Tula. Me di cuenta de que sin pensarlo me había ido acercando a donde vive ella, que es por San Bernardo, a pocas manzanas de allí. A tomar por culo todo. Lo único que quería ahora era verla. Así que, otra vez de los nervios, me metí en una cabina. La primera vez, colgué nada más escuchar el timbrazo. A la segunda me cogió ella. Hola, soy yo..., empiezo con una voz temblona que me hizo mosquearme conmigo mismo. Lo que recibí fue un: «Y yo soy su madre.» Eso me quitó el tembleque de golpe. «Y ya puedes decirme ahora mismo dónde está mi hija, que se le va a caer el pelo porque lleva sin pasar por casa desde el jueves, ¿te enteras? ¿Te crees que se le puede hacer esto a una madre?» Detrás se oían algunas voces, debía de tocar reunión.

—«¿Qué pasa?, ¿que no me oyes? Si no me dices dónde está ahora mismo, llamo a la policía, a ver si te encierran en un correccional, que es donde tenías que estar.»

—No sé dónde está —dije desganado. Me había enfriado bastante saber que estaba de fiesta por ahí. Yo, que pensaba que se había quedado el finde esperándome en keli, llorando. Ahí tienes a las mujeres.

—«¿Cómo que no lo sabes? ¿Qué es esto de dejarme un mensaje en el contestador diciendo que no vuelve hasta el domingo por la noche? ¿Qué demonios os pasa por la cabeza? ¡Dime dónde narices está mi hija!»

Si ya normalmente no la hacía ni caso —ya estoy más que acostumbrado a estas cosas con los jefes de los colegas—, hoy encima estaba demasiado quemado como para discutir con una histérica.

—Mire, señora, no la tome conmigo, que yo llevo sin verla desde el jueves...

—«¡Mentiroso! ¡Dile que en cuanto vuelva la espera una buena!»

Pasé esto por alto. La jefa de Tula era así de desequilibrada. Demasiado Prozack. Antes de que pasara a los insultos y a los lloros, colgué y llamé a casa de Sofía.

—«¿Hola?»

Era su hermano pequeño —Julián, un chavalito majo, un poco mariconcete, que no hacía más que pasarse las tardes de tripo pegado a la pantalla de la tele.

—Oye, Julián, soy Kaiser, qué tal andas.

—«Qué tal, qué pasa, cómo estás» —dijo de corrido y soltó una risita de mongólico. El chaval es majo, pero ya digo que estaba un poco ido.

—Sí, mira. ¿Sábes dónde está tu hermana?

—«Ayer vinieron a buscarla Tula y un amigo, se quedaba a sobar en casa de Tula.»

—¿Qué amigo?

—«Uno. Raúl, no sé si lo conoces, va mucho por el Lunatik.»

Fue como si me hubieran metido un puño en la boca del estómago.

—¿Cómo? ¿Tula iba con Raúl, el volcador del Lunatik?

—«Con ése, con ése». —Otra risita de mongólico.

Esto ya era una patada en los cojones. La muy... dos días y me hacía esto a mí. No me lo podía creer, y era para no creérselo. ¡Con Raúl! Como se hubiera enrollado con él les iba a coger y... Colgué. Tenía que hacer algo, ¿no?

Por fin pillé un pelas, que se pasó todo el rato hablándome de fútbol, que si el Atlético iba a ganar la liga este año, que si la que se iba a montar, que si el Barça fatal y el Madrid peor. Le di boleto en una urbanización cerca de keli. Salió detrás mío, gritando gilipolleces, pero yo ya estaba atravesando la urbanización para salir por el otro lado, súper atacado. Dónde cojones podían estar. Conociendo más o menos el circuito que hacían ahora los amigos de Tula, a esa hora sólo podían estar en un after o en un parque del Conde de Orgaz poniéndose tusas. Estaba rabioso, tanto que no conseguía pensar en nada concreto. Sólo imaginar a Raúl tocándole una teta a Tula y... me entraban ganas de reventarle la cabeza a hostias. Ya en keli, saqué la Vespa del garaje sin que me viera Marylin. Arrancar la Pepa fue un pequeño subidón. Como cuando te comes una pasti o te metes un tiro después de estar un buen tiempo sin ponerte, pues igual. Su ronroneo me pareció el sonido más flipante del mundo, y nada más salir de keli hice un caballito, recorriendo con la rueda levantada toda la calle.

Primero enfilé a Conde de Orgaz, por el camino que solía hacer para ir al instituto. Hacía tiempo que no pasaba por ahí, desde que el Jovellanos amenazó con soltarle a la bofia que «traficaba» en el patio. (Dejó de joderme cuando le rompieron los cristales de su Citroen CX.) Allí iban los del instituto después de clase. Y casi todos los de clase de Tula solían pasar por allí los sábados por la tarde y los domingos después del Épsilon. En el parque fiché a Alfredo en un grupito conocido, echado en el suelo, con la cabeza apoyada sobre las piernas de Julia. Me fui hacia ellos, preguntándoles por Tula y Sofía con mucha mala hostia. Alfredo se incorporó y le solté un empujón.

—¿Dónde coño están?

—Ey, ey, quieto, quieto, Kaiser, que yo no las he visto, te lo juro.

Los demás levantaron las manos, que tampoco sabían nada. Todos llevaban gafas de sol, cantosas a más no poder. Panda de tontainas.

—A las siete el Xxx ya está abriendo —murmuró Alfredo mirando su peluco y asintiendo tres o cuatro veces como si el peluco se lo acabara de decir—. Igual están ahí. Ey, Kaiser, ya que estás aquí no tendrás algún gra...

Agarré la moto de nuevo, y hacia el Xxx me fui. A medida que me acercaba, estaba cada vez más de los nervios. El Xxx estaba en la carretera de Barcelona, y era un antro tan cutre que si no fuera por los grupitos de chavales a la puerta parecería más una fábrica o un hangar que una discoteca. Aquella tarde la carretera, que pasa justo delante, estaba ya cargadita en dirección Madrid: coches y coches de vuelta de algún lugar, claxonando todos locos. Desde mi Pepa yo les fichaba y me entraban ganas de liarme a bellotazos con todos los payasones, siempre con ese aire como de estar contentos consigo mismos, cuando no son más que esclavos. Te quieren convencer de que tienes que ser como ellos, pero ¿sabes por qué? Porque están jodidos y quieren que todo el mundo esté tan jodido como ellos.

El machaka del Xxx me cacheó, pero yo había dejado la pipa en el cofrecillo de la Vespa. Podía estar loco, pero no gilipollas. Tardé un momento en acostumbrarme a la oscuridad. Al acercarme a la pista de baile, localicé a Tula bailando frente a uno de los bafles. Sabes, es raro mirar a alguien cuando no sabe que le estás viendo, es como si fuera otra persona, como ver a un actor fuera de una película o algo así. Me pareció que estaba buenísima. Luego vi a Raúl, bailoteando al lado con un par de colegas. Nada más ficharme, levantó la mano como para explicar algo, pero cuando vio que yo ya iba directamente a por él —y debía de verse en mi jeta que sólo podía pensar en romperle los huesos—, optó por salir por patas. Le seguí a través de la pista, y a mí me siguieron Tula y dos camareros que habían olido la bronca. Aun así pude agarrar al muy perro y sacudirle bien. ¡HIJODEPUTA, TE VOY A MATAR! Que, por mucho que la música estuviera sonando a lo bestia, estáte seguro de que lo entendió, aparte de que acompañé las palabras con un cabezazo. Cuando llegaron los camareros, Raúl se tapaba la nariz ensangrentada con la pezuña. Los machakas me sacaron fuera a hostias, sacudiéndose después las manos en plan peliculeros. Les grité que era amigo del Chavi y que se les iba a caer los huevos. Tula nos había seguido, y ahora se ponía la chupa y se restregaba los ojos. Estaba llorando, pero igual era del humo del Xxx. Tula tenía los ojos muy delicados.

—Kaiser, ¿por qué haces esto?, ¿qué ha pasado? —preguntó pestañeando varias veces para acostumbrarse a la luz.

Se me acercó, y nada más verla ahí, sentí ganas de abrazarla y de matarla a hostias al mismo tiempo. Dije:

—Tula, ¿te molo?

Lo que fue megaextraño, porque te juro que no es algo que haya preguntado muchas veces: yo soy muy mío para ciertas cosas. Tula me miraba, con pupilas súper dilatadas y ojeras de no haber sobado en muchas horas. Luego miró hacia la entrada del Xxx, pero el maricón del Raúl no se había atrevido a salir. Creo que asintió.

—Tula, vámonos a keli —digo limpiándome la sangre que tenía en el labio: me lo habían partido los machakas. Tula seguía mirando hacia la puerta del Xxx, y eso me mosqueó—. Ese hijodeputa no va a salir, te lo digo yo, que le conozco. ¿Vienes o no vienes?

—No lo sé, pensaba...

—¿Cómo que no lo sabes? —Sentí un nudo en la garganta. Ya ver al Raúl me había rayado, y dentro de mi rayadura se me iba mucho la pelota y me imaginaba al cabrón morreándose con ella y riéndose de mí.

—Me lo estoy pasando bien. Es sábado, no quiero... volver a keli.

—Escucha, Tula, ¿vienes o no?

—Te has rayado, Kaiser.

—Te lo voy a poner de otra manera: ¿a ti te mola el Raúl?

—No, pero está enrollado con Sofía.

Me quedé un momento callado.

—De acuerdo, entonces: ¿a ti te mola estar conmigo?

—Sabes que sí.

—Pues no hay más que hablar, súbete.

Tula me miraba indecisa, y volví a sentir ese nudo en la garganta. Se tomó su tiempo, y volvió a ojear la discoteca. Yo podía ver que estaba muy puesta. Sé que no es la piba más inteligente del mundo y que le cuesta mucho tomar decisiones, pero para mí no había otra, y eso es como el feeling para pinchar, se tiene o no se tiene.

—Tula... Sube —dije, arrancando la Pepa.

—¿No le digo nada a Sofía?

—No, sube.

Al final se acercó, lentamente, y se sentó detrás mío. En ese momento, viendo sus manos blanquitas agarradas a mi cintura, me sentí como si ella, yo y la Vespa fuéramos uno solo, como Dios que dicen los curas que es tres y uno a la vez. Fue mogollón de de buten. Desde entonces sólo las kápsulas de éxtasis puro del Chavi han conseguido hacerme sentir algo parecido. La carretera estaba atascada, pero eso era lo que molaba de tener una Pepa, que podía meterme entre los carriles y por el arcén. A medio camino, Tula, a mi espalda, murmuró algo. ¿Qué has dicho?, pregunté girando la cabeza. Y ella, apoyando la barbilla sobre mi hombro, dijo:

—Tengo hambre.

—Ya, ¿y tienes pelas?

—Sí.

Al centro comercial de Arturo Soria le llaman el Tontosoria porque está lleno de pijos. Yo solía quedar allí con Yoni, un sudamericano gordito que vive por ahí cerca y que mueve en la zona. En la entrada trasera, la que da a Conde de Orgaz, hay una terraza con mesas y sillas de madera y tal, súper veraniega. Pillamos una mesa al lado del escenario donde a veces en las noches de verano tocaban grupos de salsa. Al lado había un par de payasones encorbatados. Me dieron ganas de darles un toque, porque miraban demasiado a Tula. Un camarero de nuestra edad, con cara de ceporro, se acercó y nos preguntó qué queríamos.

—Una cerveza.

—Un helado de fresa.

Le pedí pelas a Tula y me acerqué a la máquina a pillar un Marlboro. A la vuelta, seguía con la misma expresión de lela, la boca entreabierta, los labios resecos y despellejados. No se quitaba la chupa de borrego, a pesar del calor. Se veía a la legua que estaba empastillada. Yo, aunque por causas diferentes, no estaba mejor. Con el careto hecho polvo y mi chandalera cerda debía de tener unas pintas...

—¿Cuántas llevas?

—No sé, no muchas.

No la creí, claro, y cuando trajeron la cerveza y el helado, apenas probamos ni una cosa ni la otra. Había pasado muy poco tiempo desde lo del Barbas, y sin embargo todo parecía diferente. Era difícil volver a estar como antes, y por un momento pensé que todo se había jodido.

—Ven a dormir conmigo.

—Vale —dice, y continuó con su helado.

—Me gustaría que mañana te quedaras conmigo. ¿Quieres?

Tula me miró debajo del flequillo. Luego sonrió.

—¿De qué te ríes?

No me contestó, pero la sonrisita hizo que me sintiera mejor. Después de pagar, y sin decir mucho más porque no me apetecía contar nada todavía, le pregunté si le apetecía ir a las Tetas de Madrid, como hacíamos a veces cuando empalmábamos días y estábamos muy pasaos.

Así que nos fuimos a ver la puesta de sol a las Tetas del Cerro Pío, que son dos montículos por ahí por Vallecas desde donde se puede ver todo Madrid. Nos quedamos fumando pitillos y mirando la ciudad envuelta en su champiñón de polución. Cuando estaba muy rayado, ir allí me tranquilizaba, sabes. Era como si aquello fuera una gran colmena de locos, y nosotros —olvidando la panda de fumetas de al lado que no hacían más que reírse con chistes apestosos— estuviésemos por encima, controlando el mundo mientras el cielo prendía fuego detrás de las torres de Azca, untándolo todo con una capa de mermelada de albaricoque. Las nubes se volvían moradas, y los últimos rayos de sol parecían láseres de discoteca. Viendo el planetario de Atocha, y la Emetreinta, ya iluminada, y el Pirulí, y las torres inclinadas de Plaza Castilla, me acordé de una vez que jodí la tele y la abrí con un destornillador para ver las placas de circuitos de dentro. Molaba.

Tula aplastó su pitillo en el césped y se quedó tumbada, mirando al cielo, algo que yo no puedo hacer porque a los pocos momentos tienes la sensación de que te hundes en un abismo mientras el cielo se te desploma encima. Se quedó así, con los ojos muy abiertos, y yo la controlaba y me preguntaba en qué coño estaría pensando.

—Kaiser.

—¿Qué?

—Has pensado alguna vez...

—¿En qué?

—En lo raro que es todo... quiero decir... la tierra es un pedrolo junto a otros muchos pedrolos que están volando por la Vía Lactea, o algo así, ¿no? —Cuando Tula se ponía así, me hacía perder la paciencia—. ¿Y más allá otros miles de pedrolos, ¿no?

—No lo sé.

—Pero... ¿y más allá?

Tula me miraba con los ojos enormes. Esto ya me puso negro.

—Y yo qué cojones sé, ¿por qué narices me lo preguntas?

—Bueno, sólo estaba pensando. A veces pienso en un vacío inmenso más allá de las estrellas. Y... y me da vértigo.

—Deja de pensar gilipolleces. Estás de bajón. —Pero ya me había malrollado a mí también, y me entraron ganas de irme.

—Sí, pero tiene que terminar en algún sitio, ¿no?

—Mierda, Tula. Siempre me estás preguntando todo. Y yo no tengo las respuestas. ¡Yo no sé nada, entiendes!

Me mosqueaba que me mirara como... como si yo tuviera

que saberlo todo. Tula se calló. Y nos quedamos allí un momento, sentados el uno al lado del otro, y al final apoyó su cabeza contra mi hombro.

En fin, a medida que Tula iba bajando se le quitaron las ganas de salir, y al final nos fuimos pa casa. Marilyn me recibió regañándome por no haber llamado, y yo en seguida me volví a sentir en keli. Marilyn me preguntó qué había estado haciendo, que a punto había estado de llamar a la policía. Le dije que estar por ahí, que Tula y yo sobábamos aquí hoy. Eso la puso súper contenta y nos hizo las crêpes más cojonudas que había probado en mucho tiempo, con plátano, chocolate y leche condensada. Marilyn cocina de puta madre. De verdad.

También fue de puta madre poder quitarme la dichosa pulsera del Festimad con la ayuda de un cortaúñas. Debajo había una franja blanquita que no había cogido el moreno del resto del brazo. El único mal rollo fue que la vieja de Tula nos dio un telefonazo amenazando con venir y armar la bronca, que estaba harta de que su hija repitiera y el rollo de siempre. Se lo pasé a Tula, que aguantó la charla.

—Sí, sí, sí, mamá... te lo juro que mañana paso por casa. Sí, el lunes voy a clase, ya lo sé, ya lo sé...

Luego fue tumbarnos en la cama y

El domingo nos despertamos a las tres de la tarde, y pasamos el resto del día viendo pelis, completamente hechos polvo. Pero molaba estar en keli y me pasé el día en gayumbos por la casa. Marilyn había traído al Gustavo. Me lo encontré descamisado y en vaqueros, leyendo el periódico sobre la mesa de la cocina. Se notaba a la legua que era el típico mamonazo al que le gusta aprovechar cualquier ocasión para descamisarse y lucir pectorales. Tenías que haberle visto ahí sentado, apoyando la cabeza sobre la mano, pero no para estar más cómodo o algo así, sino para marcar el jodido bíceps, estoy seguro. Y con la otra mano no dejaba de toquetearse los tres pelajos alrededor de las tetillas. Pero lo peor era que llevaba desabrochados dos botones del vaquero, dejando la mitad del matorral al aire. Y luego, con los pies desnudos marcaba un ritmo imaginario.

—Qué tal estamos, campeón —me dice, dejando de juguetear con las tetillas y levantando la vista al verme entrar para llenar una botella de agua del grifo—. Te veo un poco ojeroso y debilucho, eh. Hay que trabajar más ese cuerpo.

Y se incorporó para lanzarme un amago de puñetazo a la tripa. Lo que pasa es que —cómo no— el muy maricón me dio más fuerte de lo que pensaba y se me cayó la botella. «Splash», el agua salpicó todo el suelo. Lo siento, tío, dijo el Gustavo cogiendo la fregona que estaba en una esquina. ¡No ha sido nada, Marilyn!, cuando oyó que Marilyn preguntaba qué pasaba. Como comprenderás, yo no estaba para mamonadas. Llené otra vez la botella mientras él se dedicaba a fregar el suelo, y aproveché para pillarle el periódico y llevármelo a mi cuarto, donde lo hojeé sobre la mesa. Hablaban del Festimad, que había terminado y tal. *EL MACROCONCIERTO DEJA MONTAÑAS DE BASURA EN EL PARQUE NATURAL DE MÓSTOLES.* La reseña comentaba el buen rollo general. Había habido pocos desmadres en las cuarentayocho horas de frenesí musical y los más de 15.000 jóvenes habían abandonado el parque natural, mochila al hombro, dejándolo lleno de mierda, como era de suponer. Los patos del estanque celebrando un festín con los restos de comida. Otra noticia: tres detenidos por el Grupo de Menores cuando se divertían lanzando cócteles molotov contra un bingo de Azca. Y a uno de dieciocho años le habían metido un balazo en el estómago en San Blas. Era el único bellotazo del finde.

Tula acababa de salir de la ducha, y le dije si le apetecía ir a un Burguer. Dijo que bueno, así que me vestí y poco después nos estábamos poniendo cerdos en el Burguer de Avenida de América, que era el que estaba más cerca de keli. Nos pillamos dos whopper cada uno y unos aros de cebolla, que me molan mogollón. Eso era una cosa guai de Tula, que podía jamar y ponerse hasta el culo y además tener un tipazo. Hubiera sido perfecto, si no hubiéramos tenido al lado un grupo de niños que celebraba un cumpleaños rodeado de madres con coronitas de papel en la cabeza que aplaudían y decían: ¡bieeen!, y cosas así. Parecía como si el cumpleaños fuera de ellas y no el de los enanos. Hubo uno que al verme tiró de la manga de su madre, ¿Qué pasa?, y le dijo algo que no escuché, señalándome con el dedo. Eso me rayó un poco. Tula tenía que pasar por su keli, así que la acerqué en Pepa al metro de Avenida de América, dejándole pelas para un peseto, después de hacerla prometer que volvía y se quedaba a sobar.

Mientras esperaba, bajé al garaje y pasé el tiempo ordenando mis maxis, cambiándolos de caja y tal. Eso es algo que puedo hacer durante horas, sabes. Te puedes pasar el puto día ordenando vinilos. Todo depende del orden que les quieras dar. A veces, si los tengo organizados por estilos, pues me da por organizarlos cronológicamente o por orden alfabético, o incluso por colores, que lo hice una vez que estaba muy petao, y cada vez lo cambio todo de arriba abajo. El garaje, por cierto, seguía hecho una mierda.

Cuando llegó Tula, todavía estaba sentado en el suelo, con los discos. Se había cambiado, se había puesto un vestido encima de una camiseta, y por debajo asomaban sus dos palillos. También se había echado un perfume que solía llevar entonces, Tendre Poison, me parece que se llamaba. Molaba el nombre, no sé por qué. Y molaba ella. Tula debió de darse cuenta de lo que estaba pensando, porque medio sonrió al ver que me acercaba.

Yo no es que sea muy follador, sabes. No es algo que me obsesione ni en lo que piense todo el día. Más bien lo veo como algo con lo que se obsesionan todos los niñatos de la edad de Tula, o gentuza como el Barbas, payasones que yo creo que no follaron bien en su momento y como que arrastran ese complejo. Pero bueno, de vez en cuando está bien, y aquel día estuvo guai. Nos metimos en la habitación y Tula se tumbó bocabajo en la cama, moviendo las piernas en el aire mientras ojeaba uno de los catálogos que tenía sobre la mesilla. Así que me senté a su lado, la levanté la falda y le bajé las braguitas. Las palmadas en el culo la hicieron reír. Tula tiene un culete súper atractivo, con las nalgas bien redonditas y prietas, y me entraron ganas de azotarlo y de besarlo al mismo tiempo. El caso es que poco después yo me había quitado los pantalones y me pegaba contra ella, besándole el cuello y haciéndoselo.

Una media hora más tarde subimos al salón, y allí, despatarrados los dos en el sofá, mando en mano, vimos una de mis pelis favoritas, sobre unos extraterrestres que llegan a la tierra y hacen hamburguesas con los humanos. El final es alucinante. Quiero decir que normalmente las pelis con extraterrestres, en plan Alien, siempre terminan con que el pavo que parecía que se salvaba se lleva sin saberlo al alien para casa, ¿no? Pues en Mal Gusto es el extraterrestre el que se va follado de la tierra, después de que aquí le han matado a todos sus colegas, sin darse cuenta de que en la nave lleva un humano rayadísimo que al final le corta en pedazos con una sierra eléctrica y luego les grita por radio a los extraterrestres: ¡Voy a por vosotros! Y te quedas con ganas de ver cómo iban a flipar con un humano así.

Pasé la noche muy inquieto. En algún momento abrí los faros. Estaba bañado de sudor, y Tula sobaba a mi lado. Me levanté en gayumbos, sin pensar en nada, y saqué la pipa de la mochila. Tula dormía muy tranquila, con el pelo revuelto cayendo sobre la almohada. No sé qué me vino a la cabeza, pero el caso es que me veo durante un tiempo que me pareció una eternidad encañonándola, mientras respiraba tranquilamente. Más tarde he pensado mucho sobre el flus de aquella noche y he llegado a la conclusión de que con los sentimientos ocurre como con las drogas: hay subidones y bajones. Y lo que uno siente es algo que depende de lo que llevas dentro. Si estás chungo dentro, estás chungo con los demás, y no sabes hasta dónde vas a poder controlarlo. Es como si siempre estuviéramos en la cuerda floja. Así que he llegado a la conclusión de que uno nunca puede fiarse de sus emociones. Creo.

El lunes me desperté temprano y me vestí con mucho cuidado para no despertar a Tula. Pillé una lata de coca-cola de la nevera y salí al jardín. La luz de la mañana era súper agradable. Me bebí la coca-cola muy tranqui. Luego la tiré al jardín, donde cayó a unos metros, medio escondida entre las malas hierbas y tal. Controlé que no hubiera vecinos, y agarré la automática con las dos manos. Le quité el seguro. Y «pum». Saltó la lata un par de metros, y quedó reventada. Ya me iba, antes de que saliera algún vecino, cuando oí que se subía la persiana de mi cuarto.

—Kaiser, ¿qué haces?

Tula se había asomado a la ventana. Tenía puesta mi camiseta naranja Technics y se frotaba las manos. Siempre tenía las manos frías.

—Nada, duérmete.

—¿No vienes?

—Ahora mismo voy. Duérmete.

—¿Puedo ponerme una puntita?

—Venga. Pero tienes que ir a clase, no lo olvides.

La vi agacharse para esnifar los tiros de encima de la mesa. Todavía estaba cansada del finde y se asomó para repetirme que ella se metía en el sobre, que si venía. Pero yo no podía sobar. Pensé en ponerme una tusa, pero luego lo pensé mejor: necesitaba tener la cabeza clara.

Me puse una gorrita de los Bulls de Chicago y unas gafas de sol mosconas. Arranqué la Vespa y la saqué del garaje. Por una vez, pillé el casco, que tenía una pegatina de I love Galicia que casi no se veía, tan cubierta estaba de polvo. Durante todo el fin de semana había tenido al Barbas metido en la cabeza. Tenía los cojones de corbata, pero en ese momento la muvi no tenía diez mil salidas. Al final, sabes, si quieres que te respeten tienes que acabar afrontando tus propias movidas, y para entonces yo ya tenía claro que no se puede contar con nadie para eso.

Me acuerdo que mientras iba por la Castellana me dio por pensar en el careto de Gonzalito cuando lo de Manoteras, y luego en las holandesas. También me acuerdo de que al acercarme a comisaría tenía la boca seca. Aquí estamos, me dije subiendo la Pepa al bordillo de una calle cercana. Unos minutos más tarde estaba en un bar justo enfrente del que frecuentaba el Barbas. A través de la luna podía ver al travelo sentado donde siempre, al borde de la fuente, sin dejar de hablar sola, enrollándose los pelajos rubios en un dedo. El tráfico estaba a tope, como de costumbre. Estuve esperando así bastante tiempo —pudo pasar una hora u hora y media—, y ya iba por la cuarta caña cuando le vi bajar la calle. Me acurruqué instintivamente. Se detuvo a hablar con una piba a la puerta de una perfumería. Una morenaza agitanada, bastante bien vestida, con pantalones anchos y un pañuelo alrededor del cuello, que soltaba cada dos por tres una risa un poco histérica. El Barbas, parado en mitad de la calle, se pavoneaba de manera archievidente. No sé si te has fijado, pero cuando a un menda le gusta una tía actúa de una manera bochornosa; y las tías igual. Había que ver al Barbas, cómo sonreía y qué miraditas. Vamos, nada que ver con el hijodelagrandísima que me había puesto los cojones de corbata. En fin, al poco la tía volvió a meterse en la perfumería, y el Barbas bajó por la calle hasta entrar en el bar de siempre, donde le vi acercarse a saludar al camarero, súper colegui. Allí se estuvo, de pie en la barra, charlando un buen rato con él, y entre risa y risa le daba un trago a la caña, o comía algún pincho, tirando al suelo los palillos.

Algo después, un taxi se paró a la puerta del bar, y aquí el corazón me hizo cabriolas al ver salir a Gonzalo... Pero fue sólo un segundo de rayadura. Borja era la puta réplica de su hermano. Tenían los dos el mismo pelo rizado y engominado, la misma frente ancha, la misma manera de andar, muy erguidos, el mismo gusto de pijos desfasados: el plumas Roc Neige sin mangas igual hasta era el de su hermano. Entró y se acercó al Barbas, y aquí hubiera dado cualquier cosa por escuchar lo que decían. De repente me entró la paranoia de que igual la familia de Borja estaba detrás de lo del susto. Pero también podía seguir con sus preguntitas. O estar hablando de drogas. O del último disco de Ciberpolla, ¡yo qué sé! En todo caso, allí estaban los dos charlando, y yo viéndoles a través de la puerta de cristal, aunque a ratos se movían y les tapaba una columna. El Barbas había saludado a Borja, con su mejor sonrisa, golpeándole con la manaza en el hombro. Borja no sonreía. El Barbas le dijo algo, y Borja negó con la cabeza. Aquello duró un par de minutos, y después Borja salió y echó a andar calle abajo, dando zancadas. Momentos después le seguía el Barbas, y entonces ocurrió algo que no había previsto. En vez de volver calle arriba, empezó a cruzar la plaza, y por un momento pensé que venía a por mí. Te puedo asegurar que yo para entonces estaba tan agarrotado que por poco no me levanto. Pero lo hice, acojonadísimo, y me metí en el tigre de los tíos. Allí me quedé, pegando la oreja a la puerta.

—«Pon un cortado, haz el favor» —oí que le decía al camarero.

Al poco, comprendí por qué había venido. La puerta de entrada se abre y ji, ji, ji, ji, escuché una risa de piba. Con cada ji subía un tono. Debía de ser la de la perfumería. El bar estaba practicamente vacío, y se les oía perfectamente.

—«¿Y entonces qué pasó el otro día, que me tuviste secuestrado al José una hora y media? Estaba el chico ya asustado. Pensaba que igual no salía.»

—Nada, mujer, que nos ayudó en una identificación... Una tontería. Las niñas, que no dejaban de llegar. Ya sabes cómo son. Con tal de perderse el curso de inglés, cualquier cosa. Eso sí, al fulano le reconocieron todas. No falló una.»

—«¿Y qué había hecho?»

—«Pues iba a un colegio a asustar a las crías haciendo guarradas delante suyo, ya sabes cómo es esa gente. Si es que había que...»

Aunque estaban con estas movidas, lo que de verdad se decían era: estás buenísima/buenísimo y quiero follarte. Resultaba patético. Luego el tono cambió. El Barbas parecía indignado.

—«¿Pero qué cojones importará que se haya utilizado un vídeo así u asá? Además, de eso hace ya dos meses. ¡Bah! Tanto empapelar la ciudad con fotos si luego no cambia nada. Y lo digo yo, que en comisaría es donde se conoce de verdad el mundo.»

Otra vez algo que no seguí, y:

—«Qué día tan fantástico hace hoy. Bueno, Almudena, ¿que te parece si esta tarde paso a recogerte después de que cierres y nos tomamos una cañita.»

—«Cuando quieras, señor policía. Ya sabes a qué hora cierro.»

El Barbas se rió. Alguien corrió un taburete:

—«Espérate aquí un momento, que voy al baño.»

Y aquí, al oír que se acercaba casi se me sale el minutero por la garganta. Me metí en el único retrete y cerré con pestillo. Saqué la pipa y me senté en el váter apuntando a la puerta. Me dolía el corazón. Me había metido en la boca del lobo y no veía nada claro cómo iba a salir de ésta. El retrete era súper estrechito; tenía un ventanuco entreabierto por el que no hubiera cabido ni Mac Guiver. Y encima apestaba a meado. Tragué saliva cuando vi que el picaporte giraba.

—«¿Hay alguien?»

No respondí. El Barbas se quedó un momento callado.

—«¿Qué pasa aquí? ¿Hay alguien dentro? ¿Por qué no responses?»

Volvió a girar el picaporte.

—Ocupaado —digo con voz ronca.

Hubo un momento de silencio. Pensé: la has cagado, te ha reconocido. Y casi me muero ahí mismo del susto al oír:

—«Sal fuera con las manos en alto, ¡policía!»

Como te lo cuento. A puntito estuve de apretar el gatillo. Igual lo hubiese hecho de no haber oído a la pava tronchándose de risa. Ji, ji, ji, ji. El Barbas se estaba haciendo el gallito para impresionarla. Ya ves, la banda hace verdaderas tonterías con tal de follar.

—«Es broma. Date prisa, leches, que no tenemos todo el día.»

—«Utiliza el de las chicas, que no hay nadie» —dijo el camarero.

—«Sí, será mejor.»

Así que en cuanto escuché que el Barbas se metía en el tigre de las pavas salí, todavía cagadito, pasando delante de la tía, que esperaba de pie junto a la barra, la taza de café en una mano, el platito en la otra. Ya en la calle, corrí hasta la Vespa, que no estaba lejos, y después de ponerme el casco me la traje hasta una esquina cercana, desde la que me asomé, sin dejar de hacer ronronear el motor, como si me fuera a abrir en cualquier momento. No habían salido todavía. El travelo se reía al verme, dando palmas como un niño. Al poco se abrió la puerta del bar y apareció la pava. El Barbas saltó detrás. Mientras ella subía la calle, el Barbas la dirigió una mirada de baboso, con ojos como los que pones delante de un whopper que acabas de abrir y te vas a zampar. Luego echó a andar calle abajo.

Le seguí a distancia. Iba tan tranquilo que no se giró ni una sola vez. De paisano, como siempre, y como siempre con los hombros casposos; se los sacudió al menos un par de veces antes de subirse a su R-19. Luego salió a Cibeles, y subió todo Alcalá hasta la incorporación a la Emetreinta, a la altura de la plaza de toros. Yo le seguía en la Vespa. En la Emetreinta pensé que la iba a cagar, que le perdía, pero siguió conduciendo despacio, sin pasar de cien. En veinte minutos llegamos al nuevo

Centro Comercial que hay a la salida de la Moraleja, uno que tiene un parking subterráneo gratuito, que fue justamente donde le vi meterse.

Dejé la moto junto a la verja del Centro Comercial, bien alejado de la fila de taxis, y tuve el tiempo justo de montarla sobre las patas y quitar el contacto, cuando pasó a mi lado una Yamaha 250 sin silenciador, dando un cante que te cagas. El conductor era un malote chandalero con pintas de sudaca y una coleta de caballo que le llegaba hasta el culo. Iba de paquete un cocoliso con las rodillas muy abiertas y las manos enfundadas en los bolsillos de un plumas morado lleno de parches. El sudaca llevaba gafas de sol espejo; el otro tenía ojos de estar puestísimo. Me los quedé mirando mientras se metían en el parking por la misma puerta por la que había entrado el Barbas. Todavía con el casco puesto, me colé tras ellos y me quedé cerca de la entrada, detrás de una columna, sintiendo que el minutero se me aceleraba . Estaba cagado, igual que lo hubieras estado tú.

El parking estaba vacío a esas horas. El Barbas había aparcado al fondo, y una legión de columnas se interponían entre nosotros. Vi que los malotes paraban a unos metros del coche y bajaba el rapadito. El otro se quedó sobre la Yamaha, sin dejar de pedorrear. El Barbas esperaba, apoyado en el maletero de su buga. Hablaron un momento, de pie junto al coche. Luego todo ocurrió muy rápido. Mientras el Barbas se daba la vuelta para abrir el maletero y coger algo, el otro sacó la mano del bolsillo del plumas. En un parking todo resuena mucho, y te puedo asegurar que los dos buchantes resonaron como cañonazos, a pesar de los pedorreos de la Yamaha. El Barbas se desplomó, medio cuerpo dentro del maletero abierto. El pavo agarró la bolsa de basura que había caído al suelo —seguramente farla recién traída de algún registro— y saltó, revólver en mano, sobre la Yamaha, que se abrió echando leches por una de las puertas. Yo me las piré bien rapidito, y ya montado en la Pepa vi cómo algún conductor de taxi se dirigía alborotado hacia el parking. También bajaba corriendo por la cuesta uno de los seguratas. Pillé la autopista, y le metí toda la caña que pude.

Nada más llegar a casa, Marylin, que estaba pintándose las uñas en el salón, me dijo que Tula se había ido a keli y me había dejado una nota en mi cuarto. La encontré sobre la cama: «Ha yamado Raúl para hablar contigo. Dice que le des un toke.» Agarré el portátil, pero me dije que, mierda, ya lo arreglaría al día siguiente. Escuché los mensajes del móvil. Había uno del jefe diciendo que estaba en Venezuela y volvía no sé cuándo. Se le notaba enzarpado, y entre palabra y palabra caía algún que otro sorbete de mocos.

—«Bueno, chaval. Espero que todo te vaya bien, ¿eh? En cuanto vuelva te prometo que te llevo al mejor restaurante de Madrid. Tengo muchas ganas de verte.»

Bajé al garaje a pinchar un poco. Pasé una hora jugando con los platos, pero no pude relajarme. Al final decidí meterme en el sobre y echarme una siesta. Me quedé sopa en el acto.

El mundo gira y gira

Durante unos días después de lo del Barbas no podía evitar sentirme raro. Pensaba que uno nunca sabe cuándo te toca pringar, y a veces ni siquiera sabes quién te mata, ni por qué, y todavía no sé si eso es chungo o un alivio. Había una peli antigua que me molaba cuando era cani en la que se contaba que los cíclopes habían sacrificado un ojo por saber cuándo les tocaría morir. Ahora creo que no me hubiera molado. No es algo en lo que me guste pensar, sabes.

Desperté inquieto, sabiendo que tenía cosas que hacer. Ya empezaba a tener la pelota más o menos en su sitio de vuelta del megacebollón de aquel finde, así que después de zamparme unas tostadas con mantequilla y mermelada de frambuesa salí a la calle y por primera vez en mi vida me acerqué al quiosco que hay a un par de manzanas de mi casa y me puse a ojear los periódicos, un poco nerviosillo, tengo que decirlo. No tuve que buscar mucho, en seguida encontré el titular, UN POLICÍA ASESINADO EN UN CENTRO COMERCIAL DE LA ZONA NORTE. Dos bellotazos le habían dejado la cara como un melón reventado. Mencionaban a dos desconocidos que habían huido en una Yamaha 250, y luego: *el edil de seguridad pidió tranquilidad a los medios de comunicación. (...) El alcalde de Madrid convocará una manifestación contra la violencia juvenil. «No podemos seguir así. No estamos hablando de un policía muerto en acto de servicio, estamos hablando de un ciudadano de la comunidad y, ante todo, de un hombre honrado.» (...) La consternación y la repulsa han sido la manifestación unánime de los funcionarios del cuerpo de policía.* Y bla bla bla. Le di doscientas pelas al quiosquero, un fósil con cara de pasmao, y tras recortar el artículo en cuestión tiré el resto del periódico a la papelera.

Después, la verdad que tampoco tuve mucho tiempo para pensar en ello. Me pasé la mañana llamando a todo Madrid, diciendo que había tenido unos días chungos pero que ya estaba de vuelta, que no, que lo de que me habían suicidado eran sólo rumores, que sí, que tenía material a buen precio. Fernan, Andrés, Kiko, les di un toque a todos. Hasta al Nacle, colega. Nadie me preguntó nada. Supongo que la mayoría ya estaba al tanto.

También le di un toque al Chavi, que me dijo que pasara a verle al gimnasio. Así que, como a media mañana, después de haberme jamado un pincho de tortilla en una cafetería del centro, pasé a verle. Aunque vive en la Alameda, Chavi iba al gimnasio por ahí por Arturo Soria, porque allí había más nivel en general. Era un gimnasio de barrio, que tenía un tatami con sacos, punching balls y demás, y que apestaba siempre a sudor, fueras a la hora que fueras, aunque sólo daban clase por la tarde. Fue ahí donde he dicho que intenté ir a Full, incluso me compré las protecciones y los guantes, pero el primer día me hincharon la nariz, y luego me dio como pereza volver. Supongo que siempre he sido un patoso para los deportes. En cualquier caso, pillé al Chavi en la sala de musculación, abajo, trabajando pectorales en una máquina. El pavo tenía la camiseta gris empapada de sudor, debía de llevar ya como mil, y cuando me acerqué a él no podía ni saludarme de lo hinchado que estaba, soplando y resoplando como un fuelle.

—Ho... hola, Kaiser —murmuró, abriendo y cerrando de nuevo el aparato.

Detrás vi las pesas, que subían y bajaban a medida que él

abría y cerraba los brazos almohadillados del aparato. Por lo menos levantaba cuarenta kilos en cada brazo. El Chavi es que es una bestia. Hace Full, boxeo, pesas, y los fines de semana reparte hostias a la puerta del Xxx. En el gimnasio no había nadie más a esas horas, aparte del monitor, que estaba aburrido y suficientemente alejado, leyendo una revista de culturismo en una esquina. Así que podíamos charlar.

—Oye, Chavi, a cuánto me fiarías la farlopa.

—Por ser tú, a cuatro el melón, tío... Recien traída de Colombia. Ocho, nueve...

—Cojonudo.

—¡Diez! —Las pesas cayeron estruendosamente al suelo. El monitor, en su esquina, levantó la vista—. Dos series más y estoy contigo.

El Chavi era novio del sobrino de uno de los capos gallegos más importantes, que es además dueño del Xxx y socio del Lunatik, y siempre tenía tan buena farla como el «ciudadano de la comunidad». Igual mejor. El gallego era el que suministraba al Nacle y a otros diez como él. Yo le había visto un par de veces en el Xxx, un pavo con la barba súper cerrada, un poco paletorro. Pero cuidado. Su familia era una de las principales familias gallegas, decían que estaba en tratos con el cártel de Medellín. Yo no me relacionaba con él, porque normalmente no movía tantos kilos y supongo que me consideraba un enano. Pero como el Chavi y yo nos llevábamos bien, a veces me hacía el favor.

Chavi me dijo que esperara a que terminara y hablábamos. Así que me tiré como media hora mirando las fotos que había por la sala, que eran la hostia: los mendas, con los brazos en alto, parecía que tenían membranas en vez de sobacos. Me acuerdo que mientras esperaba, el monitor se me acercó y dijo: Un par de años y puedes ser como ése. Bonitas esas alas, ¿verdad? Hice como si me interesara, y el pavo empezó a darme la vara con las dietas que había que seguir para conseguir un cuerpo así. Me dejó alucinado, parece que esos tíos poco menos que viven a base de yemas de huevos, una por hora o por el estilo.

El Chavi estaba ahora tumbado en un banco, trabajando con mancuernas, treinta kilos cada una. Las iba levantando, resoplando, hasta juntarlas a la altura del pecho, y la verdad es que daba grima ver cómo sufría y cómo se le tensaban todas las venas del cuello.

En fin, que por fin terminó y después de despedirse del monitor subimos a los vestuarios, y mientras se duchaba, charlamos de lo único que se podía charlar en esos días. Que yo sepa, nadie conocía a los pavos que lo habían hecho. Y el Chavi tampoco. Le solté: Buah, el Barbas se la tenía merecida, que era lo que le estaba diciendo a todo el mundo. Al Andrés incluso le había insinuado que yo había tenido que ver en el asunto, pero creo que ahí me pasé. El Chavi salió, cubriéndose los huevos con la toalla y con el gel en una mano. Se sentó en uno de los bancos de madera.

—Mira, chaval, ¿sabes lo que te digo? Madero muerto, madero bueno. Y no le des más vueltas.

Se descojonó, y yo me descojoné con él. Mientras se ponía unos calzoncillos marcapaquete, me preguntó por el finde, y le dije que ajetreadito.

—Ya me dijeron los de la puerta que habías pasado por el equis. No se lo tengas en cuenta, que están muy quemados. Otra vez diles que eres amigo mío —dijo sonriéndome al tiempo que sacaba de la bolsa de deportes una camiseta Charro. El cabrón era una puta mula, impresionaba mogollón verle en bolas. Y no era un vanidoso como el maromo de Marilyn.

— No te preocupes, tío, se me fue la pelota —dije, pensando que igual se había malrollado por el numerito del Xxx.

—Acércate algún domingo. Después de cerrar nos marcamos unas partiditas de póker de puta madre. Ayer todavía estábamos en ello a las nueve de la mañana, no veas qué pasada. —Y volvió a sonreír. El Chavi era un buen tío, todo hay que decirlo.

—Ya, tío. Muchas gracias —dije, contento de que me estuviera tratando de tú a tú.

Me acerqué a beber agua al lavabo, agachando la cabeza hasta el grifo y sorbiendo de la mano, mientras el otro terminaba de calzarse los quinientos uno y empezaba a abrocharse las botas militares. Poco después salíamos los dos, él con la camiseta que parecía que iba a estallar, de justa que le venía, y volvimos a la Alameda, él en su Citroen AX negro, yo siguiéndole con la Pepa.

Pasamos por su casa, un pisito de puta madre que le había comprado el gallego. La tenía amueblada en plan catálogo de El Corte Inglés, con una librería llena de libros que había comprado por el color del lomo, una mesa de cristal y un sofá azul oscuro, a juego con la tela de las sillas. También tenía un equipo de música debuti y una tele Sonitrón gigante igual que la que había visto en la chabola de los gitanos.

—Cómo mola, tío. ¿Puedo encenderla?

—Claro, joder.

Y me pasó el mando mientras se metía en la habitación. Así que la puse y como tenía parabólica busqué hasta encontrar un canal de música alemán, en el que pasan vídeos continuamente, que era el que yo pillaba en casa. Estaban emitiendo un vídeo de Orbital, y subí tanto el volumen que el Chavi tuvo que salir, ¡Baja eso hostias!, haciendo que no con el dedo. Lo bajé, claro, pero me quedé con las ganas de ver hasta dónde subía. El Chavi volvió con unos saquitos de kilo y después de apartar una revista porno que había sobre la mesa apañamos todo lo que había que apañar. Chavi abrió uno de los sacos con una navaja y me dejó probar la mercancía. Era buena, y le dije:

—Tío, Chavi, me has echado una mano que te cagas. Verás como en dos semanas te lo he colocado todo.

Chavi se rió y cogió una cajita de bombones Nestle que había en uno de los estantes de la librería.

—Mira, acaban de llegar —dijo, abriendo la tapa y ofreciéndome—. Llévate unas cuantas. Son éxtasis puro. Tan buenas como las que circulaban hace unos años.

—¿A cuánto?

—Llévate unas cuantas y las pruebas. Si te gustan, vienes a por más.

—Guai —dije cogiendo un manojo de pirulas—. Y ya, la última cosa, Chavi. Quiero hablar con el gallego, tío.

—Mira, Kaiser, deja que se enfríe un poco el ambiente y dentro de un par de meses hablamos, ¿te parece?

—Me parece perfecto.

Metí mi par de kilos en la mochila, y ese mismo día, después de hacer separaciones, ya estaba moviéndome. También me dio por cortarme el pelo y quitarme el mechón rubio de las narices. Pero eso fue un momento, a media tarde, en una peluquería que encontré abierta, con una pava muy maja que me dejó el pelo cortito pero no rapado, y algo más largo por arriba. Como los marines americanos. Iba bien con mi cara, y cuando la peluquera me acercó el espejo me moló verme. No podía dejar de pensar: eres la hostia, Kaiser.

Esa misma tarde, Tula me esperaba fumando un pitillo junto a la verja del instituto, porque la profe de literatura la había echado de clase. Al verme llegar, no hizo ningún comentario sobre el pelo, yo creo que ni se enteró. Le di el casco mientras se montaba en la Pepa —últimamente me había dado por llevarlo, ya ves—, que lo sujetara, y luego fuimos a buscar a Kiko a su keli, a comentar la movida. Nos abrió la puerta con el inalámbrico en la mano, diciéndonos que pasáramos.

—Que sí, tronco, que yo te entiendo. Pero qué cojones me vienes a llorar porque el Pentium te haya levantado las pirulas. No haberte puesto tanto. Si te peta la cabeza, pues contrólate, y a mí no me llores, que yo no me trato con él. Vete a buscarle y vuélcale el plumas... Mira, que me dejes, vale, tronco, que me estás comiendo la cabeza.

Y colgó con mala leche, dejando el inalámbrico sobre el tresillo.

—Nada, el Andrés, que salió el finde y el Pentium le volcó en Orense, a la puerta del Racha. Hay que joderse, el Pentium, que es lo peor. Vamos, me intenta volcar a mí y le pego dos tobas y a la cama. Qué gentuza, tronco.

Yo le había llevado el recorte de periódico y se pasó un buen momento leyéndolo encima de la mesa, sin hacer ningún comentario. Su jefa, que se levantaba de una siesta después de su guardia, se asomó a la puerta, sonriéndonos con la cara de alucinada que tiene siempre.

—Hola, guapos. Kiko, yo voy a salir dentro de un momento.

Kiko, que seguía leyendo, sentado a la mesa, se rascó la coronilla y luego levantó la vista al ver que su jefa se le acercaba buscando algo por el salón sin dejar de meterse la blusa blanca en la falda. Siempre hacía dos o tres cosas a la vez, y ninguna bien.

—¿Has visto mi bolso, Kikito?

Era súper despistada y se pasaba el día buscando el bolso, las llaves, las gafas, cosas así. Es de las pocas jefas de colegas que me trata bien, y yo siempre la cuido. Me levanté del sofá, y todos nos pusimos a buscar su bolso. Al final Kiko levantó el tapete de la mesa, que llegaba hasta el suelo. Meneando la cabeza, Ay, qué despiste, le dio el bolso a su jefa, que sacó de dentro la funda de las lentillas.

—¿Qué pasa, Kikito, que estás tan serio? —dijo acercándose al espejo para ponérselas.

—No es nada, mamuchi.

Kiko se había quedado pensativo.

—¿Seguro que no te pasa nada? —dijo su jefa, pestañeando, después de haberse puesto una de las lentillas.

—Que nooo. Tú traeme una birra, anda.

—Qué raro verte leyendo el periódico.

—A veces me gusta saber lo que pasa por el mundo, mamuchi.

—¿Y qué pasa?

—Mami, esto es sólo un recorte.

—Ah, sí, ¿qué cuenta?

—Lo de todos los fines de semana. Hay gentuza muy chunga suelta por ahí.

La jefa cerraba ahora la funda de las lentillas, la metió en el bolso, se arregló el pelo y se dirigió corriendo a la puerta.

—Adios, niños. Tenéis coca-cola en la nevera. Pasároslo bien.

En cuanto la puerta se cerró, Kiko meneó la cabeza. No se entera de nada, ¿eh? Bueno, tendré que ir yo, dijo, levantándose. ¿Queréis una birra? Tula dijo que ella no, yo que bueno. Y mientras Kiko estaba en la cocina, me quedé mirando a través del ventanal, escuchando el zumbido de la Emetreinta. Los visillos seguían con las quemaduras, y la jefa de Kiko había comprado un vídeo Panasonic que seguramente no duraría mucho. Kiko volvió con un par de botellines San Miguel, abriendo uno con los piños, como hacía siempre.

—Toma, Kaiser.

—Kiko, tú te pasabas el día con el Borja y le conoces bastante. ¿Tú crees que ellos piensan que yo me hice al Gonzalo?

—No lo sé, tronco. Todo esto es súper raro.

—¿Y lo del Barbas? —insistí—. ¿Tú crees que tiene algo que ver con lo otro?

—Kaiser, yo no sé qué pensar, tronco.

«Menudo hijodeputa», pensé. Pero no lo dije, claro.

—Llevo dándole vueltas desde anoche. No lo sé, a ratos pienso que sí, aunque igual es paranoia mía. Con el Barbas muerto ya nunca se sabrá. Y, si te digo la verdad, me importa un bledo. Tú cuando veas al Borja, le dices que yo no tengo nada que ver con lo de su hermano, que se entere de una vez. No sé quién cojones ha podido ser, pero yo no he hecho nada. Y si me quiere para algo, dile que ya sabe dónde encontrarme.

—Joder, Kaiser, qué duro eres, macho. Les tenemos dominados.

Le reí la gracia, sin demasiada gana. Luego saqué una papela del bolsillo y la dejé encima del recorte de periódico, que seguía en la mesa. Al Kiko convenía tenerle de mi parte.

—Un gramo. Éste es de regalo, pero no olvides que me debes doce papeles. Tienes de aquí al viernes.

Los faros de Kiko se iluminaron como si le hubiera dicho que le acababa de tocar la lotería de navidad, Hostias, eso sí que es un detalle, tronco, qué detallazo, y dándole un trago a la birra, agarró una de las sillas y sacó la billetera del bolsillo trasero del pantalón. Primero miró a su alrededor, con el ceño fruncido, y se decidió por la foto de bodas de su madre. Sonriendo, dio un par de pasos para cogerla, y se sentó de nuevo a la mesa. Sacó una tarjeta telefónica y empezó a trabajar la koka encima del cristal, aplastándola, delineándola, mimándola. Se levantó para asomarse un momento al balcón, porque alguien fuera estaba armando jaleo.

—Seguro que es algún borracho jodiendo la marrana —dijo al sentarse de nuevo, volviendo a lo suyo—. Tronco, te pones dos tiros de vez en cuando y eres el yonki del barrio. Te tomas mil copas y eres el graciosillo del lugar. Pero bueno —meneó la cabeza—, pues sí, tronco. Todo esto ha sido un mal rollo... Hay que joderse el Gonzalito la que montó. Pero estas cosas ocurren,

¿no? Sí... ¿Qué pasa, no os quedáis un rato, ahora que voy a poner unas tusitas?

Tula, que se había incorporado, dudó, pero yo dije:

—No, Kiko. No es el momento.

—Venga, no jodas, Kaiser. Tronco, no me hagas esto. Date un homenaje conmigo.

—He quedado.

Kiko levantó el labio enseñando sus piños comidos, y, cogiendo el turulo que le colgaba de la cadenita del cuello, se metió una de las tres lonchas que había preparado. Yo dejé el botellín, a medio beber, sobre la mesa.

—Kiko, tío. Igual un día de éstos quedamos para charlar.

—Cuando tú quieras, Kaiser. Yo te cuento lo que tú quieras —dijo, metiéndose la segunda fila y la tercera juntas. Rebañó lo que quedaba con el dedo y se lo pasó por los dientes.

—Venga, Tula, vamos.

Kiko se levantó, arqueando las cejas y sonriendo, encantado, Nunca dejaré de ponerme koka, tronco, nunca. Se acercó al radiocasete que había en el suelo y lo encendió. Chimo Bayo y su Tía Enriqueta. Esa cinta se la había grabado el Gusanitos hacía siglos. El Kiko se ha quedado en la prehistoria de la música electrónica. Saliendo ya del portal, oímos un silbido y le vimos baileoteando en la terraza. Nos saludó, súper enzarpado, levantando el pulgar. Ya montada en la Vespa, Tula se despidió con la mano. Mientras nos abríamos, ojeé a unos malotes que se habían apalancado sobre unos bancos al lado del quiosco, en torno a un par de litronas.

Ese día jugaba el Madrid algún partido de copa o de lo que fuera, y la Castellana estaba llena de autobuses de todas partes de España. El Bernabéu rugía con miles de personas en sus entrañas. A mí nunca me ha interesado el fútbol, pero al pasar delante del estadio me dieron ganas de meterme ahí dentro a romperme los pulmones gritando con la banda. Luego, llegando al Bombazo tuve suerte, porque pillé a Pablo en cuclillas, echando ya el cierre después de haber controlado la caja. Llevaba una camisa Ralph Lauren amarilla y tuve la impresión que había envejecido desde la última vez que le había visto: siempre había tenido bolsas debajo de los ojos, pero esta vez parecía realmente cansado. Subí la moto sobre la acera, cortándole el paso.

—¡Oye, Pablo!

—¿Qué quieres?

—Mira, tío, no sé si has estado al tanto de lo que ha ocurrido últimamente...

—Algo he oído por ahí, y ya puedes alejarte de mis locales. Cómo te pille trapicheando...

—Escucha, Pablo, quiero hablar contigo. Es importante, tío. Quiero explicarte algo —digo bajando de la Pepa y poniéndole el candado.

—¿Qué quieres explicarme? Desembucha rápido, que no tengo toda la tarde.

Le miré, sonriendo como el buen chaval que soy.

—Mira, tío, sé que eres amigo del jefe de Gonzalo...

—Era.

—... y quiero que él sepa que yo no tengo nada que ver con lo de su hijo. Sé que corren rumores por ahí. Pero te juro por mis muertos que yo no he hecho nada. Tío, Pablo, tú sabes que la gente dice gilipolleces. Acuérdate de cuando decían que tú estabas al tanto de lo de Tijuana...

Pablo se mosqueó y golpeó la pared con la mano abierta. Cálmate, tronco, es lo que se dice. Se había puesto rojo de cabreo. Me miró fijamente, acariciándose la palma dolorida. Yo no aparté la vista, casi ni pestañeé.

—¿Me juras que no has tenido nada que ver con lo de Gonzalo?

—Te lo juro, tío. Por Dios y por mi madre. ¿Qué más quieres que te diga?

Me seguía mirando con la misma cara, y pensé que me iba a mandar a tomar por culo. Venga, pasa y cuéntame, dijo. Y levantó el cierre. Nos acercamos a una de las barras. Pablo tiró un par de cañas, sin dejar de controlarme, muy serio. Apuró su cerveza de un trago. Tula estaba aburrida a mi lado y le dije que se fuera a jugar a la máquina al bareto de al lado. Y menos mal, porque allí me tiré casi una hora de palique con el amigo. Poco a poco se fue embalando, y no dejó bolo con títere. Puso a caldo al Gonzalito y a sus jefes; y al cabo y un par de cañas más todavía seguíamos ahí. Tula había entrado ya varias veces a pedirme pitillos, y ahora estaba esperándonos a la puerta, junto a la Vespa, haciéndose trencitas con el dedo. Al final Pablo se levantó: Mira, tengo que irme y tu amiga la pobre está aburridísima. Si quieres, vienes otro día con más tiempo. En último momento, se puso meloso y me dijo que si quería ponerme a currar en serio, le diera un toque. Mientras arrancaba la Pepa le vi alejarse, andando pesadamente calle arriba —se paró para echarle una bronca al portero coletudo, que bajaba justo entonces y que seguramente llegaba tarde— y me dio como pena pensar que ya se estaba fosilizando. Creo que la historia del Tijuana le había quemado mucho, de verdad.

—¿Qué hacemos ahora, Kaiser?

Yo estaba pensativo. Durante unos días me dedicaría a ver a todo el mundo, para dejar las cosas bien claras. Pero esa tarde estaba muy quemado. Y sólo me apetecía pasármelo bien, así que le dije a Tula que íbamos a dar una vuelta.

—¿A dónde?

—No sé, ¿te apetece ir al Parque de Atracciones?

Tula dijo que vale, pero si nos empirulábamos. Metí la mano en el bolsillo y saqué un par de kápsulas del Chavi. Así que nos las comimos allí mismo, en la calle. Nada más zampárnoslas, sonó el móvil. Lo cogí. «Kaiser, que soy Fernan. Que si vas a pasarte con eso, colega, que estoy aquí en el curro con el Andrés y tenemos los dientes bien largos, colega.» Yo miré el reloj y luego a Tula.

—Pasamos un momento por el aeropuerto. Te juro que es un momento, que no hay nada más hoy. Es ir y volver.

Tula estaba contenta porque nos poníamos. Dije: Voy pallá, y apagué el móvil. Tambien me merecía unas vacaciones, ¿no?

Hacía mogollón de tiempo ke no iba al Parke de Atrakciones y la berdad es ke no sabía muy bien por ké de repente me había entrado la bena, supongo ke porke uno asocia los parkes de atrakciones kon pasárselo bien, lo ke no es necesariamente cierto. El kaso es ke allí nos fuimos, después de pasar por Barajas, klaro, y dejarle a Fernan los cinkuenta gramos ke me había pedido para él y sus kolegas de kurro. Para kuando llegamos al aeropuerto ya nos estaban subiendo las kápsulas, y fue komo guai ber los abiones ke aterrizaban desde el kuarto en el ke estaban Fernan y sus kolegas, todo lleno de pantallas de telebisión. Pero el subidón gordo fue de buelta, metiéndonos ya por la Kasa de Kampo. Fue tan fuerte ke sentí ke me kostaba respirar y kasi tube ke parar. Luego a la entrada del Parke de Atrakciones me entraron arkadas y pensé ke una mierda éxtasis puro, allí habían metido yoni. Aun así estaban buenas, ¡pero ké sed nos había entrado! Nada más pillar un supernapy de 1.650 pelas kada uno, nos kompramos una botella de agua mineral y nos la bebimos los dos, resoplando y riendo al ber kómo estábamos sudando. Saké la billetera y puse unas tusitas. Hacía mogollón ke no estaba de tan buen humor y le dije a Tula ke kería montar en todo, y ella me miraba y se reía. Primero nos montamos en el Top Spin, ke daba mogollón de mal rollo kuando te ponían bokabajo, y luego en el Gusano Loko, y también en los Siete Pikos, ke se han kedado antikuados pero todabía molan. Las Alfombras Mágikas eran un koñazo, porke los toboganes no resbalaban bien. Luego montamos un par de beces en la Montaña Rusa de Agua, más ke otra kosa para refreskarnos. También me akuerdo ke en el Aladino, kuando estabas arriba se podía ber todo Madrid. Y el Looping, sobre todo después de la megabajada del principio, ke te sube las tripas a la garganta. A todo esto se iba haciendo de noche y el parke se llenaba de luces, rojas, azules, bioletas, amarillas, y eran tan brillantes ke akello era komo estar en una serie de dibujos animados.

Pero lo más alucinante fue la Kasa del Terror. ATENCIÓN, SE COMUNICA QUE ESTA ATRACCIÓN NO ES ACONSEJABLE PARA PERSONAS NERVIOSAS, IMPRESIONABLES, O QUE SUFRAN DOLENCIAS DE TIPO CARDIACO. ANTES DE SACAR SU ENTRADA PIÉNSELO DOS VECES. Dice un letrero. Es una kabaña de madera komo las ke bes en las películas de baqueros, sólo ke la madera es dekoración. Pero te juro ke está súper bien hecha. Delante hay un árbol chamuskado y retorcido, igual que el de Porltergeist, y farolas komo las de la peli de El Exorcista, kon luz azul para krear ambiente. Mientras hacíamos la kola Tula me apretaba la mano y decía ké guai, pero yo no le hacía mucho kaso porke teníamos detrás a unos kabrones ke estaban dando la bara. El pabo ke había estado kontrolando la entrada tosió un par de beces, para aklararse la garganta.

—Van a transitar por un laberinto poco iluminado. No enciendan mecheros, cerillas, etcétera. No se separen, no corran. No toquen a nadie y nadie les tocará. Suban por esa escalera y den tres golpes.

O algo así; no me akuerdo muy bien porke yo estaba ya puestísimo. La berdad es ke pensándolo bien igual por eso me moló tanto. El kaso es ke subimos en medio de un grupo de diez por unas eskaleras de madera hasta la puerta, y kuando uno ba y da tres golpes y la puerta se abre, Tula ya estaba agarrándose a los de adelante, y yo a ella. Un monje enkapuchado dijo ke nos daba la bienbenida, ke tubiéramos kuidado kon no sé ké (detrás suyo, si no me akuerdo mal, había un ataúd kon belas), y de repente el pabo salta y suelta un grito. «¡AGGGGGGGG!» ¡Hostias ké susto! No llegué a gritar komo Tula pero me puse takikárdiko. Luego todo fue flipante: íbamos por laberíntikos pasillos a oskuras, y de fondo se eskuchaban las musikillas de El Exorcista y de Psikosis. Me akuerdo ke kuando pasamos por un cementerio kon mogollón de ataúdes y empezó a ladrar un perro kon mucha mala hostia, las tres pabas ke había detrás mío aprobecharon para kolarse; así ke me kedé yo el último y te puedo decir ke no molaba nada. Primero apareció un loko en bata, ke se paseaba a nuestro alrededor gimiendo: «MI NIÑA, MI NIÑA, TENGO QUE CUIDAR A MI NIÑA», y eso ya daba mal rollo; pero después bimos en una kama a la niña del exorcista, súper bien makillada, kon un kamisón blanko y la kara ensangrentada, gruñendo komo un animal, y eso nos arrankó alaridos. Y kuando la paba saltó hacia nosotros, intentando arañarnos, si no fuera por el gilipollas ke iba delante haciendo gracias —Qué susto la hemos dado, eh, qué susto la hemos dado, ja, ja—, pues la berdad es ke era akojonante. Klaro ke kuando Drákula empezó kon ke nos diéramos prisa, koño, ke íbamos muy lentos, pues eso kortó un poko el rollo. La de Psikosis, kon su kuchillo, pase. Pero kon el pabo de Reanimator y sus sakos llenos de trozos de muertos me rayé mucho. Se me acerkaba gritando, «TE VOY A PINCHAR EN LA OREJA, TE VOY A PINCHAR EN LA OREJA, CABRÓN»; y komo de berdad parecía el de la peli y me acerkaba la jodida chuta, aunke se beía ke era de plástiko, me agobió mogollón. ¡Komo me tokes, te fostio! Por suerte no se lo tomó mal, y dejó de darme la bara. Los otros me miraron, y el graciosillo soltó una de sus genialidades. A Fredy Krugger no llegué a berle; le bio Tula, ke iba delante. Eso sí, el final era akojonante. Nos enkontramos kon un monstruo encerrado en una jaula, ke de repente ba y rompe las barras. Todos kagaditos, empezamos a acelerar y nos topamos con un puente mobedizo, y al otro lado aparece Leatherface kon su sierra eléktrika —¡te juro ke parecía de berdad!—, mirándonos kon kara de MUY malo... Y tío, aunke sabías ke era de broma, aun así se me pusieron los pelos komo klabos. Leatherface no blokeó el kamino, ke lo podía haber hecho, y nos dejó salir a todos korriendo y kon los kojones de korbata. A la salida Tula y yo estábamos pálidos y sudorosos. De repente nos miramos el uno al otro y empezamos a troncharnos de risa.

Luego, después de tomarnos una koka-kola nos dimos buenas hostias en los koches de choke, donde tubo ke salir el enkargado y decirnos ke ya balía porke una niña a la ke nos dio por machakar de frente se había puesto a llorar. También nos subimos en el Enterprise ese, ke dicen ke es igual a uno kon el ke hacen pruebas a los de la NASA. Me mareé tanto ke supe ke nunka iba a ser astronauta. Y kuando ya empezábamos a kansarnos y estábamos pensando en irnos de fiesta por ahí, me akuerdo ke aluciné mogollón al enkontrarme kon un direktor de cine Z ke se llama Jesús Franko, un fósil kon bigotes blankos. Le estaban haciendo una entrebista y yo estaba tan puesto ke me acerké a saludarle, ke es algo ke te puedo asegurar ke no hago normalmente. Le dije ke era un fan suyo y ke me molaban mogollón todas sus pelis kasposas, incluso las últimas ke había hecho para los Killer Barbies y los Planetas. ¿Y sabes lo ke me dijo? ¡Ke un día podía hacer un buen Likántropo! Akello me hizo deskojonarme un buen rato, y me hubiera gustado darle más la koña si no es por el periodista, ke se puso pesado y no hacía más ke decirme perdona un momento, ¿no te importaría hablar con él más tarde? y ke kuando bio ke Jesús Franko se enrollaba konmigo se puso a tararear una kanción y mirar hacia el cielo kon las manos kogidas a la espalda. Kon todo, me akuerdo ke me lo pasé súper guai y no kería ke akel globo akabase nunka.

La únika nota triste llegó más tarde, a la salida del Parke de Atrakciones. Mientras pateábamos entre las putas de la Kasa de Kampo —la mitad negras, ke se komían a los konductores de los koches kon la mirada—, de repente se nos acerkó una piba súper pintada, kon minifalda de kuero, body blanko ajustado y takones de dos metros, llamándonos por nuestros nombres. Tardamos un momento en rekonocerla. Era Rita, la chacha de los jefes de Gonzalo, la ke había salido kon Kiko hacía siglos. Yo hacía mogollón, pero mogollón, ke no la había bisto. Y Tula igual. Pero ella nos trataba komo si fuésemos sus mejores amigos. Después de darnos mil besos y de sakarse el chikle de la boka, nos kontó ke la habían echado de kasa de Gonzalito porke la habían pillado eskuchando detrás de las puertas o algo así.

—Era por lo de mi novio, ya sabes, el del CESID. Lo que más me jode, ves, es que el muy maricón me dejó plantada justo después. Pero ¡bah!, poco me importa a mí ese cabrón. Y los otros tampoco, porque yo le he birlao a mi novio una de las cintas, y les va a joder vivos, ya veréis.

—¿Ké? —preguntó Tula, toda pelota. Komo siempre, no se enteraba de nada.

—Que sí, tía. Se la voy a enviar a los periódicos, y ya verás la que se monta. Se van a cagar de miedo. Si quieres me das tu dirección y te mando una copia, y de paso quedamos para tomarnos unas cañitas.

No sé si aquella cinta llegó alguna vez a algún periódico; en todo caso, a nosotros nunca nos llegó. Como no he vuelto a ver a Rita, pienso que es posible que la hayan desaparecido. Estas cosas pasan, sabes. Claro que yo no me quejo, porque si este país fuera de otra manera, gente como yo y mi jefe no podríamos existir. La idea se me ocurrió el otro día cuando vi en la tele que una puta había aparecido mutilada en el basurero-incinerador de Valdemingómez. Le he preguntado a Kiko, por curiosidad. Dice que no la ha vuelto a ver, o sea que no sé. Espero que no sea ella. En todo caso, después de despedirnos de Rita —un poko bruskamente, porke no tenía ninguna gana de oír hablar de esa peña— un par de tiros nos hicieron rekuperar el buen humor, y bolbí a pensar ke era el mejor globo ke había pillado en mucho tiempo. Me sentía ligero, ligero...

Podría contarte más movidas, como por ejemplo que volví a ver a Borja una noche de marcha en el Épsilon, hace ya unas semanas, y nos miramos fijamente durante un momento. Me pregunté muchas cosas, entre ellas si no me habían denunciado por lo metido en mierda que estaban él y su hermano. No lo sé, ni creo que se sepa nunca. Pero sólo hablar de ellos me asquea. Y de los demás no hay mucho que decir. Me topé con Raúl en el Lunatik; todavía con la nariz cubierta de tiritas, envió a uno de sus colegas y dijo que si le fiaba cien gramos ya no habría malos rollos entre nosotros. También pasé un día por keli de Josemi, cuando volvió de su cura de sueño. Había vendido parte de su colección de vinilos para pagarme, y le encontré muy tranqui. Llevaba el pelo más crecidito, y bien afeitado y con ropa decente no parecía él. Me dijo que había cortado con Lucía y que iba a dejar de salir durante una temporada. Pero un mes después ya estaba pinchando en el Bombazo. No le mencioné que mientras estaba en su cura de sueño me había cruzado con Lucía en un garito de Alonso Martínez compartiendo copa con un pijín gafotas: ni me saludó.

Lo que sí contaré es que, mientras seguíamos paseándonos Tula y yo, todo puestos, a la orilla del lago de la Kasa de Kampo, me paré de repente porke me dio algo raro. Tula me preguntó ké pasaba. Y yo no sabía ké kontestar. Había sido un flus, un yuyu igual ke en el Lunatik la noche del Barbas, una punzada extraña en algún sitio dentro de mi kabeza... De repente me había sentido komo muy muy fuera de todo, komo si ni mis diskos ni Tula ni mi jefe ni mi Pepa ni nada me importara de berdad. Por suerte el mal rollo pasó pronto, y la verdad es que prefiero olvidarlo, igual que prefiero olvidar las movidas que me iba a montar Tula meses después, y prefiero kedarme en akel día en el parke de atracciones, y sólo sé ke no kumplo los dieciocho hasta diciembre del 96 y ke estamos todabía en los nobenta, ke espero ke no akaben nunka, porke en el 2000 tendré beintidós takos y eso será una mierda; o sea ke me kedo kon mis Gloriosos Nobenta, montado en un globo ke es un nobenta y nuebe por ciento kojonudo, la risa de Tula resonando komo kampanillas en mis oídos, y yo todo pelota, eskupiendo al suelo y resoplando: Uff, ké globazooo.

MUCHAS GRACIAS A: Ana y Guille y mi jefe, Nathalie, Miriam y Lolo, Felipe, Javi, Charli y Manolo.